爱我趁好
不爱拉倒

王米米

珍贵如你，
配得最好的对待。

寝前者

一只猫的人间观察

寐语者 著

北京时代华文书局

我摸着越走霉白的楼梯退下去
一张昏沉沉的小花脸却浮现上来
我们大眼对小眼
沉默撑个正着
远远朦胧着光亮云
那么亮晶莹两点月光
黄焦焦一团乱毛
却趴在龙装修而凌乱墙缺上
站着小小的一点猫

车窗外
阳光恰好照在玉米金黄皮毛上
我拿起手机
拍下了它闪闪发光的样子
镜头里光晕闪动
仿佛梦幻
这是我所有旅行经历中
最有诗意的一次旅行

它在我怀抱里
心平气和地眯了眯眼
看一眼镜子里又说又笑的人类
伸了个懒腰
轻轻拍拍翅膀，力气重新投向远方天空
高远蓝天的深处
云层隐现
不知有什么令它看得如此专注

目 录

引

没素质的猫，
不可爱的自己，
不完美的家人，
不靠谱的旅行。
一百天，
一万三千公里，
从重庆到威尼斯……

流浪猫王米米出现在我家门口的那个早晨，
看上去"破破烂烂"，待人修补。
我修补了它。
它用橘白相间的毛爪子，
修补了久远时光里的另一个我。

都说养小动物就像重新养一次自己。
那和父母一起重新养一次自己呢？
听起来就让人头大。

早在第一天之前

小时候看外国电影，那些"洋娃娃"的父母动不动就说："无论如何，我们爱你，支持你"。然后全家齐动员，陪着有奇怪愿望的小孩一起去胡闹、去冒险、去做不被大人世界认同的事，一起大笑大哭，一起发傻发疯。

我很羡慕，心想：要怎样才可以得到这种待遇？优秀再优秀，是不是就可以了？

那时我还不明白，这种待遇跟优秀没有一丁点关系。

变成大人后，我放下了这种羡慕，对长辈的质疑声、否定声充耳不闻，头也不回地走自己的路。

我想：算了，爱谁谁吧。

他们想：算了，随她去吧。

渐渐我们不再对抗，也对抗不动了。

现在仍然会在电影里看到小时候羡慕过的情节，可我已不再羡慕。

知道有些东西注定得不到时，就拍拍手一笑了之，不然还能怎么样？

那东西，我们的父辈也从未在他们的父辈那里得到过。

毕竟，他们也是一生被质疑的传统东亚家庭里的孩子。

但有一只叫王米米的没素质的小猫说："我不同意。"

Chapter One
第一章

第一天，被猫捡到

捡到它的那一刻，我以为是我在救它，就像后来大家说的，落魄小猫遇到了心软的神。后来我才知道，如果真有一个心软的神，那一定是他把这只猫派来的。

神："那个人类嘛，这些年的表现还可以，她尽力帮助了一些人和小动物。所以，小猫使者，你去为她实现一个心愿吧。"

灰头土脸、肚子饿得咕咕叫的小猫使者有点困惑。

猫："那个人类好像已经很满意她的人生，不想麻烦谁帮她实现啥心愿哪。"

神："她忘记了那个心愿，所以你要去帮她。"

猫："啥心愿？"

神："一个小心愿。我觉得没啥子必要，你们猫也无所谓，只有人类在意。"

猫："她什么都有了，还在意啥……猫连今天的早饭都还没找到，她会需要猫的帮助？"

神："你勒个猫，话楞个多①，赶快去，再不去就错过你的人类了！"

猫嘟嘟囔囔、半信半疑地朝着那个人类声音传来的方向走去。

猫朝我走来的那个时刻，我拉开了露台的门，面朝不远处的重庆南山，愉快地深呼吸着故乡的空气。风中有着与别处不同的味道，独属于这片水土的味道，家的味道。

身后客厅里，兴奋得眉飞色舞的老爸穿了条裤衩忙着做早饭，老妈顶着刚起床的爆炸头，顾不得洗漱，要先去给我蒸芙蓉蛋羹……拦都拦不住他们，即便我站在阳台上，一直说着不饿不饿。

那是二〇二三年十月十八日早上七点，已经是秋天。刚下飞机的我还是热得直冒汗，穿件短袖站在露台上吹着晨风，还是热。我

---

① 重庆方言，意为你这只猫，话这么多。

一边吹风，一边回答爸妈连珠炮般的问题，我的声音大概就是这样传到了一只猫的尖尖耳朵里。

十个小时前，我在罗马登上直飞重庆的航班，起飞时故意骗爸妈："明天很忙，要早起，你们也早点睡。"

如此这般，我偷偷摸摸地飞越了亚欧大陆，天不亮就潜回家，打算悄悄摸进门，打他们一个措手不及。

一起串谋的表妹和姑妈叮嘱我一定要把爸妈的反应全程拍下来。

了解王大爷的好友对此有点担忧："你爸会不会以为家里进了贼，灯也不开就一拳打过来？"

不排除这种可能性。

王大爷之所以被称为"大爷"，那当然是有原因的。

此"大爷"非彼"大爷"，乃是"袍哥大爷①"的那个"大爷"。

在川渝方言里，"大爷"是个响当当的尊号，可不是北方人喊的老大爷。

但王大爷再彪也是七十二岁的人了……吧？

七十二？

想到这个数字，我有点不太确定。

七十二岁当然算是老年人了，可我还是很难将王大爷与老年人这个词联系起来。

在我的认知里，老妈依然是那个出门要涂口红，眉尾描得长长入鬓，要穿尖头浅跟鞋，社交活动丰富的大忙人。老爸还是那个曾经的"天棒崽儿②"，是曾在加尔达湖的冬雾里拉开架势要和我切磋武功，用他所谓的大擒拿手把我掀翻在地；曾在布拉格的河边喝醉后大唱《东方红》的大顽童。

时间一年年过去，我时常忘记自己的年龄，也对爸妈的年龄没什么概念。

偷摸溜进家门，会不会挨王大爷一拳？

---

① 旧时活动于西南各省的帮会成员。

② 重庆方言，意为愣头儿青，特指那些敢于干翻一切的年轻人。

事实证明这个担忧是多余的。

拖着行李箱站到门口，我想不起自家大门的密码了。

黑灯瞎火中，我翻着微信聊天记录找密码，最终还是尴尬地按了门铃。

睡眼惺忪的王大爷开门后，神情恍惚，以为自己睡得太香在做梦。

老妈跌跌撞撞地跑出来，一如既往，冒冒失失地，被王大爷一把搂住胳膊才站稳。

他俩兴奋得再也睡不着，但我困得东倒西歪。

时差加上飞机一路颠簸，我没睡好，又在闷热潮湿的清晨拖着行李出了一身汗。

我推开露台的门，想透透气，醒醒神。

厨房里的老妈扯着嗓子问，吃不吃这个，喝不喝那个。

露台上的我一遍又一遍回答，不饿不饿，不喝不喝。

"我饿。"

一个声音从脚底下传来，这样说道。

"我很饿。"

那个声音继续说。

"我快要饿死了。"

那个声音说得撕心裂肺。

我探身越过露台栏杆望下去，一张脏兮兮的小花脸正仰着头望上来，我们大眼对小眼，视线撞了个正着。

透过朦胧晨光看去，那是亮莹莹的两点目光，黄焦焦的一团乱毛。

邻居正在装修的凌乱院子的墙头上，站着一只小小的猫。

它那么小，也不知怎么爬上了那么高的墙。

见我探头，它叫得更大声，在狭窄的墙头焦急地转圈，似乎想够得高一点，离我近一点。它细长的尾巴高高翘起，叫声颤抖。

讨饭讨得很娴熟，看起来跟人类关系很好的样子。

后来我才知道，它并不亲近人，见到生人会惊慌躲闪，甚至攻击。

也许我永远无法知道，那一天是什么让它决然奔向一个素不相

识的人类，想被这个人类看到，好像它已经找了这样一个人很久。

以至于我探头出去，惊讶间，有种它认识我的错觉。

我不认识它，但看得出来它很饿。

我回头问："家里有肉吗？楼下有只猫饿慌了。"

王大爷大手一挥："嘿，野猫逗你耍的。小区里天天有野猫叫唤，你还听得懂它在说饿？它才不饿，小区里有的是老鼠吃。"

我说："我听得懂，我'猫语'专业八级。"

这是真话。养猫十几年，家里四只"逆子"，日常四对一贴身教学，我的"猫语"没有八级也有六级。养猫人一听就懂，那小猫叫声里的求助信息太明确了。

不管王大爷怎么说，我直奔厨房找肉。

老妈手忙脚乱地从冰箱里翻出一碗回锅肉，说是辣的，得给它洗洗。

小猫的哀叫一声接一声。

我拿着几片洗过的回锅肉，匆忙从车库出去，跑到那围墙下一看，猫已不在墙头。

王大爷看笑话的嘲讽声从我头顶传来："猫儿早就自己跳下墙头跑了，你白表情了①，多此一举。"

我走向围墙外的灌木丛，喊了一声中国猫通用的名字："咪咪？"

一个小脑袋从草丛里探出来，尖脸盘子，两只黄眼睛圆溜溜的，大得与小脸儿不成比例。

当时我只想放下那几片肉就走，不给自己任何心软的机会。

如果放下肉就转头，不与那双黄色的大眼睛对视，之后的一切或许都不会发生。它会继续在小区里流浪，在这个冬天经过或生或死的考验，悄无声息，无人在意，直到默默消失。而我，会陪伴父母一段时间，再次在机场拥抱分别，回到异国他乡的另一个家。

但我与它对视了。

---

① 重庆方言，意为自作多情。

有的人，有的生命，只需要这样一瞬对视，就会从此住进你的生命。

我的心毫无防备，这双黄眼睛就莹然忽闪着照进来。

它钻出草丛，摇摇晃晃地走向我。它头大身小，毛发枯黄，脚步轻飘，肋骨分明，颤着一根脏麻绳似的细尾巴，一路高扬着，直奔我手里的回锅肉来了。

它急吼吼张嘴，马上就要吃到回锅肉时，突然背毛竖起，弓背弹开。

小区道路的尽头，三只没拴绳的大狗冲了过来。

猫贴地飞蹿，躲进不远处的垃圾箱下，惊恐得龇牙咆哮。

三只狗堵在垃圾箱前又吼又刨，摆出围猎的架势。

我伸腿将狗挡开，呵斥驱赶。

吐着舌头的狗子们，觍着并无恶意的淘气大脸，讪讪跑开。

遛狗的花睡衣女人，懒洋洋地踱步跟随。

狗并未跑远，猫已慌张钻出垃圾箱，耸着背毛，眼里只有那几片回锅肉。

它张开大嘴，连吞带吸，让回锅肉落肚为安。

不知它饿了多久，厚厚几片肉吞下，似乎更饿了，喉咙里呼哧呼噜地，继续围着我蹭腿讨要。

我摸摸它的脑门说："你在这里等着，我回去再拿点。"

话没说完，身后一串嗒嗒的声响，几只狗又旋风般冲了回来。

猫想再躲回垃圾桶下，已来不及了。

一只狗咧着大嘴冲到它面前。

猫弓背嘶吼，摆出了要拼命的姿势，无惧彼此体型的悬殊，即便那张狗嘴足以吞下它半个身子。

抢在它扑出去之前，我一把抱住了它。

怒吼着的猫，被我死死搂在怀里。从它挣扎的力气里，我明白它做好了冲出去和狗拼命，不惜就此同归于尽的决心。我不会给它这个机会，它和狗子，谁都不该受到伤害。唯一该被咬烂屁股的，是遛狗不牵绳的人类。

狗子围着我扑腾，大嘴喷出股股热气，也许是看我凶起来也很疯的样子，到底没敢咬在我身上，只是一个劲不甘地吠。

猫在我的臂弯里全身紧绷，用一声声嘶吼回应，两爪抱紧我的胳膊，仿佛生怕被我放开。

花睡衣女人终于甩着屁股踱步过来抓住了狗，并无歉意。她目光轻蔑地扫过我怀里的猫，像看一件不值钱的破烂，招呼一声狗，扭头就走。

我抱着猫坐在路旁的长椅上，摸着它的脊背，小声安抚。

它惊魂未定，大口大口地喘气，好似一只破风箱，瑟瑟发抖的身体与我依偎得更紧，像是用尽力气把自己塞进一个萍水相逢的怀抱，再也不想出来。

它轻得几乎没有重量，摸起来仿佛只剩下了皮包骨头。

手背上有一点火辣辣地疼，渗出的血珠子很小。

最惊恐的时候它也没有对我伸爪子，或许是它龇牙朝狗嘶吼时，我伸手护它，手背无意中撞到了它尖细的齿尖。

我有点慌。

倒不是害怕打狂犬疫苗和破伤风针，怕的是被爸妈看到这伤，猫会被他们责怪。

怕什么来什么，还未来得及处理伤口，老妈的声音已经传来。可能是听到狗叫猫嘶，她赶紧心急火燎地冲了下来。

避重就轻地叙述了一番护猫的经过，我觑着老妈的脸色，小心翼翼地请求："让这猫到我们家的花园避一避行吗？我怕那些狗又回来咬它，就暂时避一下，好不好？"

我和小猫都努力用最可怜的眼神望着她。

老妈的表情变化了几番，依然黑着脸，一边催我赶紧洗手消毒，一边默默拿出车库门钥匙，开门放行。全靠她帮忙遮掩，我成功躲过王大爷的视线，把猫从电梯带进了屋后的小花园，临时安置在这里。

抱着猫回去的一路上，它安静地蜷缩在我的臂弯里，一动不动，小爪子抓着我的胳膊，紧张地转头打量陌生的环境，与我依偎得更紧了。

看起来，它是一只被人养过又遗弃的猫。

天生流浪的猫很难主动亲近人类，它却自然而然地向一个陌生人类寻求庇护，或许是因为曾经得到过人类的爱护，即使后来失去了，依然相信人类会再次爱它。

老妈在通向花园的储藏室里找了个纸盒。

猫看看纸盒，顺从地钻进去坐下，静静抬头看我，就这样接受了我对它往后命运的安排。可是我并不知道要怎么安置它，我心里和它一样无助。

而它以为我无所不能。

老妈忧心忡忡的脸色不太好看，只答应帮我暂时守着小猫，催我上楼去洗手。

我上了楼，心里发虚，不敢与王大爷的目光接触。

王大爷大概已经猜到我干了点什么，拉长了脸，冷言冷语："一回来就没事找事，想精想怪，跑去喂啥子野猫，别个活得好好生生的，还要你多管闲事！"

说着这话的老头子黑口黑面，和半小时前我刚进家门时那个喜笑颜开的慈祥老头判若两人，活脱脱一个川剧变脸大师。我没吭声，躲进洗衣间拿肥皂洗伤口，嘴上轻描淡写地说："让猫在花园躲一会儿，等追它的狗走了，它自己会走。"

王大爷从鼻孔里哼了两声，踱步走近，我赶紧遮掩手上的伤口，生怕被他看到，害得小猫被撵出去。

这种心虚不安、鬼鬼祟祟的感觉，已经很多年没有过了。

上一次在爸妈面前这样，似乎还是读中学时。

这些年我一手把自己的人生安排得稳稳当当，气定神闲，再也不是小时候那个被大人气得跺脚，发誓"长大独立后再也不听任何人话"的无助小孩。可现在我捡了一只猫，一切好像又回到了从前，

我又是个需要看大人眼色的小孩了。

那只猫，也是这样小心翼翼地看我脸色。

这一刻，清理着手上的伤口，躲在心里的那个委屈小孩，和躲在楼下储藏室里的那只卑微小猫，好像手牵手靠在了一起。

02

我赶到小区门口的超市买了猫粮和猫罐头，一路上着急忙慌的，生怕回来推门一看，储藏室空荡荡的，小猫已经被老王发现撵了出去。

还好，猫在，老妈在。

猫依然蜷缩在它的纸箱子里，老妈蹲在它面前，摸着它的头。

她歪头摸猫的样子，像个温柔的小女孩。

猫在她的掌心下很安静，一看见我，"嗷"的一声站起来，眼巴巴地望着我手里的袋子，喉咙里激动得咕噜噜打起呼噜，就像早知道我离开一会儿是去为它打猎了。

一小罐鸡胸肉被它一扫而光。

吃饱之后，它舔舔爪子，蹲坐在我脚边，四只脚并拢，坐得很矜持，略略转头打量周围环境，很克制，似乎知道人类的领地不能冒昧打探。

"真是饿了的样子，"老妈摸着猫身上根根分明的肋骨，有点唏嘘，"小区里有不少人爱喂流浪猫，照理说饿不到它啊。"

我一时不知道怎么回答她。

这是一个沉重的话题。

能被人看见的流浪猫只是冰山一角，更多的流浪猫从不敢出现在人类的视线里。它们小心翼翼地躲藏在各种隐秘角落，待人类熟睡后才敢出来觅食。城市里可供生存的食物多半来自人类垃圾桶里的残羹剩饭，无论能否找到食物，它们都要在天亮前重新躲起来。

偶尔看到阳光下一只猫走过，胖胖懒懒的，似乎活得不错，人类难免还会羡慕它的自由自在。只是没有人知道，哪一天它会消失

在车轮下，抑或是一场极寒的风雪后，一只没有拴绳的狗嘴下，一口投了毒的诱饵里。在人类理所当然的想象之外，城市流浪动物并不是野生动物，没有什么流浪是浪漫的，也没有什么崇高的自由，只有朝不保夕，只有在挤压殆尽的生存夹缝中，挣扎求存而已。

老妈是个柔软的人。

或许她以为世界上所有的流浪猫都有好心人喂得饱饱的，都有温暖安全的窝，都能在明媚的阳光里自由奔跑……她并不知道绝大多数流浪猫都活不过它们"猫生"的第一个冬天。

小时候看到下雪，我总会欢呼雀跃，如今会不忍去想，每一场雪后，又有多少无家可归的生灵悄然消失在这个世上，仿佛从未来过。

人各有命，猫也如此。

命运的齿轮随机转动，今天正好转到了这只小猫身上，转到了我身上。

我把它抱起来，从头到尾检查它有没有受伤。

看起来没有大问题，只是稀疏的皮毛下遍布结了疤的抓痕，身上到处都有伤，后腿还有三个齿印大小的洞，凝着干涸的血。它看上去还是幼猫的体型，却已有一张老猫似的憔悴脸和一双世故忧伤的眼睛。它是个"小男生"，来到这个世界的时间不长，挨了很多饿，也挨了很多揍，凭着这副瘦弱的小身躯，一定是拼尽了全力才能磕磕碰碰活到今天。

"咪咪，你好大了①？"

老妈问它，用问小朋友的语气。

"三四个月吧？"我替它回答，掰开它的嘴巴看牙齿。

这一看，我俩都愣住了。

这只猫有八颗犬齿。

---

① 重庆方言，意为多大。

我可以住这个纸盒子吗

老妈被吓住，眼前这个嘴里居然有八颗尖细小犬齿的猫，怕不是个怪物？

我小心翼翼地摸了摸它的怪牙。

它不自在地咧着嘴，没有反抗。

四颗发黄的乳牙摇摇欲坠，挤着外面四颗新长出来的细牙，一颗颗歪斜狼狈。

它正在经历换牙期，显然换得很不顺利。

或许是因为缺钙，又缺乏足够的营养满足发育，新牙没能把乳牙顶掉。它一直在用这样的牙吃东西，什么也咬不动，难怪吞起猫粮来像个吸尘器。

猫的换牙期一般是从五个月开始的，这只猫的四颗恒牙都长出

来了，或许已是六月龄的猫。

但它看上去只有三个月小猫的个头，拎起来几乎感觉不到重量。

抢不到足够的食物让自己长大，它拼尽全力，总算暂时还没饿死。可暖和的日子即将结束，入冬后的重庆阴冷多雨，拖着这样枯瘦的身体，还有一口没用的牙，它能再活多久？

它静静地望着我，脑袋搁在纸箱子边缘，黄色的眼睛慢慢眯上，打起了呼噜。

老妈问："它咕噜咕噜是什么意思？"

她好像忘记了，以前我们家里养过猫。

我很意外她忘记得这样彻底，她对猫应该是熟悉的，甚至曾经帮猫接生过。那是一只很乖的狸花猫，也是这样信任我们。我还记得那天放学一回到家，它就迎到卧室门口，拖着疲惫的身体，领我去看床底猫窝里它刚生下的崽崽们。它扬起头，很骄傲地看着我，允许我把小猫崽抱在手里，一边打呼噜一边温柔地蹭我。老妈熬了鲫鱼汤端来，催它多喝点。它一边喝一边发出更响亮的呼噜声。

我记得每一只陪伴过我童年时光的猫，她又怎么会忘了这呼噜声的意思呢？

"是高兴的意思吗？"老妈摸着小黄毛的脑门，不太确定地问。

"是高兴满足的意思。"

我继续检查小黄毛的身体，想确认它有没有严重的伤病。

被我捏来掀去，它很顺从，老妈却很紧张。

"小心点，当心它抓你。"

她还没有注意到我手背上的小伤口。

我想了想，决定坦白从宽，趁老王还没发现，拉个盟友背靠背。

"刚才我不小心撞到它牙齿上，磕破了点儿皮，一会儿还是去医院打个狂犬疫苗，放心点儿。"我说得轻描淡写，笑着掩饰心虚。

老妈看向小黄毛的慈爱表情凝固了。

从小到大，我有万试万灵的一招——把爸妈中的任意一方拉到自己这边，商量着一起干点小坏事，不要让另一个人知道。

"这是我们俩的秘密。"

只要这么一说，某个内心膨胀满足的大人就会站到我这一边，帮我隐瞒，替我遮掩，一起干坏事。

人类幼崽天生就有某种"出厂"便设置好的技能，能把成年人哄得团团转。

但自从我自认为是个大人以后，就很多年不干这事了。

这一次为了猫，我拉下脸皮，故伎重施。

效果很理想。

老妈虽然全程脸色黑成锅底，还是自愿成为我对王大爷隐瞒不报的同谋，找借口一起出门，悄悄陪我去了医院，打了狂犬疫苗。

在医院跑上跑下的时候，她一直在数落那只猫，再三强调不能让猫进门，不能得寸进尺，并且反复和我确定，我们家不能养这只猫，只是暂时收留，要尽快给它找人领养。

我俩出门后，猫暂时关在储藏室里，但到了晚上——

"猫必须睡在花园里，不能把储藏室搞得一塌糊涂，毕竟流浪猫身上肯定是有跳蚤的。"

她三令五申，这是他俩的底线。

我接受了，虽然心里不忍，但总不能一回家就和爸妈起冲突。

至少它今晚有了一处屋檐和一口饱饭。

我暗自有了一个规划，想着小猫在半露天的花园里，有顶棚遮风挡雨，有猫窝抵御夜间潮冷，有充足的水源和食物享用，有足够的空间玩耍，有围墙和铁门能挡住狗子和生人，跳上墙头就能自由出入。它可以安心住在我们家花园里，把自己先吃得饱饱的，趁冬天来临之前尽快胖起来。

我给它滴了驱虫药，等待一天后药力生效，跳蚤之类的寄生虫没有了，再想办法说服爸妈，让它夜里能睡进储藏室，然后踏踏实实地等着我给它物色一个领养家庭——当时我想得很简单。

　　可我不知道，猫不是这样想的。

　　养了十几年猫，自以为了解猫的性情，但猫这种生物，总是被人类低估了它们的敏锐和骄傲，自尊和冷酷。

　　那天傍晚，我带着愧疚的心，喂了猫一个满是金枪鱼肉的大罐头。它吃得心满意足，肚子滚圆，高高兴兴地在花园里拨弄花草，玩累了便坐在花藤下舔毛梳洗，怡然自在，看上去已经接受了这里是它的新地盘。

　　看它心情不错，我把新买的棉窝和之前的纸箱子都搬到了花园最严密、最避风的角落，跟它商量着："今晚你睡这里好不好？"

　　它看了一眼猫窝，看了看我，顺从地跳进了纸箱子里。

　　陪着它玩了一会儿，狠下心进屋，关上了门。

　　它在花园灯昏黄氤氲的光里，笔直地坐着，坐得很乖，眼巴巴望着我，看我把它独自留在了门外。

　　晚上我又悄悄下去看了它两次。每回一开门，它都乖乖待在窝里，或打盹儿，或熟睡，或舔毛。看见门开了，它就小声叫着，站起身来，伸长脖子，怯生生地打着呼噜。一伸手摸它，便整个身体靠过来。当我转身回屋，它默默望着我关门，目光直勾勾的。门关上之后，它是什么反应，我不得而知，只知道它没有叫嚷过，不吵不闹，一开门总是在原地等着。

　　我以为它会一直这样等着。

Chapter Two
第二章

第二天，猫不要我了

01

清晨，阳光清透，猫碗空空，它不在。

我趿拉着拖鞋跑到花园铁门前唤了声"咪咪"，就被一阵带着颤音的"喵喵喵"回应了。

它的小身影"嗖"一下从外面的树丛里钻出来，飞快冲向我。它穿过铁门空隙，围着我脚边打转，发出呼噜呼噜声，似在解释它为什么走开了。

我给它开了罐头，陪它玩耍，然后回屋、关门、上楼，做我的事情。

过一会儿，我想着它，便下楼看看。如果它没在，我呼唤一声，它会立刻从不远不近的地方冒出来，欢声应着，小跑步冲回来。我知道它一直在等待，等我不会关上门留它独自在外面。它看懂了我们不想让它进入那一道门，但我一次次地出现，一次次地呼唤，让它又存着希望。

我让它失望了一次又一次。

02

午饭后，我带了一些老妈炖鸡汤时留给它的鸡胸肉，放在它的小碗里。它吃了几口，停下来望着我，没有继续狼吞虎咽，而是看着我身后虚掩的门，看着我往屋里走的脚步。

那天我正赶时间出门，去办一件要紧事。

人类永远有各种各样的事，每一件事都很要紧。

猫没有什么要紧事，唯一要紧的事只是活下去，如果能被爱一点点，如果再有个家，那就再没有什么更要紧的了。

我到了门口又折返两次，想陪着它吃完东西。

它小口小口地，越吃越慢，吃完依然低着头，一动不动。

我站起来，它第一次没用目光追逐我，低着头趴在那里。

这么好的地方应该不会让我留下吧……

第一刻，第一眼，长椅上的第一个拥抱

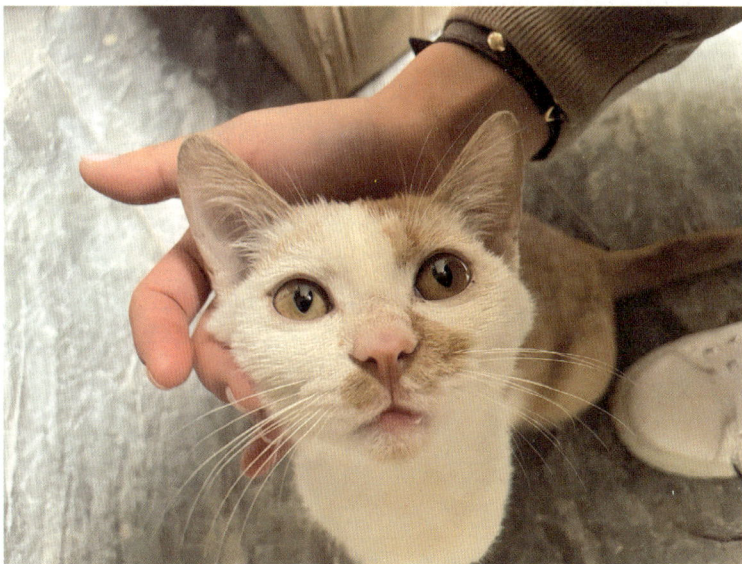

第一次摸摸头

直到我关门的一刹那，它抬起头看了我一眼。

我的手来不及停下，门已重重关上。

我站在门后，克制着开门再摸摸它的冲动，任凭它那个眼神戳在心里。

我急于出门办事，没有时间去想一只猫的眼神在诉说什么。

出了门，一整个下午心神不宁，脑中不时晃过它那个眼神。

天将黑时，我打电话提醒老妈下去给它放晚饭。

老妈说："下去看了两次，猫都不在，碗里的猫粮也没有吃。"

我拿着电话，心往下沉，知道了它那个眼神是什么意思。

但我安慰老妈，也安慰自己："没事，它只是出去玩了，晚一点饿了会回来吃饭的。"

03

那晚，我到家了，它还没回来。

我顾不上吃晚饭，立刻出去找它，在附近挨家挨户、前后花园都找了一遍，唤了又唤，它都没有出现，也没有应声。我开了它最爱吃的罐头，放在猫窝旁，坐在门口等它，等到脚麻了，爸妈发火了，才上了楼。

爸妈说："它跑去和别的猫玩了，半夜一定会回来吃东西。这里有这么好吃的罐头，它哪会舍得走。"

可我知道，这次不一样，它可能真的不会回来了。

比起罐头，它有真正想实现的愿望，这个愿望在我关上门的那一刻，彻底落空了。

它看我的那个眼神，已经说出了"再见"。

它是自己走的，如同一开始它自己选择留下。

可这里终究不是它的家，这个人一再把它关在门外。

它很想进来，既然进不来，它会自己离开。

爸妈不以为意，说我把猫当成了人，想象太多，纯属小说家过

度联想。

我问他们是否记得小时候爷爷奶奶家养的那只大花猫。

那时，姑姑从同事家抱回了一只可爱的小奶猫，全家人都喜欢小猫，围着小猫逗玩。在旁边冷眼看着的大花猫，气愤地冲人嗷嗷大叫，提醒我们，分明它才是从小在这个家里长大的猫啊。可他们都哈哈大笑，认为一只猫的嫉妒很有趣，它故意抱着小奶猫去逗它。大花猫伤了心。

那个晚上，它一口饭都没吃就离家出走了。几天几夜没回来，家里人到处找它，终于在不远处一个院子的墙头看到它，毛发杂乱，瘦了一圈，对人爱理不理。唯独我和妈妈带着吃的去找它，它还肯认我们。或许因为那天只有我们不忍看它难过，陪了它一会儿。后来我们每天带着吃的去哄它，它总算肯跟着我们回家，却再也不如之前亲人，总是冷冷地用眼角斜着看人，一不顺意还会抓人。它时常深夜才溜进屋，吃个饭就走。家里人在外面遇见它，招呼它，也冷冷淡淡的。后来它逐渐成了一只真正的野猫，连我也唤不回来了。

我对大花猫的回忆，换来了王大爷的嘲讽，他根本不记得那些关于猫猫狗狗的事，只觉得我为了一只猫这样大惊小怪，实在不可理喻。

"一只野猫，宝贝成这样，你这种心理不正常。"

万能攻击又来了。

王大爷一旦看什么不顺眼，就爱用"精神不正常""心理有问题"这类万能句式，发出无差别攻击，去否定一切与他看法不一致的事和人，不分轻重，无论亲疏：如果一个人掏心掏肺地去喜欢一只平白无故捡来的野猫，心理不正常；亲戚家孩子不结婚不生小孩，心理不正常；街上看到的男孩子奇装异服化了妆，心理不正常……在王大爷眼里，越来越多的人变得不正常，这个世界越来越不正常。

他解答不了也懒得去思考为什么的时候，就给自己一个万能答案——他们都不正常。这样他精神世界的堡垒就得到了保卫和巩固，他的安全感也变得更加坚不可摧。

往常当他向我抛出这句万能攻击时，我会就地还击。

但这次我继续赔着笑脸，顺着他，哄着他。

因为我得求着他在小区业主群里发寻猫启事。

我和老妈都没有加聒噪的小区业主群，只有他在那群里。

寻猫启事已经准备好了，文字和图片都发给了他，只求他动动手指转发到业主群里。

他说："那猫可能有人养着，被你抱回来，现在它回家去了。"

"哪个好人家养猫养得只剩下皮包骨头，还满身是伤，在外面被狗追着咬？"

"就算之前没人养，小区里也不止你一个爱心泛滥的，可能哪个把它抱回去了，未必①你要上门抢猫？"

"所以麻烦你在业主群里问一声，如果有人养了它，我求之不得，也就不担心了。"

"没这个必要！"

"那你叫管理员拉我进群，我来发。"

"用不着，一户加一个业主就行了。"

"这么说起来，我才是业主吧？"

话一出口我就后悔了——哦豁，急切之时，情商掉线。

虽然我确实是业主，房子也是我买的，但显然，这句话挑衅了王大爷一家之主的权威与颜面。我将矛盾上升了，让他下不来台了。

王大爷黑着一张脸，甩手离开饭厅，别说不肯发寻猫启事，连话也不想再和我说。

老妈像个救火队员，奔走在两个即将爆燃的火药桶之间，劝劝这个，哄哄那个。其实她明白，小猫自己走了，少了个麻烦，正中王大爷下怀，所以生怕我再去找回来。至于我的焦急难过，他看得到，但不当回事。

为一只野猫担心着急，就是发疯，发疯就得不惯着。

我很了解他一贯引以为傲的"严父作风"。

---

① 重庆方言，意为难道。

我小时候总会被他气得大哭，而现在变成了大人的好处是，发疯就发疯，谁怕谁——

"行吧，你不愿意在业主群里发条简单的寻猫启事，我就自己打印个'重金寻猫启事'，贴满整个小区，物业办公室、车库、门口超市、理发店、面馆……你眼皮底下的每个地方，我都去贴。你不帮我找，我自有办法找。"

小孩发疯会挨揍，成年人发疯真痛快。

夹在同时发疯的一老一小之间，每次都试图和稀泥的老妈，其实也很担心猫的去向。但她又总是不假思索地站到她"队友"的阵线上，和"队友"一致谴责道："你有点爱猫爱到失去理智了。"

如果理智就是面对一个小生灵的不知所终，明明可以不放弃它，却因为怕麻烦，只是叹口气，说一句"算了，随便它吧，这是它的命"，那我愿意失去这种理智。

爱护弱小本是人类的天性，可只是爱护一只猫就已如此费力，如此处处碰壁，分明不是在作恶，却像干了坏事一样在自己父母面前也要百般解释，躲闪遮掩，连这样微小的请求也被拒绝。

或许，猫不重要，对错不重要，唯有子女对父母的绝对服从才重要。

拒绝和否定，永远是父母最厉害的驯服技。

04

那个夜晚，父母房里的灯亮了很久，我不知道他们讨论了些什么。

我也一直没睡，隐约想起一些画面，想起那个爱穿红色衣服、留齐眉刘海的大眼睛小女孩。她被捧在手心里长大，似乎要什么有什么，总有最好的衣服、鞋子和玩具。可她经常和邻居家的小女孩一起躲在大人们不易发现的角落，生气地说着悄悄话，很气那些不讲理的大人。小孩的生气和委屈只有另一个小孩能明白。

夜很深时，父母房里的灯终于熄了。

我轻手轻脚地摸下楼去看了两次，不出意外，罐头一口没动。

凌晨两点，夜雾湿冷，我悄悄出门，打着电筒把整个小区找了一圈。

小区很大，高树密植，小径曲折，路灯幽暗，不远处就是连绵的南山。

我走到第一次遇到猫的地方，坐在那张长椅上，想着它当时紧贴我的那一刻，它的体温好像还在臂弯里。它的心跳，它的眼神，如果就这样消失，不再回来了，它会怎么样？会不会再遇到那几只狗；会不会跑出了小区，在路上被车撞到；会不会遇到了偷猫的猫肉贩子……无数可怕的念头在我脑海中此起彼伏。

我望着黑黢黢的草丛，想象在黑暗中的某个地方，有个小坏蛋正在听我说话。

"你现在是不是躲在哪里偷看？听到我喊你，故意不回答，不想理我了？

"对不起，我知道你想要的是一个家，不是那一口饭。你愿意跟我走，不是因为我有吃的，而是因为我会保护你。可我让你失望了，你等了很多次，不想等了。"

"小坏蛋，如果你还愿意回来，我不会再关门了，不会再把你关在外面……我给你取个好一点的名字，如果你喜欢'咪咪'这个名字也行，我们以后做一只有家有名字的小猫，好不好？"

辗转一夜，早上六点，又去楼下看，碗里的食物依然没有被动过，猫窝冷清清地空着。

Chapter Three
第三章

第三天，失而复得的你

我红肿着眼睛坐在餐桌边吃早餐。

老妈坐到旁边，叹口气："猫粮还是一口没动。"

我点点头。

"你昨晚是不是又出去找了它？"

我没吭声。

她凑近我悄声说："老王一早起来就在业主群里发了寻猫启事。"

我停下筷子。

她递来王大爷的手机，点开微信业主群，翻出聊天记录给我看。

群里的邻居们很是热心，七嘴八舌地讨论谁家见过相似的猫，谁家前些天也在找猫，还有人回应王大爷说："你好善良。"

我提起嗓门："哎呀，有人夸你好善良呢！"

王大爷正在洗漱，他刮着胡子，探出头来："真的？"

老妈乐了："真的，你看嘛，好几个人表扬你善良，有爱心。"

王大爷露出了满足而矜持的表情。

匆忙扒完早饭，我拿着已经打印好的一沓寻猫启事，和老妈一起直奔物业办公室。

我起初担心物业不会同意在公共入口处张贴寻猫启事，没想到物业办公室的女孩子们都很热心，听说要找猫，都一起想办法。保安帮我们把寻猫启事贴在小区入口最醒目处，让进出车辆都看得到。保洁阿姨们也帮着回想，曾经在什么地方见过这只猫。因为它有一张颇具辨识度的小花脸，一说她们都知道是"那只猫啊"。

这个上午，我仔细问了路上碰见的每一位保安大哥、保洁阿姨，以及每天定时定点遛弯的邻居大爷大妈。问他们比查监控更有效。正是根据他们口中的信息，我一点点拼凑出这只猫曾经无人在意的存在痕迹。

他们说："几个月前就看见它出现在这个小区，那时还很小，

比现在更瘦小。"

保洁阿姨说："有一阵子，我看见它瘦得像张纸片，以为要死了，过几天又看见它跑出来，还活着。"

一个邻居婆婆说："这附近就它一只小黄猫，到处翻垃圾，会跟人讨吃，但不给人摸。"

另一个邻居婆婆说："那猫啊，经常被狗追，就是住在尽头的那家人，养了三只狗，从来不拴。"

几个婆婆原本围在一起晒太阳聊天，看我到处找猫，纷纷问起我这猫怎么回事。

瘦婆婆皱着眉问："是你的猫？怎么那么瘦？你都不喂它吗？"

我说："前天我才捡到它。"

婆婆们恍然大悟，一阵叹气，说着"这猫可怜"。

胖婆婆安慰地看着我："你喜欢猫？我找亲戚给你讨一只，不要钱。"

我哭笑不得："不是，我不缺猫了，就是想找到它。"

另一个婆婆很困惑："为啥子非要这只猫？"

婆婆们纷纷附和："就是，猫儿多得很，找不到这只就另外抱一只，不要急嘛。"

同样的安慰来自小区门口理发店店长，店长小哥很热心，帮我把寻猫启事贴在了他们店的正门口。他生怕不够醒目，贴好后还安慰我说："这小区里很多流浪猫，想要只猫儿容易得很。"

王大爷昨晚说："满世界的流浪猫，你救得完吗？这只找到了，明天又来一只，你收不收？"

我当然救不完从今往后遇到的每一只猫，也爱不了从今往后遇到的每一个人。

你不能张开一张大网去捞满天的星星，但若有一颗星星刚好落在你的手心，若有一个人刚好走进你的生命，若有一只猫刚好扑进你的怀抱，你会知道，这颗星、这个人、这只猫，是一个从此不同的存在。

一上午过去了，还是没有猫的任何消息。

终于有个保安大哥说："昨天半夜巡逻，我看见它从你家附近的绿化带跑过。"

我们都松了一口气，它还活着就好。

老妈有点郁闷："你到处找它，唤它，它明明就在附近，是故意不理你吗？"

我知道它是自己走的，但没想到它走得这么坚决。

昨晚我坐在长椅上，想着它会不会就在附近，原来它真的在。

——是有多失望，你才铁了心怎么都不再回应？明明一天前听到我的声音还欢快地叫着跑出来蹭腿讨摸摸。

你怎么小小年纪，心肠这么硬？

无论如何，知道了它还在这个小区，总算有了希望。

老妈奚落我："你对人有没有这么痴心？"

人来人去，人有选择和被选择的权利。

而猫呢？

它被我亲手抱了回来，又被我亲手关在门外。

我以为只是我在做选择，留下它或是不留下它，让它进屋还是不能进屋的选择。

原来猫也在选择，把自己交托给我，还是收回这份交托，它也有选择的权利。

我给了它有家的希望，又把这个希望戳破。

那天它望着我关上门的眼神，是最后一份期待也破灭后的冷淡，是在说："你不要我，那我走了。"

如果我从一开始就不回应它，没有抱它回家，确实不必非把它找回来。但我回应了，伸手了，它有了期待，我也就有了责任。

王大爷嗤之以鼻："一只猫儿还有恁个①复杂的脑壳？我看你硬是小说写多了。"

他黑着脸坐在沙发上，一边嘲讽一边翻看业主群里有没有人回复关于猫的消息。

老妈在厨房炒菜，催我洗手端菜，准备开饭。

我回到楼上房间，看着卫生间镜子里披头散发的自己，顶着两个黑眼圈，时差加失眠，令我也像那只猫一样灰头土脸。如果没有一下飞机就捡到猫，没有三更半夜满小区找猫，此刻我应该早已倒完了时差，做好了头发和美甲，神采奕奕地约上老友奔向家乡久违的美食……但一切都被这只猫打乱了。

看着水流冲洗着手上的泡沫，我的心脏突然紧了一下。

是那种，坐在考场突然想起没带准考证的感觉。

是那种，到了机场发现护照还在家里的感觉。

似乎是第六感，又不完全是。

总之，整个人突然毫无缘由地慌了起来。

猫回来了！

这个念头闪进脑子，顾不得手上的泡沫还没冲干净，我已经冲进了电梯，从三楼直达花园。拿钥匙的时候，心脏狂跳着，开门的一瞬间，几乎确定是猫回来了。

门外什么也没有。

巨大的失落感当头砸下来。

抱着最后一丝侥幸，我走出花园，不抱什么希望地开了门，一如既往地唤了声"咪咪"。

没有回应。

沮丧到了极点。

我默默关上铁门，正要锁门时，似乎有两个人从花园小径的尽头朝这方向走来。

眯起一双近视眼，我依稀认出了他们深蓝色的物业制服，以及

---

① 重庆方言，意为这样。

走在前面的那个人抱在手中的一团黄色物体。来不及思考，我的脚已经迈出门，朝他们跑去。

保安大哥笑容满面地抱着它，将它递到我手里。

"是你们家走丢的那只猫吗？"

"是，是，是！"我语无伦次。

是我的猫，我的猫。

它把头歪了过去，不与我对视。

即便被我一把抱在怀中，它也很冷漠，完全没有两天前的亲昵。

保安大哥说："刚才看到它趴在门口的花坛上，一动不动的，一点都不费力就抓到了，好奇怪，平时这些野猫老远看到人就跑。我一看它就是你们寻猫启事上的那只嘛！"

我千恩万谢地送走他们，把猫紧紧搂在胸前。

此时的楼上，老妈也接到了物业管家打来的电话。

管家说："猫找到了，给你们送过来了。"

老妈丢下厨房里烧着的菜，飞奔下楼，惊讶地看到猫已经在我怀里。

猫被我抱进花园的时候，轻轻"呜"了一声，扭过身子，有些不情愿。

我继续抱着它走进之前总是对它关上的那扇门，再抱它走进之前从未允许它进入的，可以从储藏室直接上楼的电梯。

它趴在我肩上，睁大眼睛，看着这一点点在它面前展开的新世界和新"猫生"，慢慢从喉咙里发出轻微的、不确定的、越来越响亮的呼噜声。

电梯门在三楼打开，我抱着它走过走廊，径直走进我的卧室。

它的身体软软地靠了过来，爪子抱紧我的胳膊，响亮的呼噜声再也停不下来。

它明白了。

我把它抱到了卧室卫生间，放进淋浴房，想让它熟悉一下环境再洗澡。

这个家，我来了可就不走了

  它站在地上，左右看看，径直爬进空的洗衣筐里，侧身躺下，蜷得紧紧的，好像生怕谁再把它从这里拽走。

  老妈也不嫌它脏了，找来几件柔软的旧衣服，给它垫在身体下面。它也不见外，翻了翻肚皮，闭眼睡起了大觉。

  它就这样熟睡了两个钟头。

  后来我跟很多人讲述这一天，这奇特的一刻。

  有人惊叹，有人不信。

  我也从未遇到过这样的事。我所知道的关于猫、关于人的那些常识和逻辑，在这一刻都显得不合理起来。

  王大爷是第一个不信的，他认定了，小说家言，夸大其词。

  后来老妈问："你是怎么刚好那个时候跑下去开门的呢？物业没有你的电话，不可能提前通知你，你是怎么知道他们找到猫抱回来了呢？"

  我也不知道。

  或许猫知道。

那天，王大爷第一次睨着猫说："怕不是个妖怪。"

这句话后来他对猫说了很多次。

人类以为神仙妖怪无所不能，或许在猫的眼里，人类也是这样强大的存在。

我望着洗衣篮里安心熟睡的猫，很想知道在我疯狂找它的那个夜晚，它有没有躲在暗处偷偷看我？它知不知道这个神通广大到可以随时变出金枪鱼罐头的人类，当时的无助和懊悔全是因为它？

03

洗完澡，这只干干净净的小猫咪，终于被允许进入卧室。

它洗澡的时候很配合，我能摸到它身上的伤疤也更多。

剪指甲时，它也没有抗拒，几乎是伸出爪来，任凭我摆布。

帮我给它洗澡、剪指甲的老妈看得惊叹连连。

她说："真不敢相信，居然会有这么温驯的，主动配合剪指甲的流浪猫。"

猫就没有温驯的。

猫是天生一身反骨、桀骜叛逆的。

越被爱，越乖张。

越被爱，越有恃无恐。

一只百依百顺、没有一点脾气的猫，多半不是天性温驯，而是自知没有被爱和珍视的资格。它自知自己只是玩物，因而卑微心怯，只能刻意讨好人类，博取一点好不容易得到的眷顾，又生怕触怒人类，失去了温饱。

在我们俩忙忙碌碌安置小猫的时候，王大爷也没有闲着，他热心地跑去对门养了两只小泰迪的邻居家，借来了他们偶尔关小狗的铁笼子。

他把狗笼放在我卧室的露台上，满意地说："关猫正好。"

看我没说话，他进一步补充："恁个就不怕猫抓家具和窗帘了。"

老妈在一旁拼命用眼神阻止我开口，暗示我不要理他——反正三楼只有我住着，他们住二楼，我把门一关，他也不会知道猫关没关进笼子。

蹲在猫窝里，晒着太阳舔毛的猫，听到我们说话，慢吞吞地走了过来。

它看看那个小铁笼子，又看看我，低头垂尾，慢慢地钻了进去，在角落把自己蜷缩成一团。

王大爷哈哈大笑："它还很自觉，晓得主动进笼子，各人关各人！"

老妈也觉得好笑："傻不傻啊你，喜欢蹲笼子！"

我蹲下来，把手伸进笼子里，摸着它的头："出来吧，你不用再待在笼子里了，不管以前是谁关过你，以后再也没人会把你关起来。"

它观察着我们每个人的表情，迟疑了一阵，试探着一步步走出来，怯生生地躲在我背后。

直到王大爷离开房间，下了楼，猫侧耳听见他的脚步声远去，才跳进猫窝，继续舔毛。

那个铁笼子，它没再扭头看过一眼。

它大口大口地吃了很多猫粮，撑得肚子滚圆。

显然之前是一直饿着的，饿着肚子都犟得没有回我家花园里吃一口饭。

此刻的它吃得心满意足，吃完跳到给它在卧室摇椅铺好的羊毛垫子上睡了，不一会儿就仰面翻出肚皮，蹬腿伸爪，咧开嘴巴，打起小呼噜。

它睡了一整个下午，像从未睡过这么安心的觉。

傍晚时，闪送的包裹到了，我给它买的猫砂盆、豆腐砂、玩具……都到了。

猫砂盆一准备好，它就熟门熟路地跳进去，尿尿，刨埋，动作熟练得行云流水。

　　老妈又惊奇地说："它一只流浪猫，居然一来就会用猫砂。"

　　我叹气道："因为它不是天生就在流浪，是被人养过又抛弃的猫。"

　　老妈将信将疑。

　　我拆开逗猫棒的包装袋，唤它过来，如同在家里和猫崽子们最喜欢玩的那样，将逗猫棒高高扬起，鲜艳的羽毛跳跃着，小细棍划出一道弧线，等待它来抓扑。

　　它呆望着我手里的逗猫棒挥向它，炸毛弓背，哀叫一声，贴地趴下，耳朵倒伏，紧闭眼睛，身体颤抖不止。

　　我愣住了，忙将逗猫棒丢开，把它抱起来。

　　它被我抱住，身体紧绷僵硬，不住发抖，瞳孔因为惊恐而放大。

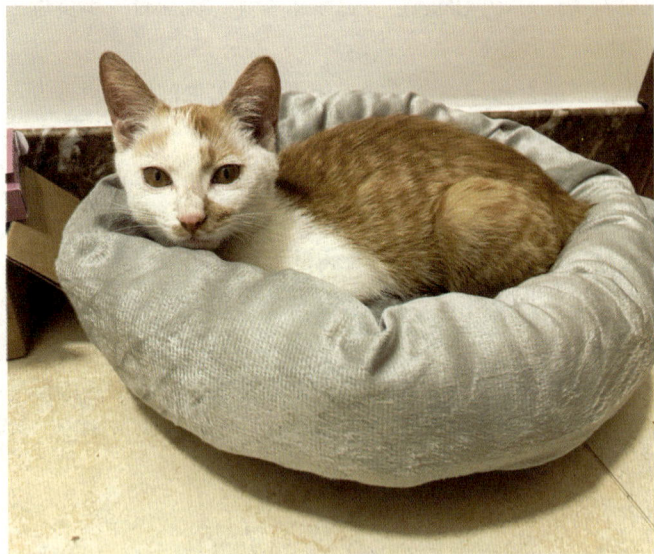

我，我真的可以睡这么好的窝吗

它望着我，没有反抗，只有恐惧和不解。

我抚摸着瘦骨伶仃的它，轻声说："别怕，那是玩具，不是打你的东西。现在没有人打你了，再也没有人打你了。"

逗猫棒被我扔得远远的。

它放下戒备，趴在猫窝里，疑惑地看我又拿出一个毛绒玩具。

为了让它明白什么是玩具，我趴在地板上，学猫嬉戏的样子，把那个会吱吱叫的毛绒玩具抛来抛去。

它瞪大眼睛，看了好几遍，终于跳起来，接住了我抛给它的毛绒玩具。

就此一发不可收拾。

它抱着玩具，满地翻滚，玩得大喘粗气也停不下来。直到它累得瘫倒在地，摊手摊脚，爪垫上都是汗，发出欢喜的呼噜声。

我把它抱进窝里，把玩具放在它两只前爪间。它抱紧玩具，像人似的叹了长长一口气，满足地闭上眼睛，渐渐睡过去。

04

老妈推门进来，抱着一叠旧床单。

她把卧室家具的皮革部分用旧床单严严实实地罩了起来，包括床头、床围和外面书房的按摩椅。但那张两米多宽的大床实在太大，怎么也罩不完。之前家里养过的猫都"武艺超群"，老妈至今想起那些饱受摧残的家具和窗帘还是心有余悸。

她看着沉睡中的猫，无奈地指着床问我："你晓得这张床好贵不？"又指指卧室的实木地板，"晓得这地板多少钱铺的？"

我说："抓了我赔。"

但猫争气，它不抓。

它在地板上走路都是轻手轻脚的，爪子缩进肉垫里，发出的声音是软闷闷的。

它甚至连卧室的白色薄纱窗帘都不抓——这种面料对任何一只

猫都是无法抗拒的诱惑，起初它感兴趣地碰了一下，被我妈一声呵斥，便再也没对那窗帘伸过爪。

卧室门关上，它呼呼安睡，家里三个人在楼下饭厅正襟危坐，讨论它的"猫生"去向。

王大爷拿出了最大的宽容大度说："喂它吃几顿饱饭，有病治病，有伤治伤，要打什么疫苗也可以，弄完了就该还它自由，放它回归自由自在的广阔天地。它本来就是一只野猫。"

老妈说："我问问有没有熟人想养猫，最好是有亲戚朋友能收了它，给它一个家。"

我说："明天先去动物医院体检，然后把免疫绝育做了，再给它找领养人。"

王大爷的眉头拧成了疙瘩："一天没事找事，自寻麻烦。"

此刻的他还不知道，给猫免疫绝育，并不是去一趟动物医院就完事的。

我得慢慢来，一次让他接受一点，日拱一卒，得寸再进尺。

无论如何，我要给猫争取尽可能多的时间，将它留在家里养好身体，赶在寒冬到来之前，再给它找一个靠谱的领养人家。

我不敢奢望把它留在这个家里，那俨然是一个不现实的幻想。

跨国飞行的遥远路途、航空托运的安全风险、复杂烦琐的出国手续和漫长的等待时间，我还有许多事缠身，在国内期间的行程与回程的时间都未知，带一只猫回意大利太不现实。

也不敢让父母留下它。

每年冬天他们都要去三亚居住两三个月，重庆的冬天阴冷潮湿，少见阳光，老年人总是容易生病。最近这十年，爸妈都习惯了南来北往的"候鸟生活"，带着一只猫远途旅行实在不便。

更何况，他们并不想养猫。

我抗拒被父母强加他们的意愿，同样也不能用自己的意愿去强迫他们。

他们能够同意我暂时收留这只猫，已是极大的妥协。

我唯一能为它做的，就是在国内这段时间尽力照顾好它，再给它寻找一个家，将它送走，送去另一个未知的怀抱。

明明我就在自己的家中，却又没有一个家可以给它。

和猫一起入睡的第一个夜晚，它跳到床头，蹑手蹑脚，试探着，一点点靠近我的枕边。我一伸手就把它搂进被窝。

它立刻贴着我，眯起眼睛，拼命发出巨大的呼噜声，爪子在我身上一踩一踩的。

似乎它等这一刻已经等了很久很久。

床头的暖色灯光下，它软绵绵地躺在我的臂弯里，仰头看我，眼睛莹亮，鼻头湿润，爪垫潮乎乎，脑袋埋进我的脖颈间，胡须扎得我发痒。而它更开心地翻滚着，亮出肚皮，在被窝里滚来滚去，时而用脑袋又蹭又顶，时而用小身体又贴又拱，好像不知道要怎么表达满心的欢喜。

它以为从此以后的每一夜都是这样了。

我有些难过，为什么我们不是在另一个家门前遇到？

如果你出生在地球的另一端，在那里和我相遇，我一定再也不放开手，就这样把你捧在掌心，让你每一个夜晚都这样无忧无虑地翻滚着入睡。

臂弯里打着呼噜渐渐睡着的猫，睡得这样安心。

我却睡不着。

环视四周，我分明是这个房子的主人，却不是这个"家"的主人。

一个传统东亚家庭的孩子，即便成年了，也依然被默认为是"家"的从属，是父母的从属。一个家庭的规则只能由父母制定。

在自己的家里，我可以一拍大腿，为了让猫和兔子自由进出，

在新盖好的阳光花房墙上开个洞。没有人会质疑，我也不需要顾虑，一切全凭喜欢。这些年，我终于给自己建起了一块完整属于自己的领地，可一朝回到父母身边，我那个自主自在的世界又轰然瓦解了，我又被打回原形，我依然是一个事事都要先想一想父母会不会批准的小孩。

我抱着一只猫，走进了父母的家门，就此小心翼翼，随时和猫一起观察他们的脸色——怕猫抓了家具，怕猫碰了花瓶，怕猫不小心出现在王大爷面前惹他生气。

叛逆了一整个青春，独立到了如今，只为不用做一个讨大人喜欢的小孩。

为了这只猫，却要重新开始学习讨人喜欢了。

猫一晚上都没有下过楼，它很聪明地只待在三楼，它知道我的地盘也是它的安全范围。凭着小动物的本能，它看懂了王大爷眼里对它的不喜和排斥；凭着动物趋利避害的天性，它极尽小心地待在离王大爷最远的角落，不去讨人厌。

我看着猫的瑟缩小心，试着唤它下楼。

它不敢。

我也不敢。

我不敢像在自己的家里一样，允许每只猫都做一只顺从天性的猫，允许它们飞奔跳跃；允许它们抓挠家具，摔打物件；允许它们做一只猫该做的事，而不是做人类允许宠物做的事。我和它们共同生活在一起，彼此需要，彼此尊重——允许一只猫像猫一样活着，把猫当猫，如同把人当人，起码的尊重不过如此。

我自己家里的猫从来不会蹑手蹑脚地走路，不懂得看人脸色。

而这一只猫，用它的小心卑微，察言观色，终于博得了王大爷的一点赞赏。

睡前老妈逗了一会儿猫，感叹说："这猫儿真的有点乖，确实讨人喜欢。"

王大爷坐在沙发上，眼睛盯着电视说："虽然是只野猫，但还算有点素质。"

老妈被逗笑了："确实是只有素质的猫。"

一只有素质的猫。

听着他俩打趣那只猫，我想起了小时候的我。

大人们若要夸奖一个小孩，便说"某某真是个讨人喜欢的小孩呀"；若要批评一个小孩，便说"这孩子真不讨人喜欢"。

我可真讨厌"讨人喜欢"这四个字。

为什么要讨你们的喜欢？

为什么要讨？

我喜欢我自己，你们喜欢你们自己，不行吗？

小时候一直想大声说出这些话。

这个深夜，看着身旁熟睡的猫，想着不久之后它会成为别人的猫，不知道会不会在别人的怀抱里这样入睡，会不会在别人的家里继续做一只所谓的"有素质的猫"……我有些难过，捏了捏它的小爪子，在它耳边说："希望那个人会把你养成一只没素质的小猫。"

如今的我终于把自己养成了一个再不用讨谁喜欢的人。

猫，希望你也不用。

Chapter Four
第四章

第四天，成为王米米

老妈一早打扮得光彩照人地出了门，去参加同学聚会。

王大爷亲自做好了早饭，吃饭时自告奋勇提出开车，送我和猫去动物医院。

我几乎被他的热心感动，以为是他看猫一大早战战兢兢地跟在我脚边下楼，见到他就像见了"麻老虎"一样飞逃，因此有点愧疚。

"麻老虎"谁不怕呢。重庆老一辈的婆婆爷爷们吓唬不听话的小孩子时，总说"再哭，麻老虎来咬你"，或是"不听话的娃儿要遭熊嘎婆①啃手指头"。

我拎着被装进猫包还在好奇张望的猫，跟着王大爷下了车库，高高兴兴地对它说："快谢谢麻老虎，今天亲自开车带你去看医生。"

"麻老虎"面无表情地打开了后备箱，等我把猫塞进去。

我一时没反应过来——他是说，把一只猫关在漆黑憋闷的后备箱吗？

两人一猫，三面相觑。

他不理解我为什么目瞪口呆，我也不理解他的思维逻辑。

看我把猫包坚定地放在了后排座椅上，"麻老虎"站在车门外，一脸震惊："你把恁个脏的猫儿放我车子座位上？"

我点头："后备箱是装货的，不是装活物的。"

"麻老虎"攥着车钥匙站在那里，瞪眼虎视着我和猫。我和猫坐在一起，纹丝不动。

漫长的对峙之后，"麻老虎"黑着脸，一言不发地坐进驾驶座，发动了车子。

一路上各自无言。

猫老老实实地缩在包里，一声不吭。

---

① 重庆民间故事里，一个吓唬小孩的角色。

急促起伏的呼吸和倒伏的耳朵，流露出它极力压抑着的恐惧和紧张。

它是害怕的，但不想哇哇大叫，表现得像只胆小猫。在人类面前猫也需要一点面子。

我把手伸进猫包，摸着它的额头，那是它最喜欢被抚摸的地方。

它的呼吸平缓下来，身体舒展，慢慢探头钻出猫包，好奇地打量车窗外的世界。

动物医院离家很近，"麻老虎"停好车，待在车里等着，催我动作快点。

02

我还未走进动物医院，高低起伏的狗吠声迎面而来，猫包里一路安静的猫顿时奓毛。

它在包里和狗隔空嘶吼，开启了战斗模式。

然而一阵尖声吠叫后，从医院门内冲出来几只热烈摇甩着尾巴的小狗。冲在第一位的是一只个头还没有猫大的迷你吉娃娃，后面还有一只胖得走不动路的法国斗牛犬和一只吐着长舌头的癞毛小黄狗。

它们毫无恶意，蹭腿摇尾，热情招呼。

猫隔着猫包的格栅门，看到狗子们扑上来，弓起背，哐哐两拳砸在门上，吼声高亢，惊得我差点手一软。

这是我捡到的那个委屈巴巴的小可怜？

那只年老吉娃娃似乎患有白内障，走路蹒跚，年龄应该很大了。它像是见惯了新来的小患者这副不友好的架势，不以为意，依然凑近猫包，友好地冲猫摇尾巴。

我摸了摸小狗，对猫说："别怕，它不咬你，这是一只好小狗。"

猫的回应是——"嘶哈"，又一拳捣在格栅门上，龇出八颗尖细的小破牙。

狗子们默默后退了。

我尴尬地摸摸它们，感到很不好意思，想说其实它是只不错的小猫，只是可能性格有点刚烈，平时它也不是这么没素质。还好这话我没说出口，不然下一秒就被打脸了。猫连出两拳，没能捣开猫包，一腔怒火无处发泄，发出了暴怒咆哮。

动物医院候诊厅的猫猫狗狗都被它凶猛的嘶吼声惊得焦躁乱叫起来。

我很狼狈，忙对跑出来的前台小哥道歉，解释说它是一只流浪猫，特别怕狗，问他能不能找个远离其他小动物的房间，让它先冷静一下。

前台小哥很理解，带我们进了一间远离大厅的诊室，关起门来等待医生。

关上门，只剩下我和它。猫依然蜷成一团，哈着气，释放着"谁也别过来，老子很凶"的威胁信号。我打开猫包，想伸手安抚它。可它迅速看清了房间里只有我之后，警觉地钻出来，一头扎进我怀里。它的脑门埋进我的臂弯，"嗷呜，嗷呜"，一声接一声，像是压抑着的哭腔从喉咙里发出。

我无法用人类的语言向它解释为什么要带它来一个满是狗的地方，没法向它解释什么是医院，更没法解释为什么这里的狗不会伤害它，这里并没有危险。

在它眼里，或许狗是世上最可怕、最可恶的东西。我把它关在一个狭小的笼子里，带它到一个全是狗的地方，不允许它施展利爪和尖牙保护自己，却与那些狗亲近。它恐惧、气愤，更不解，它不明白我在干什么。

看它的反应，似乎没有怀疑过我会伤害它。

它的抱怨与不忿，像是认为我犯了一个把我们俩都置于危险中的错误。

但除了语言，一个生灵和另一个生灵之间，会有更好的办法互相理解。

我抱住它，把脸贴着它的脸，额头挨着它的额头。

我能听到它的心跳声，它也能听到我的心跳声；我能感受到它的体温、呼吸和气味，它也能感受到我的……跳过语言的障碍，我尝试用生物之间最原始的方式，像类人猿祖先还不会使用语言时的样子，用自己的心跳、温度和气味，把安全的讯息传递给它。

很久以前，我在国外一家动物医院遇到过一只等待安乐死的猫。

那还是一只幼猫，失明耳聋，患有严重心脏病和血液病。它没有主人，不知道是被谁发现送来的。医生摇头表示无计可施，只能让它离开时少受些苦痛。

那只猫，看不见也听不见，独自缩在笼子的角落。

兽医说它抗拒被人触碰，一有人接近就恐惧颤抖。

我走过去想好好看看它。我没有碰它，也没出声。我知道它听不见。

看着它，我的眼泪忍不住落了下来。

那一刻，它把头转向了我的方位，费力地仰头，用鼻子在虚空中寻找着什么。

我伸出手，它慢慢把脸贴在了我的掌心，一动不动很久。

那天，它离开这个世界时，是被爱着的，它知道的。

不用眼睛看，不用耳朵听，它也知道的。

多年之后，我在另一个地方，抱着另一只惊恐愤怒的猫，用同样的方式安抚它。

它慢慢平静下来，接受了我传递给它的讯息，愿意相信在我臂弯中是安全的。

我们这些自以为了不起的人类，一旦离开了语言就丧失了沟通的能力。

一个不会外语的人，在使用母语的环境里，可能是一位学识渊

博的智者。但当他走到母语环境外，听不懂任何信息，说不出自己的想法，此刻他究竟是一位学者还是一个文盲，在旁人眼里，有什么差别呢？

但动物并不受困于语言，甚至不受困于声音。

它们没有发达的语言能力，却训练出了更敏锐的觉知能力。

它们可以从复杂的气味构成、体温变化、环境的温湿度改变、空气的振动频率里获得更为直观真实的信息，当然也能准确感知到人类的情绪变化，从人的情绪中解析出庞杂的讯息量。

03

我家中有一只名字叫"二娃"的八岁公猫，是所有猫中和我最亲密的一只。

它一岁时，经历过一场意外且艰难的手术。在之后的很长一段时间里，他无法自主行动，后半截身体被石膏和钢钉困住，吃喝拉撒、冷热痛痒，都需要我设法弄明白，再和它一起克服困难，找到解决办法。日夜照顾它的过程中，我们建立起了靠一个眼神、一个音节、一个姿态就能明白对方意思的沟通方式。

它康复后，成为家里诸猫的老大。因为它最聪明，最能有效和人类沟通。其他猫很服气它这一点，每当它们有什么需求，发生了什么状况，二娃总是像个小管家一样跑来找我。无论是喜鹊又来侵犯它们的领地了，还是某只猫不舒服吐在了沙发上……它自有办法第一时间让我去处理。

疫情时期，我开始了将近两个月的封闭居家生活。

宅家不出门，对我来说不算什么难事。但对二娃来说，绝对不可接受。

因为每天午后，它必须出门散步，由我陪同，路线总是很固定，这已是雷打不动的习惯，除非天气实在恶劣。

它算不上一只好奇心强的猫，只是喜欢管闲事，责任心强，有

点吹毛求疵，每天如果不去它给自己划定的领地巡视一圈，训诫一下四邻的狗，它会很焦虑。

这个习惯已经持续了三年。如果哪天我有事，没有准时和它出门，它会坐在门口等上几分钟，然后开始刨门，用爪子有节奏地挠门，刺激家里人的神经。老不出门，它就开始高一声低一声，用抱怨的腔调叫嚷，甚至跳到书桌上，故意扒拉东西、摔打手机、推倒水杯……

居家第一天，我做好了心理准备，应对它的大吵大闹。

可它没有，到了平时午后出门的时间，它安静地卧在沙发上睡觉。

第二天、第三天……它一直没有要求过出门。

两个月很快过去了，两年后疫情也过去了，二娃再也没要求过出门散步。

它就此彻底放弃了出门的习惯。

究竟是什么在一天之内改变了一只猫几年来的习性，刚好是那一天，之后也再不出门？难道它明白，一门之外的人类世界，从那一天起，发生了某种变化？

或许它是从我们匆忙准备防疫措施，进出家门都会消毒等一系列反常行为中，感受到了人类的紧张和恐惧，自己推测出外面的世界有了危险。

类似的默契在其他猫身上也发生过几次，但二娃在疫情时的表现最不可思议。

后来我换了更大的房子，有空中庭院、花花草草，视野开阔，可以看海看山。特地为猫们种了一棵橄榄树，它们可以在树上眺望远方。如今的二娃也步入了中年，多了稳重，少了活跃，每天虽不出门，晒晒太阳，看看山海，感觉它也很满意。

04

医生推门进来时，猫以考拉抱树的姿势趴在我身上，背毛平顺，呼吸缓和。

但当医生试图把它从我身上扒下来时，它又咆哮起来，两只前爪把我的胳膊抱得很牢，扭头冲医生怒吼。

温柔的年轻兽医望着猫的狼狈样，笑笑说："既然它离不开你，就先这么抱着吧。"

于是检查的全程，猫都被我抱在怀里，尽管它紧张得全身紧绷，一直目不转睛地看着我，像在向我寻求确认："这里安全吗？他们不会伤害猫吗？"

得到我的肯定回应后，它便继续忍受着人类对它的冒犯。

之前我摸到它左侧腹隐约有个小鼓包，医生用手摸着检查了两遍，认为是淋巴结肿大。但我还是要求给它做一个全腹部彩超，彻底排除恶性疾病的风险。

起初我没有被允许进入B超室，只能隔着玻璃从外面看它被四名医护按在台子上，剃掉了腹部毛发。它挣扎着嘶吼，扭头到处看，睁大的眼睛里满是惊恐。当医生拿起探头触碰它没有毛发的腹部时，它的叫声凄厉，挣扎剧烈，令医生不敢继续操作。

我被叫了进去，医生问我能不能安抚它，怕它这样下去会应激。

猫看到我出现，拼命转过头，哀声求救。

我走过去捧住它的脸，摸着它的额头，对它说："没事，别害怕，我在这里呢，没有人会伤害你。"

身旁的护士提醒："小心它失控咬你。"

医生说："不会，它平静下来了，你们看它的心跳。"

护士惊叹道："真的，比之前好多了，看见主人马上就不一样了。"

B超顺利做完，检查结果和医生推测的一样，只是肠道炎症或感染引起了比较严重的淋巴结肿大，基本排除了恶性疾病的可能。

整个检查过程中，医生对它很耐心温柔，一边检查一边小心抚慰。

猫对这位温柔的医生很顺从，即使他做着它不喜欢的事，它也强忍不爽，没有凶他。

一个人面对另一个生命时，有没有那么一点真切的怜惜之意，

可以骗过人的眼睛，却骗不过动物的直觉，因为它们天生就有能嗅出空气中是否有善意的鼻子。

猫似乎总是知道谁对它好，谁对它一般好，谁对它不那么好。

它也用对等的态度回应，不欠什么，也不多要什么——你给我一分好，我还你一分好。

05

检查完，医生摸摸它的头，感慨地说："你的猫真的很爱你。"

我愣住，下意识回答："不是我的猫。"

医生和猫一起看向我。

我避开猫的视线，对医生小声解释："前几天我从外地回来，刚到家就捡到它……"

医生口罩上方的眼睛弯了弯，摸着猫的脑袋说："那它可能已经找了你很久了吧。"

我看向猫，它目不转睛地看着我。

医生递过来一本病历本，让我填写猫和主人的基本信息。

第一栏就是猫的名字。

我愣愣地拿起笔，才恍然意识到，这几天来我一直在回避着的是什么。

原来是它的名字。

我不曾，也不愿给它取一个名字。

无论我多喜欢，心里也知道，它并不是我的猫，我没有资格替它取名。等它将来遇到了真正的家人，才会拥有一个与人类家庭，也与这人间世界，从此稳定连接起来的名字。

遇见它那一刻，我喊了它一声"咪咪"，它答应了。

之后我们一直用"咪咪"来唤它，它也有唤必应。

但那并不是一个名字，那只是像撮起嘴唇唤狗的"啜啜"声，可以用来唤任何一只狗。而"咪咪"，也可以用来唤任何一只猫，

并不是特定的、明确的、独一无二的，只为唤它。

它当然值得拥有一个专属于它的名字。

谁不是这个世间独一无二的存在呢？

哪怕渺小，哪怕无人在意，哪怕不曾被爱，也依然是宇宙间独一无二的你。

我握着笔迟疑了，不忍写下"咪咪"，不愿意让它是一个被敷衍的存在。

医生看我对着那一栏迟疑，了然地问："是还没有名字吗？"

我脱口而出："有名字，它叫米米，王米米。"

医生温柔地笑道："王米米，嗯，好的。"

咪咪，米米，脱口而出的谐音，算不上一个认真取的名字。

加上姓氏就郑重起来了，就是一只堂堂正正、有家的猫了，不再是一个孤孤单单的存在，一听就知道是一个被人认真对待的生命，不再是一只无人在意的流浪猫。

我低头写下这个名字，又在主人信息一栏写上自己的名字，心里隐约知道，自己似乎正在犯一个错，正在把一个不能属于我的珍宝据为己有。

年龄和出生日期，医生按它的牙齿生长情况，推测为六至八个月。

长期营养不良导致了发育滞后，使它的身形体重与真实年龄并不符合。

我掰着手指算了算，它应该是一只出生在春天的猫，最有可能是四月。

这说明至少它没有经历过严酷的寒冬，令人稍感安慰。

整个春天里，我最喜欢的月份是四月。

四月的世界里，满眼缱绻，万物欣欣向荣。

生于四月，不是热烈勇敢的白羊座，就是坚定温暖的金牛座，正是我期望它往后余生能有的样子。那么王米米，你的生日，就决定在四月了吧。

各项化验结果相继出来，除了营养不良、炎症引起的淋巴结肿

大，它没有大的问题。医生给它开了一堆护理用药，预约了十天后，等它炎症消除，状态恢复好了，就来打第一针疫苗。

一共三针疫苗，算上每针之间的最短间隔时间，王米米还会在我身边待上好一阵子。

在前台结算费用时，我又多买了一堆罐头，想让它在我身边的日子，吃最好的东西，睡最安稳的觉，有尽量多的爱……把肚子吃饱，身体长壮，然后带着一身厚膘和自信，奔向往后未知的"猫生"。

走之前，我去抱了抱那只被遗弃在医院的老年吉娃娃。

听医生说，它是因为年老病弱被前主人遗弃在医院的，另外几只狗狗也因为各种原因被遗弃在这里。医院收留了它们，没有再找领养人，就让年迈的它们在这里养老，每天在医院门口的台阶上晒晒太阳，迎送来去的小患者们。

老吉娃娃很吃力地对我翻肚皮，咧着嘴巴笑得没心没肺。

我把它抱在怀中，在它耳边说："你是一只很棒的小狗，你特别乖，特别可爱。"

它用力摇尾巴，灰蒙蒙的眼睛很湿润。

猫狗也许听不懂人话，但它们听得懂爱的语调。

06

回去的路上，我没有关上猫包，王米米大着胆子爬出猫包，站在我的腿上，探头张望车窗外的风景，琥珀般的大眼睛里映出这座城市绝美的繁华流光。

它看得很认真，对这个世界很好奇。

我却不知道，这么大一座城市，这么大一个世界，这么多熙熙攘攘的人群，不知道在哪里才能找到一个安稳的角落，让这么一只小小的猫容身。

开着车的"麻老虎"冷不丁问："花了好多钱？"

我笑道："不多，不多……"

"麻老虎"冷笑着从后视镜里瞥了一眼我身旁那一大袋猫粮猫罐头："这一包呢？"

　　我卑微地笑着："不贵，不贵。"

　　"麻老虎"的鼻子里发出两声哼哼。

　　老妈的来电及时拯救了我。

　　她已经结束聚会，比我们先到家，看见猫不在，忙来电询问猫是不是还在医院，有没有什么问题。得知一切都好，她才放下心来。

　　到家一进屋，猫就迫不及待地钻出笼子，满地打滚。它看到老妈，甚至冲到她脚下，连滚带蹭，委屈巴巴地朝她喵喵叫，倾诉这一天劫后余生的庆幸。

　　老妈蹲下来摸着它被剃了毛的肚子，心疼得很，直埋怨我。

　　"哎呀，乖乖，遭剃了怎么多毛，医院搞啥子？你也不盯到他们！"老妈摸着猫，满脸不高兴，"看到就要寒潮降温了，还给别个剃毛，真的是……乖乖，快点起来，不要趴地上，凉了胃不舒服！"

　　"怕它冷，那你给它打一件毛衣嘛。"我揶揄道。

　　"毛衣针不记得放哪里了，我去找一下。"她当真了。

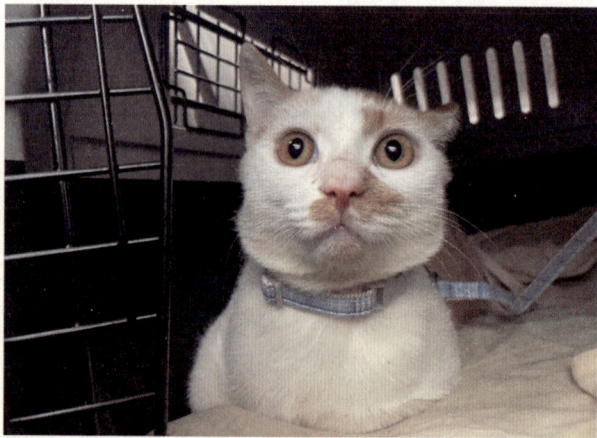

要带我去哪，又要把我丢掉吗

"我已经给它买了衣服了，想到了它剃毛以后可能会冷。"我指指刚给猫采购的一大包东西，里面有一个宠物小肚兜。

看到我给猫买了那么大一包东西，老妈脸色有点复杂。

我领着猫上了楼，她也跟上来，一脸凝重地问："不是说好了要找领养人吗？"

我解释，在领养之前打完疫苗，是救助人送养前的基本操作，要对猫和领养家庭负责任。只有打完疫苗的健康猫，才能安心进入新的家庭。一共三针疫苗，打完需要时间。

老妈听完半天没说话，不知道是不是在担心我反悔，不愿意找领养人了。

老妈迟疑道："那不是……这猫还会在家里再待个把月？"

我小心翼翼地说："万一找到了合适的领养人，说不定哪天就接走了呢？反正这段时间它就待在楼上，不出我的房间，也不给家里添麻烦。"

老妈唉声叹气："我倒不是怕麻烦，我是怕养出了感情。"

我一时不知该说什么。

老妈望着在一旁恣意玩耍的猫，低声说："养久了又要送走，到时肯定心里难受。当初小咪走了，我难受到现在。"

小咪。很多年后，她还是提起了这个一直不忍去提的名字。

那只叫"小咪"的狸花猫，是她亲手养大的第一只猫。

那只不足月的小奶猫被她从单位楼下捡回来，用针管一点点喂大。

又乖又聪明的小咪，每天会守在门口等我放学，等老妈下班回家。从我读小学六年级时养到我快上高中，我以为它会陪着我一起读大学……然而某一天它回家倒下后，再也没能站起来。他们说它是误食了邻居家的老鼠药而死的。

那时候养猫都是散养，任由猫白天出门玩耍，夜晚再回家睡觉。家属大院里的小孩子也是自己跑出去和小朋友玩上半天，天黑时自己回家。那个年代，一切都没有如今这么细致，长辈们也没有心力像如今的我们这样去照顾家中的动物，他们自己的童年也不曾得到

过精心照顾，他们长辈的童年更是在动荡时期里度过。

小咪离开后，老妈无数次自责为什么没有狠心把它关在家里，为什么让它溜出去玩耍，可一切已经无济于事。

所有关于小咪的快乐的、悲伤的记忆，几十年过去了，我们依然无法淡忘。

因为知道失去时的心痛，才会害怕拥有。

我把病历本打开给她看，转移她的注意力，不想让她继续伤感。

"医生填病历，让我给猫取个名字，我给它取名——王米米。"

"王米米？有啥寓意？"老妈愣了下，看着在一旁没心没肺地拨弄玩具的猫。

我被问住了，寓意还真没想过，但可以即兴发挥。

看着满地翻滚玩得不亦乐乎的猫，我信口开河道："这个'米'嘛，就是粮食，是财富，是很吉祥的东西。在传统习俗里，'米'是至阳辟邪的。俗话说，有米就是有钱……"

"就是王有钱的意思，这可以，"老妈笑了，朝猫招手，"过来，王有钱。"

猫抱着逗猫棒，毛茸茸的脑袋并没有转过来。

我说："你太直白了，委婉点嘛。"

老妈撇嘴，又唤："王米米？"

摊手摊脚、横躺在地的猫，脑袋往后一仰，大眼睛骨碌碌地望向她。

王米米就这样成了王米米。

07

有了名字，做了体检，王米米的领养也正式提上了日程。

第一步，我们商量着先在自家亲友里面物色领养人，知根知底，避免遇到不靠谱的二次弃养，也避免人家待它不够好。

老妈说："尤其是，留在自家人眼皮下，以后想看随时可以看到它。"

言语间，已是把它当自家孩子看待。

王大爷则主张在小区业主群里先问问它是不是曾经有家有主人。

我心里不以为意，即便有家，流浪在外这么久也没有认真找过它，算什么好主人？更何况看它之前对笼子和逗猫棒的反应，前主人怎么对待它，多少能猜到几分。

王大爷在业主群里喊话求认领小猫的时候，我和老妈凑在一起，把周遭亲友的名单捋了一遍——喜欢动物的、养过猫的、时间精力和家庭环境允许的。

一个都没有。

我们面面相觑，然后意识到，真的连一个符合领养条件的人都没有。

喜欢小动物的亲友很多，老妈厚着脸皮，挨个给他们发微信、打电话，问人家要不要养猫，但是都被婉言谢绝。我也发了一堆消息，问了一圈人，连多年没见面的前同事和老同学都问了，得到的回复一律是养不了。

放眼望去，满目苍茫，个个都是身不由己——不是在职场搏命，出差太忙；就是在呕血育儿，赡养父母。哪怕功成名就，呼风唤雨的大人物，夜深人静回到家里，也已经没有余力再去照顾一只猫。

用老妈的话说："披上了人皮，就没有容易的。"

网上的热梗说着"世界破破烂烂，小猫缝缝补补"。

小猫说："我也破破烂烂，谁来补补我？"

总会有人能领养王米米吧，毕竟世界这么大。

我洋洋洒洒地写了一篇关于遇到王米米的故事。

爸妈把这篇故事发遍了他们的朋友圈和亲友群，我也一咬牙发了微博，想于几十万关注者中，于茫茫"网海"的陌生人中，赌一

个王米米的有缘人。

故事发出去之后，评论、转发热烈，而我忐忑不安。

晚上我约了从小一起长大的表妹小薇吃饭，看着腿上酣睡的猫，在手机上刷着零星几条有意领养却身在异地的回复，我神不守舍，无心换衣服出门。

小薇说："还是我去你家找你吧，随便吃点啥，主要是见见你，顺便看看猫。"

我说："好哇，你也帮我问问周围的熟人有没有要领养猫的。"

她说："早问了，有人感兴趣，问是什么品种，但一听说是土猫就没兴趣了。"

08

小薇天不亮就要开一小时的车去上班，上了一天班，解决了各种财务难题，下班后家里有一个十岁的娃等着辅导作业，还有一个五岁的娃等着哄睡觉。而她依然在回家前开车绕上四十分钟来我家，只为争分夺秒和我聊聊天。

我们小时候一起在爷爷奶奶身边长大，她帮我做暑假数学作业，我帮她写作文，那时我们对于未来彼此会过怎样的人生一无所知。原来一切早已有迹可循，就像当时我们各自擅长的科目截然不同，后来我们选择的人生也大不一样。

几十年时间悄悄溜走，当她蹬蹬跑上楼来，一脸灿笑奔向我时，时间又悄悄地溜了回来。

"猫呢？猫呢？"

她直奔屋里找猫。

我正在给急吼吼催着要吃晚饭的王米米开罐头。

小薇凑过来，盘腿席地而坐，和我头挨头，肩并肩，一起看猫吃饭。

老妈探头进来："恁个大两个人了，还坐到地上和猫耍！"

嘴上这样数落着，她还是笑着退出房间，把房门关上。

童年暑假的很多个午后，我们两个也是这样躲在爷爷奶奶家的一个小卧室里，叽叽喳喳地说着大人听不懂的话。

王米米对陌生人一向很戒备，但它只在小薇走进来的第一刻躲到我背后，看到我们说笑，便放松下来，任由小薇摸它的头，放心大胆地在她面前一头埋进了盛满金枪鱼罐头的碗里。

小薇被它大口吞肉的样子惊住了："这是饿了多久？"

这是它斯文很多的样子了，刚捡到它的时候，这么两碗鱼肉，早已吞下肚了。

将罐头一扫而光后，王米米舔着嘴巴，扒着空碗边，意犹未尽。

小薇怜惜地看着它，摸着它瘦骨嶙峋的脊背："宝宝，你吃了好多苦。"

她喊着它"宝宝"，将它抱起来，自然得像抱一个婴儿。

奇怪的事发生了，王米米从不喜欢被我以外的人这样四脚朝天横抱，此刻它却乖乖躺在她臂弯里，放松地腆着小肚腩，静静望着她。她也微笑低头，轻轻颠晃怀里的猫。

"宝宝，要是我能养你就好了。"她轻声说。

"你哪有可能养猫？"我苦笑。

小薇沉默了，抱着猫想了片刻，目光柔亮："也不是完全没希望。"

她的表情像小时候兴冲冲和我密谋如何趁爷爷奶奶午睡时偷看电视。

她笑得又怂又贼："我不敢开口，小朋友们也许可以说服外公外婆。"

好像很有道理。

她的两个孩子都爱猫，尤其是老大，一直梦想养一只猫，在上海过暑假的时候跟着爷爷奶奶去喂流浪猫，遇到一只橘白相间的"梦中情猫"，和王米米很像。可他要回重庆，爷爷奶奶也养不了猫。错过了那只小猫，令心地纯善的十岁小男孩耿耿于怀。

如果妈妈某天回家，不声不响地带回来一只这样的小猫，那个

小男孩会有多幸福。

小薇叹气："如果我早点买了房子，就可以让他们兄妹俩自由自在地养猫了。"

为了方便外公外婆帮忙照顾孩子，接送孩子上学，小薇一家四口目前与父母同住，打算等孩子大一点，他们再买个带院子的房子，让孩子们过上有猫有狗的理想生活。可理想与现实仍然隔着天堑，住在父母家一天就得守一天父母家的规矩。

她爸一向反对家中养宠物，在这个问题上，绝不会让步。

如果说王大爷是我们家的"麻老虎"，那小薇的老爸，我的姑父，则是他们家的"铁牛"，谁也撼不动。即便小薇已经是两个孩子的妈妈，是职场上气定神闲笑解难题的"薇姐"，一旦回到家里，在她老爸面前，仍不敢贸然提起一个"猫"字。

"让小朋友们试试，万一有奇迹呢。"小薇恋恋不舍地将王米米放回猫窝。

"小朋友会喜欢它吗？"我不太确定。

平时两个娃娃馋猫了，会跟同样馋猫的老爸一起去猫咖"吸猫"，他们看惯了外形精致、性格讨喜的品种猫，会不会喜欢这一只皮毛枯涩、瘦骨伶仃的小土猫？

对此小薇也有些迟疑："小孩子确实不好说，这周末哥哥要踢球，我先带妹妹来看看猫，让他们建立一下感情，再让妹妹去做外公外婆的工作。"

09

听说小薇有意收养猫，老妈欢喜不已，连连说没有比这更理想的归宿了，当即热情万分地打电话给小薇家，邀请姑妈姑父老两口这个星期天一起来我们家聚聚。

挂了电话，老妈喜笑颜开，拍着胸口说："等他们来了，看到我们小米米这么乖，小朋友也喜欢，哪里还有什么话说！你大姑妈

也是个心善的人，肯定会心软的。实在不行，我去说服你姑父，让他卖我一个面子！"

老妈很仗义，但感觉有点像我们一家在密谋什么圈套，脱手什么烫手山芋。

如果真是个山芋倒也罢了，问题是，山芋不用讲感情，猫是讲感情的。

要接受一只猫进家门，必须是想清楚之后的心甘情愿。

寻找领养人的微博发出后，很快有了十几万的阅读量，评论转发却不过一百多条，发来询问的私信只有三五条。排除了尚无独立生活能力的学生，只剩下一个远在异地的老读者和一个人在本地的陌生网友。

比起没有人愿意要它，我更担心的是，有人被它凄伤的故事打动，一时心软养了它，之后慢慢发现它并不是自己理想中的小猫而再次放弃它。

人人都喜欢可爱的小猫，谁能拒绝一个美好又治愈的生物呢？但那只是它们美好的一面。

如果真的决定了要去接受一只猫，就要做好准备接受它不美好的一面，包括但不限于接受它的坏脾气、尖牙利爪、破坏欲和叛逆心。

猫科动物是掠食者，是小型动物界食物链顶端的存在，无论它们的外表多么呆萌柔弱，都可以轻松一口咬破你的手指。它们喜怒无常，性格随机，一生叛逆不服管——这不也正是人类迷恋猫的原因吗？永远骄傲、自我、不低头的猫，恰是人类想象中的自己。

流浪猫中，首先被淘汰掉的就是那些软弱温顺、没有攻击性的猫。

王米米能活到现在，可不是只靠那张会装可怜的小脸，它是敢于和大狗拼死决斗的猫。

领养一只流浪多时的半成年猫，意味着要付出更多耐心和容忍力。

人选择猫的同时，猫也在选择人。

王米米对人类的信任是有选择的，它其实算不上一只亲近人的猫。它对不同的人会区别对待，态度差异明显。

猫与人，人与人，任何的相遇都需要太多的运气和契机。

不能早，不能晚，不能是别处，不能是别人，一切都要刚刚好。

这只刚刚拥有了名字的小猫已经很努力了，可它还是没能在"刚刚好"的地方遇到我，也没能在"刚刚好"的时间遇到小薇。它已经赌上了自己所有的运气和努力，再也做不了更多。余下的，需要我这个人类的接力。

审慎考虑之后，我加了那位本地领养人的微信，和她细细沟通，约定过几天等她出差结束，回到重庆，先来和米米见一面，看看彼此的感觉。她对于领养的慎重态度，认同人猫双向选择的观念，让我对她有了初步的信任和好感。

世间成千上万的流浪小动物中，只有极少数幸运儿被救助。脱离饥寒困苦之后，它们挤在救助站点，挤破头，望穿眼，等一个愿意带它们回家的人，大多数直到生命的终点也等不到。因此总是人们挑选它们，它们没有机会挑选人类。

小橘猫王米米，不是什么纯正名种，长得也不好看，只是无数个无人在意的街头流浪动物中的一个，曾经灰头土脸，毫不起眼。但现在的它，再普通也是有人珍爱的，再不是一只等人挑选的猫了，它也有选人的权利。

Chapter Five
第五章

两周后，猫的拒绝

我有事要去北京几天，会在星期天之前赶回来。

出门前仔细写好了长长的"养猫备忘录"给老妈——什么东西不能吃，什么东西不能玩，都一一注明。即便如此，对于要把米米托付给父母照料好几天，我还是很焦虑。

老妈再三保证，会把王米米关在我的卧室里，保证每天让它晒太阳，保证不让它单独在露台上玩……最重要的是，保证不让它接近"麻老虎"。

我带着一颗七上八下的心上了飞机。

事实证明，我的担心不是多余的。

老妈信誓旦旦地保证只是在敷衍，我前脚一出门，她后脚就和好"队友""麻老虎"一起开开心心玩起了猫，不但放王米米出了卧室，楼上楼下乱跑，还放任它去露台边看风景，理由是"小东西一个人关在房间里太可怜了"。

王大爷每天早上一起床就去放猫，他在阳台上锻炼，猫在阳台边看鸟。

猫看鸟看得兴致勃勃，他看猫看得乐不可支。

当我在视频里问起猫时，老妈脸不红心不跳地说："米米一直被关着，没有出过房间！"

直到我从北京回来，他俩才得意扬扬地交代了实话："你看嘛，根本用不着像你那么小心，米米跟我们要得好得很。"

家里有了王米米以后，我的每一天，的确都是小心翼翼的。

随着王米米慢慢和家里人混熟，它早已敢走出房门，溜到楼下，到处展开好奇的探索。

王大爷是个大大咧咧的人，喜欢门窗大开，保持新鲜空气流通——这是他即便在寒冬腊月也不可妥协的坚持。而对于养猫多年，早已习惯了随手关好门窗，以防猫走丢或坠落窗外的我来说，每一

次看到豁然大开的门窗，都是一次心脏暴击。

在王大爷看来，猫在窗沿上走是多么正常的事啊，它可是能飞檐走壁的猫啊，老人们不都说猫是摔不死的吗？一旦猫跳上阳台或窗边，我就紧张地跑过去"救援"，在他看来完全是不可理喻的神经质表现。

到底要不要关窗？能不能让猫独自在露台上玩耍？猫会不会有坠楼风险？猫是不是真的摔不死？猫跑了会不会自己回家？

以残害小动物为乐的变态虐猫群体是真实存的在还是道听途说？

乃至于，猫到底有没有九条命这种玄学命题……我和王大爷就以上问题时长产生分歧，并缠斗了无数个回合。

他认为猫如果跑了，就让它跑，说明它渴望自由。

他相信猫和人一样，生死有命，富贵在天。

他坚持这个世界上哪有人吃饱了没事干，以伤害小动物为乐。

比起王大爷的不省心，王米米倒是一只心智成熟的猫。

来到人世间只五、六个月的王米米，已很清楚流浪生活的真相，也清楚自己要什么。

就算门窗大开，它从来只是走到门口看看，谨慎地坐在露台栏杆后面，看看风景和小鸟，然后躲回温暖的房间，钻进软软的被窝，睡个不用担惊受怕的好觉。

即便如此，有一次王大爷也无意中把王米米独自关在了漆黑的电梯里。

他去地下室拿工具，从电梯出来时，没有注意到脚边有一只好奇猫。

王米米趁电梯门关闭前，一溜烟钻了进去，随后被关在了里面。

它惊恐求救的声音被电视声盖过。

等我在楼上注意到猫不在身边，四下寻找，这才听到电梯里的嚎叫声。

电梯门一打开，王米米就冲出来，围着我转圈哀叫。

王大爷也蒙了，面对一只猫的控诉，手足无措，小声辩解着他

不是故意的。

　　那之后，他进出电梯都多了一个心理阴影，总要回头看一眼。

　　王米米一直小心翼翼地和他保持安全距离，同时千方百计讨好他，时常躲在一旁偷看他的脸色。见他的目光扫过来，它便立即倒地打滚，对他眯眼示好。

　　对老妈，王米米就没这么殷勤"狗腿"了。虽然它每天早上会蹲在她脚边讨要罐头，会蹦蹦跳跳地跟着她上下楼梯。但一吃饱饭，它就对老妈爱理不理，蒙头大睡的时候怎么唤它也不答应。它已经拿捏住了老妈是喜欢它的，是包容它的，根本不担心她会生气。

　　我不在家的那几天，都是老妈一早一晚喂猫铲屎。

　　她有时候会晚睡晚起，而王大爷总像个勤勉的闹钟，六点钟就雷打不动地起床了。

　　一开始，王米米只是默默坐在楼梯上等待。

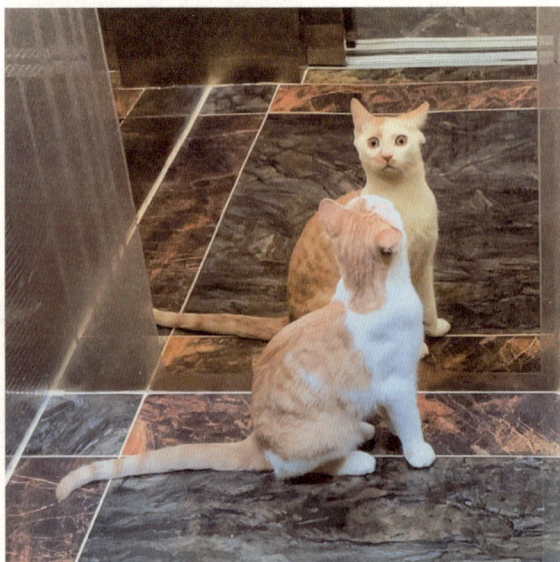

被电梯里的自己吓了一跳

王大爷做着自己的事，吃着自己的早饭。王米米趴着打它的盹，等它的饭。彼此装作对方不存在，谁也不打扰谁。王米米心里是有数的，要等我妈起床了才会有罐头吃，王大爷是不会搭理它的。

直到一天早晨，老妈还在睡，迷迷糊糊被王大爷叫醒。

"猫罐头你搁哪儿了？"

"你找猫罐头干啥子？"老妈蒙了。

"干啥子，总不会是我要吃嘛！"王大爷没好气地说。

他后来控诉："这猫儿可能硬是个精怪，猫界坏蛋修炼成精了。"

那天早上，王大爷起床后，不管走到哪儿，不管在干什么，身后总是跟着一只猫，也不叫，也不闹，就脚跟脚地跟着他，眼巴巴地望着他。

他跺脚，猫走开。他转身，猫又回来。

猫什么也没说，什么也没做，只是跟着他。

王大爷自己也不知道为什么就受不了了。

他瞪猫："你要做啥子嘛？"

猫趴下朝他"喵"了一声。

王大爷憋出最凶的声音："喵个屁，走开！"

猫匍匐在地，挪开两步，嘴巴一张一闭，眼睛眨巴眨巴，发出一个静音模式的"喵"。

王大爷回想那一刻，始终觉得古怪，并认定是猫对自己使了妖法。

那天早上，王大爷亲手开了他人生中第一个猫罐头。

之后的很多个早上，他越来越娴熟地开了一个又一个猫罐头。

后来猫甚至敢跟在他身后，喵喵呜呜地催他快点开了。

我从北京回来那天，到家正好是晚饭时间。

顾不上洗手吃饭，老妈第一时间把我叫到楼上，神神秘秘地拿着一个小盒子。

盒子里是王米米掉落的一颗乳牙。

那八颗吓人一跳的犬齿，现在只剩五颗了。

吃了钙片和营养补充剂之后，王米米顺利长出了恒牙，换掉之前歪斜脆弱的乳牙。

这一颗不知是何时掉落的乳牙之一，被老妈在它窝里捡到。

她把这小小一颗乳牙仔细保存起来，叮嘱我放好，给王米米留着作纪念。

我还是第一次看到猫掉落的乳牙。迎着灯光，我越看越觉得可爱。

我突然想到什么，回头看向老妈："我小时候掉的乳牙呢？你也捡起来收藏了？"

"捡你的乳牙做啥子？"

"你不是说留起来做纪念吗？"

"那是给米米做纪念。"

"我的就不用吗？"

"你一个大人跟米米比，也好意思！"

"你恁个双标，不好吧。"

"空话①多！"

02

几天后的周末，是与那位领养人约定上门看猫的日子。

我们约定好了，先上门看看，彼此了解，不急着接猫走。

那位女士是抱着十足的诚意来的。她通情达理，主动提供了实名身份信息，接受回访。她和我年龄相仿，有稳定的工作，居所宽敞，有多年养猫经验，不在意品种，只想要一只能够长久陪伴在身边的猫。她住得离我们家不远，若是出差旅行，我父母也能把王米米接回来临时照料。

一切看来都很完美。能够把王米米托付给这样一个新主人，爸妈很欣慰，相信未来它会有一个美好的"猫生"。他们唯一担心的是，人家会不会看不上王米米。

---

① 重庆方言，在普通话中指怪话、废话。

老妈说："米米聪明可爱，就是长得一般，一张小花脸，会不会被人家嫌丑？"

王大爷看我一眼，不错过任何阴阳怪气的机会："傻儿爱丑猫，说不定有些人就喜欢长得土的。"

话虽如此，他俩还是拿出了隆重的待客之道。

喜欢热闹、经常邀请自家兄弟姐妹过来吃饭的他俩，嘴上说着是为了晚上的亲友聚会，却难得见他们这么郑重。一般来客人之前，王大爷最多敷衍地扫个地。

但今天，老妈从早上就开始收拾里里外外，张罗布置鲜花水果。

王大爷把花园入口那一大蓬金银花枝修剪了，怕家门前的花草太杂乱，给人的观感不好，想让领养人觉得王米米是一个体面的好人家出身的猫。

王米米自然是被老妈梳洗打扮一新。

我俩一起上手，把它拾掇得从脑门到尾巴尖都油光水滑，指甲也剪了，耳朵和爪垫也用棉片仔细擦得很干净。

端详着白白净净的王米米，老妈很满意，叹了口气："还是乖桑桑①的，样儿虽然长得一般，但是嘛……说不上来，反正越看越乖。"

王米米在她怀里扭动两下，跑了。

她伸长脖子，循着王米米跑远的方向，皱眉闻了闻："怎么……有点臭？"

我回头看了一眼猫砂盆。

"它好像刚上过厕所……"

老妈花容微变，意识到自己刚刚有可能吸到了一口成分可疑的"尾气"。

"快把它抓回来，擦屁股！"

"没必要吧。"

"等下万一把人家臭到了，印象不好！"

王米米被按住擦屁股，一脸别扭，它不能理解两个人类在对自

---

① 重庆方言，意为乖兮兮。

己做什么——就算这张小花脸被嫌弃长得一般，可和屁股有什么关系呢？

我倒是能理解老妈的一片冰心，她是想在送王米米"出嫁"前，再多为它做点什么。

平时她总数落我给猫喂太多零食，惯得猫都挑嘴了，今天她却一会儿拿把冻干①，一会儿拿条小鱼，任由王米米敞开了吃。

"要是真的能托付给一个好人家，我们也就安心了。"她恋恋不舍地摸着王米米的脑门。

看得出来，她和我一样不舍得。

我很想问一句："要不要留下它？"

可话到嘴边，盘旋再三，还是咽了回去。

他们每年都要越冬迁徙，好在现今交通发达，在飞机上打个盹儿就到了。

可若是带上一只猫，飞机托运麻烦且有风险，每年往返海南和重庆两趟，只能自驾。那可是一千多公里的路途，怎能让两个老人这样奔波？就算再精神抖擞，他们都已是七十岁出头的人了，忙碌大半辈子，晚年生活难得清闲自在，多一个牵绊身心的小动物在身边，固然是一份温暖陪伴，却也多了一份负担，从此来去又不自由。

缘分来时，散时，半点不由人。

或许是王米米和我们的缘分不够深，迟早要接受分离的那一刻吧。

03

小薇一家上午就到了。

两个孩子见了王米米，惊呼着"好可爱"，两娃一猫迅速不见外地玩到了一起。

妹妹把学校布置的手工作业一股脑倒在地板上，让王米米和她一起做手工。

---

① 一种猫咪零食。

那是一堆树叶，要裁剪拼贴成一只小恐龙。

妹妹趴在地上认真拼贴，王米米在树叶堆里扑来扑去，把妹妹仔细挑选了好久的树叶扑得乱七八糟。妹妹也不生气，笑眯眯地重来一遍。看着妹妹趴在地上，吭哧吭哧收拾自己搞出来的烂摊子，米米似乎懂了，老实地走到一边坐下，不再捣乱，静静地看妹妹做拼贴。

妹妹的小手很巧，很快贴了一只胖乎乎的蛇颈龙，并自豪地举起自己的作品，要和王米米合影。可王米米太矮小了，蹲在地上拍照不好看，小薇便搬来一个小凳子，把米米抱了上去。

王米米并拢小脚，坐得端正，尾巴盘在身前，尾尖盖住爪爪。

妹妹笑出月牙眼。

"一、二、三，茄子！"

十岁的哥哥已有好多作业要写，知道自觉地写完作业才可以玩耍。

不管米米和妹妹玩得多开心，哥哥都正襟危坐，戴副小眼镜，绝不被小猫诱惑。

直到写完作业的最后一个字，撒手将笔一扔，板着严肃脸的小男生终于眉飞色舞，拿起了他向往已久的逗猫棒。

王米米也终于遇到棋逢对手的玩伴。

终于有一个人类和它一样精力充沛、横冲直撞、不知疲倦。

一整个上午过去，两娃一猫终于疯闹累了，一起窝在客厅的沙发上看动画片。

王米米趴在自己的专属位置上，妹妹和哥哥在它身旁各坐一边，齐齐望着电视，看得目不转睛。那是哥哥自己选的一部外国卡通片，英文配中文字幕。哥哥还能懂个大概，五岁的妹妹和王米米一样啥也听不懂，却也是她和它，两个小脑袋凑在一起，看得最认真。

哥哥挨着王米米，轻轻摸着它的脑袋。

小小的十岁男孩，叹了一口大人的气。

我问他为什么叹气？

他说："我不开心。"

"为啥？你不喜欢米米？"

"喜欢，所以不开心。"

小薇扯扯我的衣袖，小声说："没戏了，外婆不同意，今天出门前专门和他谈了心，说现在必须放弃养猫的想法，等他长成了大人再说。"

她说得小声，不是避着小朋友，是避着她妈妈——小朋友们的外婆。

外婆坐在阳台上和王大爷一起品茶赏花，目光时不时飘向客厅里的小朋友和猫。

十岁的小男生听着妈妈的话，竟像大人一样苦笑了一下。

"我还不是大人，所以我不能养猫。"他说着这话，目光低垂，小手摸着王米米的脊背。

明明是个孩子，向大人世界低头妥协时的神情，却已然是个大人。

小薇不能收养米米，我一点不意外，只有些惋惜。

可这个十岁小男孩的话，令我心里酸了一下。

小时候以为一切妥协都是因为我们还没长大，以为长成大人后就能随心所欲。长大后，每一次妥协，却连"长大就好了"的那点期盼也不配有了。

小薇抱了抱他："现在还没有猫，以后我们会有的。"

傍晚时分，我在小区门口接到了风尘仆仆刚下高铁的领养人——一位温文尔雅的女士，和交流时透过文字给我的印象一致。

老妈亲自抱着王米米迎出来，想让它给人家留下温顺乖巧的第一印象。

王米米依偎在老妈怀里，一眼看见我，便挣开老妈的臂弯，想要我抱。

我没有如往常一般伸手抱它，而是侧身让开，让那位女士看到它。

她欣喜地唤了一声"米米"，朝它伸出手。

王米米往老妈怀里一缩，扬起小爪，"嘶哈"一声，目露凶光。

人和猫都尴尬地定住了。

短暂的冷场后，老妈以她当了半辈子办公室主任的高情商迅速打了圆场。

我们都若无其事地坐下来，说说笑笑，继续聊天，闲话家常。

那位女士坐在我身边，王米米被老妈抱着坐在我们对面，不算久的聊天过程中，它一直充满戒备地瞪着人家。直到那位女士起身告辞，米米才跳下地，满心以为它终于要和人家打个招呼了，它却贴地前纵，冷不丁一爪，挠向人家脚后跟。

我再三道歉，那位女士也大度地对王米米表示谅解。

我送她到小区门口，看着她上车离去，随后收到她发来的微信。

她委婉地表达了对米米的喜爱，也直言米米个性太彪悍，很遗憾并不适合她。

王米米舔着脚丫子，坦然地躺在客厅中央，毫无愧疚之意。

反而老妈一脸委屈，看着王米米，眼神中虽有些恨铁不成钢，但更多的是抱屈。

"彪悍？这个词是说米米吗？人家明明是个小可怜！"

她想不通，在家里从来没有对人类表现过一丁点儿反抗的米米，无论怎样都会顺从的米米，怎么偏偏今天对领养人又凶又坏？

彪悍，这个词确实贴合王米米。

我在动物医院里已经见识了王米米彪悍的另一面，虽然意外，却又觉得合理。

它不是在任何人面前都如我们所见的乖巧温顺。

它的乖与不乖，是分人的。

它是一只极有主见的猫。如果它不想去某个家，不想跟随某个人，谁也勉强不了它。

那天晚上，家里陆续来了其他亲友。

晚餐时很是热闹，饭厅里笑语喧喧，大部分亲友都是第一次见到米米，争相摸它抱它。米米顺从地横躺在每个人的臂弯里，即便

不耐烦了，也只是小声哼哼，用目光向我求救，再没对任何人伸过爪子，没有"哈"过哪怕是不小心踩到它尾巴的小朋友。

它唯独凶走了一个想带它离去，往后给它安稳生活的人。

目睹了整个过程的小薇，抱起它，有些怅然。

她说："米米心里都懂，它不想离开这个家。"

04

夜深人静，聚会结束。逐一送走了亲友后，剩下我们一家三口和趴在沙发正中间"猫儿专座"上抱头大睡的王米米。

起初王大爷嫌猫脏，不乐意让猫上沙发，老妈在沙发上铺了一条旧毛巾，王米米立即明白那是给它的，从此自觉趴在那毛巾上，恪守自己的本分。

"人家不要它，它的去处又悬起了。"老妈望着熟睡的猫，唉声叹气。

"没事，继续找领养人。"我笑得轻松。

"找不到怎么办？"王大爷皱眉。

"我把它带走。"我说得笃定。

轻松和笃定，我都是装的。

为了安抚爸妈的焦虑，我当然要表现得胸有成竹，表现出"山人自有妙计"的云淡风轻，哪怕我的内心比他们更焦虑。自己捡的猫，自己负责到底，就算它最后真的无处可去，大不了跟我远走天涯，去地球的另一端，那个我可以自己说了算的家。

我的那个家，是猫最后的底牌。

"带一只猫飞越万里去往异国他乡"这个念头，起初只是一个不实际的奢想，却变得一天比一天清晰强烈。我开始越来越多地考虑起各个细节，设想每一步的可行性。

而最大的阻力，来自我内心的不确定。

我不确定这样是否真的对它更好，不确定该不该让它承受漫长路途中不可知的风险。

　　这个夜晚，米米一如既往躺在我身旁，打着呼噜入睡。

　　它睡得安稳，浑然不觉自己的命运随时飘摇在人类的一念之间。

　　我失眠了。

　　它抗拒领养人时的样子；它被抱在怀中不安地扭头看向我的目光；以及初次相遇那一刻它眼眸莹莹，朝我奔来的样子……平时许多不曾在意的点滴，一一掠过眼前。

　　耳畔是它匀长的呼吸声，掌心里是它温暖的皮毛，我像睡在一个童话里。

　　王米米，我们素昧平生，萍水相逢。你出生在世界的这一边，我居住在世界的另一头，本来八竿子打不着的，到底为什么，你这个倔强小猫非要选中我？

05

　　几天后是老妈的生日，亲友聚宴。

　　小君突然出现在宴会厅门口，给了老妈一个惊喜。

　　我是她这份惊喜的参谋者。

　　她丢下忙碌的工作，特地请了两天假，从成都赶来给她最爱的姑妈过生日。

　　当晚小君住在我家。

　　小时候她每次来玩，总和我睡一张床，总是迫不及待地等着大人们关灯。我们会蒙在被子里聊天，压低声音，唯恐小秘密被人听见，叽叽喳喳地，不知不觉聊到天亮。

　　但这一次，她恐怕得灰溜溜地去睡客房了，因为我的床上已经有了王米米。

　　小君怕猫。她胆子小，害怕毛茸茸的动物，尤其怕眼神冰冷的猫，不敢想象和猫同睡一张床。

　　老妈舍不得让小君睡客房，提议让王米米睡客厅。

小君连连摇头："王米米都那么可怜了，好不容易有个家，有张床，我怎么忍心跟它抢。"

可是当她走进家门，一开门就见王米米眼巴巴地等在门口，迎上来蹭腿，不见外地对她亮出圆滚滚的小肚皮，倒地打滚，她不由自主地觉得猫好像不是那么可怕的动物了。看着王米米跟我和老妈撒娇，她瞪大眼睛，像是第一次见识某种神秘现象。

"它居然这么聪明……

"它咋像个小孩子一样？

"它这是什么眼神？姐，这猫怎么用这种眼神看我？"

她大惊小怪了一晚上。

老妈问她："今晚你确定要睡客房吗？"

她犹豫了。

这一定是云朵里吧，好舒服

我说："试试嘛，和猫一起睡是很快乐的，要是不习惯再换去客房。"

小君看着脚边一脸乖巧的王米米，欣然投降。

我俩没心没肺地躺在床上聊天。

王米米蜷在我的枕头边，早睡得四仰八叉，鼾声连连。

"它打呼的声音一直这么大的吗？"小君打着呵欠嘀咕，"要不是亲眼看见这是只猫，我还以为身边躺了个糙汉子。"

"它又吃多了，不然呼噜声没这么大。"我替王米米解释。

"吃多了……"小君差点笑清醒了。

是真的。

刚进家门那两天，我就发现王米米个子虽小，但打呼噜的动静大得离谱。

起初我担心它呼吸方面有问题，拍了它睡觉的视频发给医生。

还是那位温柔仔细的医生，他把我拉进了一个微信群，群名叫"橘猫米米健康群"。

群里有四位兽医，他把同事们都拉了进来"会诊"，一起研究了半晌视频中熟睡打鼾的王米米，最后主治医生亲自给出结论——睡前吃得太撑了。

我半信半疑地减少了王米米睡前消夜的分量，果然打鼾的动静变小了。

但王米米睡前是必须饱餐一顿的，不把肚子撑圆，它睡不着。

它会在睡梦中一直呜咽不停，四脚乱蹬，可能是在梦中又回到了四处觅食、饥肠辘辘的苦日子；梦见和别的猫厮打抢食；梦见没抢到饭只能找个角落蜷起来。有时我想把它唤醒，它迷迷糊糊地抱住我的手，伸舌头舔舔，边舔边发出"吧唧吧唧"的咂嘴声，眼睛满足眯起。这种时候，我只能从床上爬起来给它开个罐头，或者拿个鱼干，让它吃好了再踏实入睡。

黑暗中，枕边的王米米渐渐呼吸匀畅。

小君沉沉睡着，我也步入梦乡。

似乎没过多久，酣梦中的我被小君的声音惊醒了。

平时我总是睡得很沉，雷打不醒，可见小君真的叫得很大声。

"啊——"

小君的痛呼，一声接一声，夹杂着几下闷响，像捶打，又像撞击。整个床微微抖动。

我迷迷糊糊地问："怎么了？"

小君的声音很崩溃："猫打我！"

"谁？"

"王米米！"

我清醒了一点，隐约感觉被子上方有什么踩过去，"扑通"一声跳下床，没了动静。

房间里恢复了宁静，并没有什么会打人的猫。

"你做梦了吧。"我翻身继续睡。

"它真的在打我！一拳又一拳，打了好多下……"小君快要哭出来了。

我还是觉得她在做梦，只有梦中的猫才能用拳头打人。

迷迷糊糊间，好像有什么跳上了床，踩过我的腿，跳到小君那一侧。

砰！

这次我听到了，真的，是拳头揍人的声响。

小君尖叫起来。

我翻身坐起来，紧紧抓住了那团正要逃开的毛茸茸的黑影。

它在我手里扭动两下，挣脱出来，一蹦老高。

我开了灯。

王米米雄起起地站在床尾，眯着眼睛看我一眼，毫无忌惮，转身一个扑猎动作，高高跃起，把自己当作一颗炮弹，重重砸在小君身上——睡梦中那一声接一声的闷响，竟然真是它对小君的毒打。

难怪小君叫得那么惨，被整只猫这么砸下来，和被人用拳头打有什么差别？

随后一整夜，我几次把王米米揪住，强行按进被窝，也拦不住它挣脱出来，扑上去继续暴打小君。小君起身去洗手间，它追过去守在门口等着打她；小君回到床上，人还没躺下，它从天而降，爪刨腿踹……它一次次被我抱走，又一次次不依不饶地挣脱，像个怎么也按不住的弹簧，像个开关失控的弹珠。

小君欲哭无泪："就这样，你说它不闹腾？你说和猫睡很快乐？"

我也蒙了，在今晚之前，确实是。

两人一猫缠斗到快天亮，终于筋疲力尽，一起倒头昏睡。

王米米把小君挤到了床沿，而它摊手摊脚，几乎霸占了半张床。

早餐桌上，听闻了昨晚的霸凌奇闻，爸妈压根不相信。

王大爷不信一只小猫能把一个成年人揍得嗷嗷叫。

老妈更不相信她的乖米米会霸凌人类。

如果我不是现场唯一目击证人，也绝不会相信王米米这只小猫咪居然还有两副面孔。

两天后，回到成都的小君一早醒来，收到我发的照片。

王米米静静地躺在我旁边，躺在小君睡过的位置，仰着一张乖巧的小脸，睡眼惺忪。

它醒得早，见我还想睡，便百无聊赖地伸出毛茸茸的小爪，把玩我的头发，不声不响地等着我起床喂饭。

"看，多好的小猫。"我感叹道。

小君回了一整屏的问号。

"所以它不是调皮，它只是单纯没素质，是针对我，嫌我占了它的地盘，想赶我走！"

小君牺牲自己，让我看到了王米米天使面孔之下的另一面。

之前它凶走那位领养人，护短的老妈还用种种理由替它开脱。

这一次是真的没有辩护余地了。

它果真不是一只好脾气的乖小猫。它不惜一切守护自己的领地和利益，但凡受到威胁，它才不会像宠物猫那样委屈忍让，它自有一套江湖小猫的解决方法——不服就干，用拳头说话。

素质这东西，它没有，它装的。

小君说："姐啊，你被骗了。它平时那副小心卑微的面孔都是演的，搞不好那天追咬它的几只狗，也是它用小鱼干雇来的群演。这就是只影帝猫、心机猫！"

Chapter Six

第六章

一个月后，"鸡飞猫跳"的日子

领养计划失败了，打疫苗还是要按部就班地进行。

王米米自从进了家门，能吃能睡，精力十足，只是偶尔有些消化不良的小毛病，一直吃着益生菌调理。

从小流浪的动物，靠吃垃圾活下来，身体底子一般都不好，肠胃尤其脆弱。

虽然王米米很馋，但我们从不让它吃人类的食物，怕高油盐含量的食物对它的肠胃不好。它也很自觉，每次开饭，只是坐在餐桌旁眼巴巴地看着我们吃饭，从不讨要食物。

到了预约疫苗注射的前一天，爸妈出门玩了，我和王米米在家抓紧时间放飞自我。

"麻老虎"不在，没有了唯一能压制王米米的存在，乖巧小猫立刻化身为下山猛虎，在家里横冲直撞，跳沙发、上餐桌、翻厨房……恣肆畅快地干尽了王大爷不允许它做的各种事，根本不在乎我说什么。

就算我用最凶的声音凶它，它也只会装作没听见。等它闹腾够了，才慢吞吞地走到我身边躺下，翻出肚皮，四脚摊开，厚着脸皮只当什么也没干过。

它已经笃定地知道，无论干了什么坏事，我都会原谅它；无论我"雷声"多大，也不会真的有一滴"雨点"落在它身上。王大爷朝它稍微一抬巴掌，它就掉头飞逃，而我哪怕举起棍子，它也只会扑上来当逗猫棒玩。

一只猫到底是怎么判断人类行为的呢？它怎么能判断出，我举棍子是假动作，王大爷的巴掌是真的会落下来呢？

但事实上，它误判了。

王大爷虽然有一张凶神恶煞的脸，有很多气死人的毛病，但他从来不打小孩子。

我曾经问他："我这么皮，你怎么从来不打我？"

他说："打过一次啊。你三岁的时候，在动物园耍得不肯走，又哭又泼，我在你屁股上拍了一巴掌。那个巴掌，我打完一直后悔到现在。"

"后悔啥？"

"你恁个小，我的巴掌恁个大，打下去好痛。"

"我不记得痛了。"

"我记得痛啊。"

那个晚上，我气急败坏地揍了王米米的屁股一巴掌之后，也体会到了这种痛。

难得爸妈不在家，王米米实现了尽情上房揭瓦的自由，我则实现了尽情吃垃圾食品的自由，终于可以点外卖，终于没人在耳边唠叨卫生问题。

趁爸妈还在回家的高铁上，我美滋滋地点了蹄花汤和梁山鸡。

外卖送到，满屋香。

我美滋滋地拍了张照，发给吃货朋友大头，让她"云"吃一口在北京吃不到的糯蹄花。

一回头，碗里最大的一块蹄花不见了。

"王米米——"

王米米叼着那块蹄花，正撒腿往楼上跑。

从餐桌到楼梯，留下一路星星点点的汤水油渍。

我追上去和它抢，不敢让它吃这么油腻的蹄花。

我明明都追上了，它死活不松口，呜呜吼叫着，当着我的面囫囵吞下了大半块蹄花，我气得给了它屁股一巴掌。

它吃的时候，还从嘴边漏下了一小块肉渣，象征性地把食物分了点给我。

第一次挨揍之后，王米米躲进猫抓板小屋，缩成一团，只露出两只眼睛，小声呜咽，看上去很委屈，好像在说："你有那么大一盆蹄花，我吃一小块，你就揍我？！"

那一巴掌可能打得真的有点重。我日常健身举铁，手劲比有些

男人都大，会不会真的把它打痛了？

看时间爸妈已经下了高铁，快到家了。

我有点后悔打这一巴掌，但我顾不上哄它，赶紧手忙脚乱收拾善后。

等我"吭哧吭哧"地挽起袖子，趴在地上，终于把一桌一地一楼梯的油汤污渍擦得干干净净，老妈也刚好发来消息——他们快到小区了。

就在这时，楼上传来刨猫砂的声音。王米米偏偏挑这个时候，气势如虹地解决起了内急问题。

大事不妙，果然蹄花"有毒"。

我三步并作两步地冲上楼，手忙脚乱地开窗通风，拿起铲子清理猫砂盆。

然后我想到，爸妈一进门就看见我拎着这么一袋"黄金万两"下楼相迎，未免不太美好。

电光石火间，我做出了一个让自己后悔万分的决定——猫砂是豆腐砂，袋子上写着可以直接冲入马桶，于是我手忙脚乱地将那一大袋王米米产出的优质有机肥倒进了主卧卫生间的马桶里。

不出意料地，马桶堵了。

不知道应该怪这个名牌猫砂名不副实，还是应该怪王米米的产量太惊人，总之马桶就在这么关键的时刻堵住了。

我无措地听着爸妈开密码锁进家门的声音。

我迎到门口，窘迫之下，口不择言道："妈，出了点小问题，猫把马桶堵了。"

刚跨进家门的爸妈，一脸高兴的笑容凝固了。

"你说啥子？猫钻进马桶里了？"老妈目瞪口呆。

"不是，不是。猫没有，是我点了一份蹄花汤……"我语无伦次，费力地组织着语言。

听明白了事情经过之后，爸妈面面相觑。

感谢二十四小时值班的物业，感谢将近午夜，快要睡觉了还立

刻拎着加大号皮撬子赶来救急的维修师傅。

师傅问是哪个卫生间堵了？

老妈难以启齿地看我一眼，指了指我："是她卧室的！"

我不想背这种锅，立刻指向楼梯上的王米米："是它干的！"

刚刚还坐在楼梯上探头探脑的王米米早不见踪影。

师傅很快解决了问题，全家人终于露出劫后余生的笑容，王大爷热情地给师傅递烟道谢。

师傅离开之前，都走到门口了，还特意回头，意味深长地看了我一眼。

我想，我在这个小区再也立不了仙女"人设"了。

02

因这一块蹄花导致王米米"贵体"微恙，我只能第二天一早给动物医院打电话，推迟了打第一针疫苗的时间。

观察了三天后，王米米吃喝拉撒一切正常，医生说可以打疫苗了。

依然是王大爷开车，老妈陪同，全家护送王米米去打针。

第二次坐车出门，第二次到医院，王米米淡定从容了很多，不再那么紧张戒备，一路上坐在我腿上，张望车窗外的风景，探头探脑地观察开车的王大爷。

到医院后，王米米主动钻出猫包，爬上医生的办公桌，居高临下地俯视，俨然熟门熟路地巡视起了领地，对外面候诊区里的狗狗虎视眈眈。

打针时，王米米一声没吭，若无其事，老妈却在一旁唉声叹气。

"这个针，打起来痛不痛？

"这疫苗非打不可吗？好端端的，平白无故挨一针……

"米米乖，打针要坚强，医生叔叔是好人，叫他轻轻打。"

针还没准备好，老妈已经絮絮叨叨说了这么多。

哭笑不得的温柔医生耐心地给她讲解了打疫苗的必要性。

老妈依然觉得是我让王米米受了大罪。

我告诉她，其实猫的耐痛能力极强，王米米在外流浪时天天打架抢食，抓挠咬伤是家常便饭，打这么一针，对它来说只是"毛毛雨"。

老妈听得越发心疼，将王米米的小脑瓜摸了又摸。

打完针留观了半小时，一切正常。医生又叮嘱了初次接种疫苗后可能出现的副作用，让回家注意观察。当时我没有太在意，国外家中的每一只猫都定期接种疫苗，打完都很正常，从来没出过什么状况。

王米米回到家开始吃吃喝喝，玩玩闹闹，到了傍晚蜷在窝里蒙头大睡。

我只当它是白天去一趟医院累了，由它一觉睡到晚上。

到深夜，我看它还在猫窝里蜷着，没有如平时一样跳上床来撒娇，便去抱它上床，放在枕边，一如往常与它头挨着头睡觉。它睡

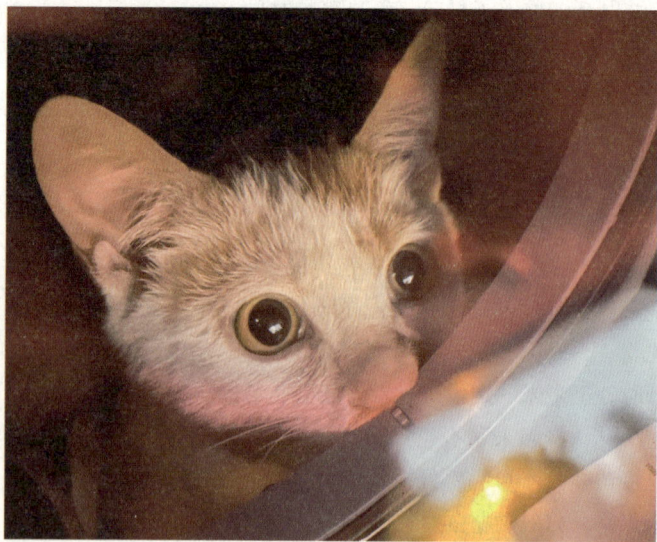

大大的世界，小小的一只猫

得很沉，蜷成一团。关了灯，宁静昏暗中，耳边传来它异常急促的心跳声，我这才发觉不对劲。

一测体温和心率，果真发烧了，心跳到了每分钟两百下以上。

我赶紧拨打医院的值班电话，午夜时段可能医生都已下班，电话没人接听。

算了下时差，我紧急联系上了国外还未下班的兽医，他建议我先观察，认为是常见的疫苗注射后副作用，不算过敏，一般不会有危险，如果天亮了还是高烧持续不退再送医院。

那一夜我不敢睡，一直抱着它，隔上一会儿就测测它的心率，喂喂水，不时唤它一声……臂弯里它的身体轻微起伏，时不时抽动一下，呼吸沉重，看上去很难受，却依然在我摸它鼻头感受体温的时候，努力睁开眼，伸出舌头舔了舔我的手。

天快亮时，我困得迷糊了一下，猛然惊醒过来，发现臂弯里的它软塌塌的，脑袋朝后仰着，嘴巴微张，鼻头嘴唇泛白。

我慌得手都软了，以为它不行了。唤了它几声，它倒抽一口气，虚弱地抬了抬眼皮。

我立即穿衣，收拾东西，准备带它去医院。

穿袜子的时候，我心慌手抖，看着躺在枕边的它，一个声音在脑子里回荡："王米米，你别死，你得活着，活着我才能养你。"

轻手轻脚地下楼拿猫包，不想这个时刻惊扰爸妈。

等我拿着猫包上楼，推开卧室门，床上却不见了猫的身影。

回头一看，王米米正歪歪倒倒、脚步虚浮地走向它的猫粮碗。

它小口小口地嚼着猫粮，吃一点，缓口气，又喝一口水。

我扶住它摇晃着站不稳的身体，感觉它的心跳比之前缓和了许多，身体没那么烫了。它回头看看我，顺势依偎着我的手靠了过来，长长地喘了一口大气，好像耗尽了全部力气。

我把它抱回床上，它舒展了一下身体，脑袋靠在我手上，轻轻打着呼噜，一下一下温柔地舔我手背。

有水滴落在它的皮毛上，也许是屋顶漏了，也许是我的眼睛漏了。

03

我低估了米米身体素质不佳的程度，以为它这些日子能吃能玩，应该没什么问题，可它流浪得太久了，一直营养不良，没有打下好的底子，即便这些日子好吃好喝，长胖了不少，可体质的增强是需要时间的，胖了不等于免疫力也上来了。

打完第一针疫苗的反应这么大，我养猫多年还是第一次遇到。

医生说，流浪猫身体都不会好，好多看起来胖胖的流浪猫，只是吃油腻的人类厨余垃圾吃出来的虚胖，体质却很差，没病没伤的时候还好，一旦病了伤了，甚至是冬天太冷了，倒下去就熬不过来了。我听得一阵后怕，懊悔自己太心急，应该让王米米再多养一段时间，把身体补好一点，再打疫苗。

怀着愧疚补偿之心，我连连下单，给它买了增强抵抗力的乳铁蛋白、调理肠胃的益生菌、鱼油、维生素、处方罐头……明知不是非吃不可，正常吃饭也能慢慢把身体养好，可我终究觉得对不起它，总想着多弥补一些。

两天后，陆续送到的快递在门口玄关处堆起了一座小山。

一向对铺张浪费行为深恶痛绝的王大爷，对于我给猫买零食买玩具的行为早就看不惯，眼见着猫的包裹快递一个接一个，他的脸色也越来越难看。

在他看来，养一只猫，给它吃饱睡好，让它活下去，就已经足够了，至于零食和玩具，玩耍和愉悦，那是人类才有资格享有的，猫狗之类的低等动物，妄想比肩人类的物质生活质量，已经是大僭越，还讲究什么精神生活质量，要娱乐要陪伴，那简直是反人类了。

他总是反复强调："它是只野猫、流浪猫、靠吃垃圾活下来的猫！"

他搞不懂猫狗吃的东西为什么要包装得那么好看，也不懂一个

猫窝为什么要设计成各种可爱的形状和颜色，更不懂那些花里胡哨的玩具设计出来给猫撕咬抓扯是图什么，想不通一只猫要吃什么鱼油、羊奶、维生素、益生菌、乳铁蛋白……他觉得这个世界很疯，养猫的年轻人脑子多少有点毛病。

他理解不了我，但我理解他。

在他们那一代人眼中，一切浪费都是一种罪恶。

因此每每"同城闪送"的包裹送到，我不在家，老妈会第一时间把包裹上的价格单子撕掉，像做贼一样，迅速把包裹藏到我房间。

即便我同时也给爸妈一个接一个包裹地买保健品、红酒、零食、新款衣服……即便家里的保健品已经堆成小山，王大爷依然觉得那个"野猫儿"得到的关心照顾太多了，多到仿佛足以动摇他的地位。

每天我清理猫砂时，会仔细观察一下，以判断猫的健康状况。

王大爷讥讽道："你要不要再尝个味儿？"

言语间仿佛让我又闻到小时候奶奶的泡菜坛子揭开后的绵密陈酸。

如果猫知道自己成为一个人类较劲的对象，它会不会笑？

把人和猫放在同一个比较级上讨论，当然是没道理的——猫没有银行卡和手机，猫饿了不会自己下单买罐头，冷了病了说不出来，只能靠人类去关注它的需求，为它提供一切。但这道理与"老小孩"讲不通。王大爷的道理很朴素：反正一只猫吃的罐头比一个人吃的肉包子贵，就是倒反天罡！

这天，闪送的包裹到时，我和老妈都不在家，王大爷不动声色，翻看了小票上的每一笔价格。

他越看越生气："一只猫，每天有鱼有肉吃了，还要吃啥子营养品，一天买这买那，钱多得花不完了？把一只猫儿养得比人还矜贵，不晓得她图啥子！"

他在客厅里对着我妈发牢骚，数落我，老妈在厨房一声不吭。

他们俩都以为我在楼上书房里关着门工作，听不到这番话。

偏偏我在那个时刻走下楼来，想去厨房拿个东西。

没头没脑地听见这番话，我有点烦，站在楼梯拐角处想了一会儿，决定装没听到，刻意加重了脚步声，慢慢走下去。

王大爷装作没看见我，黑着脸，一言不发。

我径自进了厨房，翻找东西。

老妈在准备明天炖汤的食材，问我找什么。

我问她："有没有闲置不用的小碗？给猫喂药。"

老妈想了想，说："只有平时吃饭的碗，没有更小的，倒是储藏室里有一些闲置的盘子。"

"算了，就饭碗吧，反正家里的碗那么多。"我嫌麻烦，打开消毒柜拿了一个碗，想着喂猫吃完药就当猫碗用了。

正是这个不起眼的小碗，不知道触动了王大爷哪一根敏感的神经。

或许，只是这个碗，刚好给了他一个彻底发作的理由。

我还没走到厨房门口，就听见他勃然大怒的声音："没得名堂了！一只猫，还要用人吃饭的碗吃药！越搞越过分了！她到底要在这个家里干啥子，是不是要为了一只猫把爹妈气死？"

他吼起来，炸雷一样毫无征兆突然炸起来的大嗓门令我心头一悸。

我错愕地拿着碗站在那里，看着手里的碗，看着他因暴怒而变得吓人的脸，反应不过来，不明白到底有什么不得了的事，值得大吼大嚷，值得生这么大的气。

为了一个碗？为了一只猫？还是为了别的什么？

他一发不可收拾地数落起我因为猫而在这个家里犯下的种种罪过。

他越说越气，越吼声音越大，直至吼得面红耳赤。

Chapter Seven

第七章

越发"鸡飞猫跳"的日子

被他吓到的老妈，慌忙丢下厨房里的事，试图息事宁人。

她小心翼翼地说："不要吼，不要吼，好好说话嘛。"

她和他一起生活了大半辈子，也听他吼了大半辈子，听得习以为常，听得无可奈何。

他总是这样，在我从小到大的记忆里，他一生气就会吼，仿佛想用最大的声量把一切惹他不快的人和事，都压倒压扁。

我从小就讨厌极了他的"吼"。

如今仍条件反射地厌恶着喧哗的环境，抗拒喜欢高声争论的人。

有时候不见得他的观点是错的，或许我是错的。

可再正确的观点，一旦被情绪暴力裹挟，都是如此面目全非，如此狰狞可怖。

我往楼上走，克制着自己不回头，不应声，走到三楼时还是站住了。

面对外人，我有一层冷静理智的外壳，但在那一刻，从楼下传来他的声音，他的每一句话，像火焰融化蜡烛一样，快速融毁了我的外壳。

我抓着楼梯的扶手，想要努力维持一个大人的体面，躯壳下的另一个我却在急速退化，又退回为那个愤怒失控的小孩，那个五岁时的冬夜被他关到的门外思过的小女孩。

那是一个至今被他们津津乐道的童年趣事。

因为不听话，和大人顶嘴，那个倔强不乖的小女孩，被爸爸拎到冬夜的门外。

他给她一把小椅子，让她坐在漆黑寒冷的楼道里反思错误，想通了自己敲门进来认错，不愿意认错就在椅子上坐到想通了为止。

小女孩不认为自己有错。

看着爸爸关上房门，她一直憋着不肯落的眼泪大颗大颗落下。

在还不懂得如何表达愤怒和委屈的年纪，她独自站在门前，怕黑又怕冷，身边只有一把爷爷亲手为她做的绿色小木椅。她不愿意哭，也不愿意认错，既然眼前的门对她紧闭着，她就用自己的方式把它打开。

　　小女孩提起那把木椅子，用尽力气朝房门砸过去。

　　她不哭也不出声，咬着嘴唇，一下又一下地砸门。

　　这动静惊醒了所有邻居。

　　爸妈慌忙开门后，说了什么，做了什么，我已经不记得了。

　　我的记忆里只有前半段的画面，画面里有一些异常清晰的细节，包括楼道里的冷风、房门被砸得颤抖的声响、胳膊被震得发酸的感受，以及那最清晰的委屈和愤怒。

　　这个笑话的后半段是我后来听老妈说的。

　　她说，第二天邻居悄悄关切地问，昨晚我是不是被家暴了？

　　她说是孩子调皮，但没有一个人相信她。

　　谁会相信那哐哐砸门的动静是一个平时乖巧如洋娃娃的小女孩搞出来的？

　　谁会相信一个孩子的愤怒能至于此？

　　大人们默认小孩子只会哭泣，没有愤怒反击的资格和能力，如果偶尔有，那简直太好笑、太有趣了——小小的人儿居然会反抗呢。

　　再后来我长大了，开始面对世间真正的风浪。

　　哪个成年人不是全身坚甲地游走世间，把命门保护得滴水不漏。唯独在那些不设防的人面前，才会脱下一身几乎焊死的盔甲。你的命门在哪里，只有他们知道，只有他们能够精确地刺中你。

　　你不知道哪个时刻，为了什么，会从哪里飞来这么一柄小刀，但你知道它会来。

　　就像这个莫名其妙的夜晚，王大爷只用几句话，就把我打回了那个砸门的小女孩。

　　我和他大吵一架，竞赛式地比拼谁的情绪暴力值更高。

　　吵完之后，两败俱伤，筋疲力尽。

我回到房间，关上房门。

怒火早已瓦解为沮丧。

我在沮丧什么？

这种争吵，这么多年，不是已经习以为常了吗？

或许我只是失望。

失望于为什么我的父亲是这样的父亲，就像他也失望于他的女儿为什么是这样的女儿。我们都失望，因为我们都在心里期望一个符合理想的对方，都想以自己喜欢的方式去塑造彼此。

如果我们能够像对待王米米一样对待彼此，不抱有太高的期待，不责备无关痛痒的小错，接受天生注定的局限，是不是就不会再争吵？

脑子里纷乱的念头此起彼伏。

在猫窝里躲着的王米米，异乎寻常的安静。

它静静看了我好一阵，才钻出猫窝，慢慢走过来，鼻头凑近我嗅了又嗅，似乎想从我的味道中解析刚才发生了什么。见我没有反应，它轻手轻脚地爬上我的膝盖，身体蜷起来，把小小一团的自己努力塞进我怀里，似乎觉得这样才能让我高兴。

我抱起它，脸颊贴住它。

它一动不动，柔软的身体很温暖，皮毛下起伏紧致的身体线条蕴藏着猫科动物独有的力量感。或许是猫科动物独特的冷静，贴着猫的时候，总令我觉得心安。

过了许久，它转过头在我鼻尖上舔了一口。

我嫌弃地擦掉它的口水。

它睁大眼睛，不依不饶，又舔了一口。

02

夜深人静，我靠在床上，在手机上搜索查询信息，一边看一边做笔记，不知不觉忘记时间，一转眼发现已经凌晨四点。

有氧舱托运动物的安全性如何？

哪些航空公司可以带猫进入客舱？

哪些城市始发的国际航班可以允许动物进入客舱？

带猫入境欧盟需要哪些手续？

一边看一边在笔记本上列出不同方案的可行性、难点和存疑的问题。

在我彻夜查资料、做笔记时，枕边的王米米嫌床头灯光打扰它的清梦，钻进了被子里面，拱到我腿上呼呼大睡，浑然不知我在做什么，不知道此刻我眼前掠过的每一行信息，手里记下的每一个数据，都是关乎它的。

之前一直想着这只小猫不会在我身边停留很久，有一天会把它送去某个真正接纳它的家——这个念头一直像卡在喉咙里的一根刺。直到我以为它会死掉的那一刻，心里那个声音激烈地说："不管多难，只要它活下来，我就养它一辈子。"

从那一刻起，喉咙里的那根刺不见了。

我揉着酸涩疲惫的眼睛，终于放下手机入睡。

王米米躺在我身边，体温和呼吸如此真切，皮毛触感如此柔软，想到这个家伙会一直这样睡在我身旁，从此不分开，我困顿模糊的意识里，突然间喜悦满盈。

原来我一直都在酝酿做这个决定的勇气。

三十岁之前，我一直迷恋挑战和风险，记不清去过多少危险的地方，做过多少别人眼里疯子才做的事。三十岁以后，慢慢不疯了，开始怕了。有一段时间飞来飞去如家常便饭的我突然开始怕坐飞机；在高速路上会害怕抢道的车；稍有不舒服便去医院检查……怕的越来越多，在乎的越来越多，怕让家人面对失去，怕家中的猫等不到我回家的脚步声。

我的胆子越来越小，越来越谨慎。

我不敢让王米米去冒哪怕最小概率的风险。

动物乘飞机旅行，有两种选择，一是货舱托运，一是随主人进

入客舱。

从重庆出发，有直飞罗马的航班，这是耗时最少、路程最短的方案，但这趟航班不接受动物进入客舱，只能托运。货舱托运风险高，猫可能应激，发生不可预知的意外。

进入客舱是最理想的，可目前只有少数几家航空公司接受动物进入客舱，且航线有限，出发城市只有北京和上海可选。

如果全程带王米米进入客舱，我们只能从重庆飞到北京，再飞往阿姆斯特丹中转，最后到达威尼斯。这个方案路程最长，耗时最久，过程最曲折，但能确保王米米一直在我身边，时刻有我的守护。

无论哪一种方案，都要经过机场安检和海关查验，机上和地面都有许多不可预知的难题，各个环节都有或大或小的考验，最大的风险来自猫能否克服恐惧和应激。

如果选择货仓托运，我会轻松很多，但王米米不会。

就算不会遭遇货舱内温度、压力、氧气出问题的低概率意外，起飞前和降落后还要在停机坪上和所有货物一起等待搬运。冬天的停机坪极冷，搬运过程中，也有可能发生人为失误……王米米只能全程独自面对这一切。

人类即使身处太空也能对抗那种孤独和恐惧，因为我们能够理解。可一只猫突然被关在漆黑的、有巨大噪声困扰的地方，不吃不喝，一连十几个小时，它无法理解自己为什么会遭遇这一切，无法理解它信任的那个人类为什么要这样对它。

一个生命自知没有依靠的时候并不孤独，被抛弃的时候才孤独。

一个生命可以搏斗的时候不无助，被困起来无法搏斗的时候才无助。

我做了一夜噩梦，梦见自己在一个巨大的机场里跑来跑去地找猫。

醒来一把抱住枕边的王米米，有如劫后余生。

它还没睡醒，在我枕边伸了个大大的懒腰，动作太大，半个身子探出了床沿。我伸手托住它，它就那样闭上眼睛，在我胳膊上悬着半个身子，翻着肚皮又睡了。

一只流浪了那么久的猫，是什么让你这样相信一个人类？

它独自闯过了很多艰难的关卡，才能来到一个人类的面前，走进这个人类的人生。

我这个人只是一个凡人，不能像《西游记》里的神仙一样，让身边的小动物变成飞天遁地的强大妖怪。

我只能陪在你身边，用我这双凡人的手亲自守护你。

让你从此不再独自面对恐惧。

让你知道自己一直被爱着。

就算路途曲折漫长，这一路，我们都会在一起。

03

第二天一早，我在餐桌上，向爸妈说出这个决定。

他们的反应也平静得出乎我的意料。

似乎早在意料之中，老妈甚至不经意叹出如释重负的一口气。

后来老妈说，早在我捡了猫回来的那个时候，她就有些模糊的预感，总觉得我不会轻易对这只丑丑的小土猫放手了。不过，那时她想的是，把猫带去国外不现实，实在领养不出去，就由他们来兜底。她已经想好了，等我回了国外，他们继续把猫养着，等重庆冷了，他们不得不去三亚过冬的时候，猫带不走，就养在家里，请亲友或物业管家隔三岔五来家里喂喂猫。等到春节后，天气回暖，他们就尽早回来。

那时我并不知道她的想法，她也没有跟我说过。

听到我说，真的要把猫带去国外，老妈的第一反应是："那么远的路，猫受得了吗？"

而王大爷的第一反应就完全不同，他撇着嘴："带猫进客舱，猫的机票多少钱？"

得知只要一千多块钱时，他颇有些满意。

他并不知道机票不贵，给猫办理手续的费用才贵。

我怕自己申请手续有疏漏，反复对比咨询之后，找了一家口碑不错的代理机构。

代理机构很快发来了计划。看到全部手续办下来所需要的时间，我倒吸了一口凉气。

04

下定决心带王米米跟我走之后，一切计划又卡在了时间上。

国内和国际两个飞行航段要求两套不同的动物检疫文件。

动物入境欧盟的手续烦琐，要求猫在规定时间内完成狂犬疫苗注射、血清送检化验、芯片注射等，而国内航班也要求完成猫三联疫苗的全部注射。全部手续办理下来需要一个不短的周期，米米刚打完第一针疫苗，后续的两针疫苗加上狂犬疫苗，每针之间需要足够的间隔时间，全部打完至少是一个月以后了。

我原计划这个月底回去，年底事务繁多，提早定下的预约很难改期，如果我不能如期回去，很多计划会被打乱，我一个人的失约会令合作伙伴们全都手忙脚乱。即便我编造一个不可抗力的理由，大家能够谅解，我也良心难安。

两头踌躇为难之际，王大爷站了出来。

他说："你先回去忙正经事，猫交给我，今年我们不去海南了，就在重庆过冬，在家带猫！"

他是拿出了很大决心说出这句话的。

他的高血压和慢性支气管炎，在阴冷潮湿的冬天总会加重，终日咳嗽不停，头昏脑涨。

王大爷是一个很惜命的人，手指割破一个小口子都要赶紧找云南白药。

我万万没想到他会为了王米米做出这样的牺牲。

我感动得一塌糊涂："东嫌西嫌，现在你还是爱上了王米米！"

他说："哪个爱你的野猫？我是爱屋及乌！"

玩具太多，不知道该玩哪个也很烦恼

王米米蹲在桌下，探头探脑，似乎在偷听我们说话。

不知道它对于自己只是个"乌"这话是否赞同。

"坐那么久的飞机，一路上猫要吃喝拉撒怎么办？太让米米遭罪了吧。"老妈查了半天信息，直切最实际的吃喝拉撒问题，关心的点十分具体。

我说："总有办法的，先定大方向，再解决细节和技术问题。"

天气预报说，再过几天，第一波寒潮就要到重庆了。

南方湿冷的冬天，老年人容易感冒生病，每年冬天父母早已习惯去温暖的三亚度过，不可能因为一只猫的出现，让他们跟着受累。

猫是我捡回来的，我会负责到底，大不了推迟回程。

对于我的不知好歹，王大爷非常不爽。

他把茶杯往茶几上重重一放，大手一挥，脖子一梗："今年我偏不去海南了，你能把我咋子嘛？"

他耍横，我也耍横。

"机票我已经给你们订好了。"

"退了！马上给我退了！"

"退不了，积分换的头等舱。"

"随便什么狗屁舱，我不去，你要去自己去！"

当然我并没有订机票，我是诓他的，试探一下他的底线。

关于怎么协调时间计划，我认为还可以继续寻找更优的解决方案，一定可以想到更合理的办法。王大爷却杠上了。

"我愿意牺牲，要你管。"

"如果你是在为我牺牲，我就要管。"

分明是互相为对方考虑，还是免不了吵一场收尾。

谁也说不清为什么要吵，谁也说服不了谁。

我和好友吐槽，好友说："谁家没有一个这样的同款爹呢？"

Chapter Eight
第八章

又一个月，
"鸡不飞猫不跳"的日子

原本有序的生活，因为一只猫，阵脚大乱。

三个人各有各的想法，各有各的顾虑，再加上一只不会说话的猫，共同组成了一个奇怪的僵局。争论了几天之后，还是没有头绪。

大家都疲了，消停了，谁也不去提起分歧，默契地放下难题，该干吗干吗，不管怎么说日子反正得好好过。就像王米米一样，没心没肺，吃吃睡睡。

这个冬天，重庆的第一波寒潮即将到来。

爸妈还是没有抢在寒潮到来前去海南，旅行的准备也没做好，索性踏踏实实在家躲过这一波寒潮。他们已经好几年没在重庆过冬，已不适应南方的潮冷，而我多年在外，习惯了有地暖的冬天。匆忙间如临大敌，老妈翻出好久不用的厚被子和棉服，我检查家里的制暖系统，王大爷从地下室翻出了一个古董级的大号取暖灯。这个灯也不知他什么时候买的，看着有些年头了。起初我很嫌弃，打开后居然暖烘烘的，像个小太阳一样，这东西异常地丑却也异常地实用。

严阵以待中，寒潮如约而至，却没有想象中冷，只是降温之后，整座城市都像调低了一个亮度，不见阳光，连日阴雨绵绵，天空灌了铅似的沉。远山不再翠色可人，像蒙了一层锅底灰，连窗外一早叽叽喳喳吵人清梦的鸟群也消停了许多。

这样的天气里，做什么都没有劲头，连吵架拌嘴也没劲起来。

原本总是早起的王大爷也睡起了懒觉。

我和王米米两个熬夜大户，每天早晨一起听着雨丝抽打屋檐声，头挨头一起昏昏大睡。有时明明已醒来，它眯眼看看我，我眯眼看看它，谁都没有要起床干一番大事的想法，世界和平也不用我们去维护。于是乎，它打个呵欠，我伸个懒腰，窝在一起继续睡。

耳边传来猫打呼噜的声音，睡觉格外踏实，不知不觉间，我与它如同频共振一般，猫的安稳，人的松弛，一窗之外的雨声风声，南方冬日室内特有的湿冷气息……这光景，这时刻，像是置身于隔绝世外的某处堡垒。背靠背分享这份安全和默契的伙伴，不会说话，但有毛茸茸的皮毛、温暖的身体、舒缓的呼吸……如此温暖而踏实。

小时候我总喜欢和住隔壁的那个叫星星的小女孩躲在一起说悄悄话，分享奇怪的愿望和幻想。那时我们常幻想，长大了有办法在自己家屋顶上盖一个隐形的小房子，除了我们自己，谁也看不见，大人尤其看不见。我们可以自由地躲在里面，想做什么就做什么，又不用离爸爸妈妈太远，听得到他们叫我们回家吃饭的声音。

星星问："躲进那里，我们要做什么呢？"

什么都不做，就像此刻的王米米和我。

02

寒潮忽至的夜晚，三个人一只猫，一起吃饭小酌，一起窝在沙发上看剧。

王大爷把王米米唤作我的"小喽啰"。

我往那里一坐，它总是"呜呜"撒娇地叫着，小碎步颠着，一路紧跟过来，确保与我寸步不离。我们看电视，它也爬过来一起看。

客厅沙发可横七竖八地躺下我们全部，包括王米米。

它有时会好奇地睁着圆溜溜的大眼睛一起看，看困了挨着我躺下，自顾自大睡，任我们大笑也好，任电视里飞天遁地也罢，它兀自睡得四脚朝天。有时老妈一边看剧一边手里做点什么事，王米米会趴在她身边，专注地看她做事，像个认真的学生，试图理解并记住老师的示范，一张小脸格外严肃。老妈笑着戳戳它的脑门，说："你在想什么呢？这么一颗小脑瓜子。"

三个人一边想办法，一边享受难得的闲淡时光，不约而同地有了一种"船到桥头自然直，车到山前必有路"的默契，都相信王米米小小年纪闯过了那么多难关，总不会被这一小步难住。既来之则

安之，让焦虑滚一边儿去吧。

这样的松弛闲逸，这样的居家时光，在这个家里其实是罕有的。

自我记事以来，爸妈的工作总是很忙，王大爷最忙的时候全年无休，周末都是早出晚归；老妈从参加工作到退休，一直是初代"996福报"享有者，换成那个年代的话术叫"劳模"，叫"先进工作者"，王大爷也年年是"优秀党员"。

记得某一次他们两个都休假的星期天，一家三口终于去了公园给老妈过生日。老妈穿着花格子羊毛长裙，拍了很多照片。晚上王大爷喝高了，和我一起啃着卤鸡腿，扯着喉咙用重庆口音的俄语唱起了《东方红》。

等我稍大一些之后，每逢寒暑假，老妈都会带上我一起出差。小小的我跟着她走了不少地方，懵懵懂懂看过了一些好山好水、一些名胜古迹。那时我的学业很轻松，爸妈很年轻，爷爷奶奶还很健康，是童年最好的时光。

再之后我读中学了，读大学了，工作了……在家的时间越来越少，离家远行的时间越来越久。爸妈也一直忙忙碌碌，身不由己地忙到退休。当他们终于可以闲下来了，又轮到我这个中年人开始忙忙碌碌，身不由己。记不清已经多久，我们不曾有过这样闲闲散散，一起宅在家里，悠闲度日的时光。

似乎，在我的记忆里从未曾有过。

或许，在爸妈的记忆里有过，珍藏在他们久远的年轻时光里。

每当我掰着手指头数日子——捡到王米米已经两个月了，在家陪着爸妈也两个月了。这短短的两个月，是如此难得的奢侈。

那些烤着"小太阳"，刷着肥皂剧的夜晚，我裹着久违的厚重加绒睡衣窝在沙发里，身边挨着猫，陪王大爷喝着酒，陪老妈聊着天的时刻，不知不觉填补了以往许多年的空白。

那么多年，我们谁也没有意识到那一大块空白的存在。

直到王米米从天而降，把我们困在这一波寒潮里，困在这个家里。

每晚它喜欢挤到沙发上，蜷成一团，把自己塞进我和老妈之间

松弛小猫的"板鸭趴"

的空隙，刚刚好，似乎那个位置就是为它准备的，就等着它来填补。的确，一切都刚刚好，特别好。

03

连日下了阴冷小雨后，终于见到一点微薄的阳光。

我还没起床，正和王米米一起拥被大睡，就被老妈万分激动地敲门叫起来。

"今天出大太阳了，好晴朗，快点起来，我们出去晒太阳！"

一点透过窗帘照进来的阳光，淡得根本不足以冲散这座山城上空一层层紧致压实的云层，能勉强称之为晴天。但要说"晒太阳"，我怀疑它拿什么晒我。

老妈看出我的怀疑，二话不说，推开了卧室通往露台的门。

“你看嘛，真的阳光灿烂！”

我眯起眼睛，王米米也眯起眼睛，一齐缩在被子里，谁也没有要离开床的意思。

我审慎地问：“你管这个叫阳光灿烂？”

她理直气壮道：“这就是重庆人的阳光灿烂，重庆冬天的太阳就只有这个样子，不要要求太高！”

被迫出门去“晒太阳”的我，走之前轻轻带上门，看了一眼独占了我的大床，继续摊手摊脚，睡得呼噜呼噜的王米米，内心充满了羡慕嫉妒恨。

要在重庆找一块平坦向阳的坝子晒太阳，并不是一件容易的事。

王大爷带着我们开车绕了很远的路，才在江边找到了一个所谓的古镇。穿过一堆“网红打卡点”之后，终于见到了荒草比我还高的河滩，枯水期干涸得可怜的江水，以及乌泱乌泱扎堆晒太阳的人们。

但凡有一小块平整的草皮，就算只是沙土地上长几丛枯草，也有人搭起露营帐篷，架上便携式麻将桌搓几圈，支起小炭炉烤两个橘子，温一壶养生茶……所有人都在很认真地晒太阳。看书的和烤橘子的分享一个安静角落，打麻将的和遛娃的隔空喊话打趣，跳舞的阿姨和健身的大叔商量着划分地盘，户外骑行车队全副武装骑着山地车在广场边集结……重庆人民真的给予了十足稀客的太阳最高的礼遇，最大的诚意。

川渝人民确实天生自带松弛感。松弛之余，又有一种对好光阴、好天气等一切好东西都物尽其用、绝不浪费的真诚。

在配合他俩摆拍了无数照片、视频，发在了朋友圈之后，王大爷和老妈坐下来美滋滋数着朋友圈的点赞数，回复朋友们对他俩幸福美满生活的羡慕和赞美。而我也去租了一辆自行车，在广场上绕圈玩儿，绕着绕着感到无聊起来，忍不住炫了一把技。

王大爷站在那里，看着我风驰电掣地骑车，流露出一丝羡慕。

他是一个不会骑自行车的重庆人。

在爬坡上坎的重庆，以前还没有山地车的时候，骑那种老式的自行车是一件很自虐的事，只有少数的平路是人骑车，到了有台阶或要爬坡的路段，就是车骑人——人得扛着车走。

所以在山地车普及之前，绝大多数的重庆人一辈子都没骑过自行车。

我潇洒地围着他转了一圈，把车刹住："来，我教你！"

他摆手摇头撇嘴。

"不敢啊？怕摔啊？"我嘲笑他。

"恁个一个小车车，有啥子不敢嘛！"他把袖子一挽，受不得半点儿激将。

七十二岁的王大爷，就在这个号称阳光灿烂的下午，生平第一次骑上了自行车，歪歪斜斜地摸索了二十分钟之后，还真的被他学会了。

一开始他满脸不屑，骑上去又如临大敌，战战兢兢，慢慢得心应手，最后得意忘形……一个大意，失了重心，连人带车，慢镜头式的，圆滚滚地倒下。

倒地之际，他反应敏捷，就地一滚，爬起来拍着衣服上的灰，连声说："不骑了，不骑了！还好我反应快，使出了一招卸力绝技，要不然摔得更惨！"

我忍着笑，没有拆他的台——骑得那么慢，倒下去最多也就擦破点皮。

他挽起裤腿一看，果然膝盖蹭破了。

万幸姿态体面，英俊潇洒的形象只受了微损。

我掏出随身携带的创可贴给他贴上，满以为没事了。

一到家他就"哎哟"连天地催着老妈给他上药。

上下楼梯的时候，他都扶着扶手，走得战战兢兢，一瘸一拐地。

王米米看得迷惑，亦步亦趋，跟在他身旁，盯着他的脚。

我也迷惑，说好的铁血硬汉呢？

王米米凑上去嗅他的腿。

王大爷把气撒在猫身上："走开，走开，等下踩到你了，你的靠山、黑保护伞又要找我扯皮！"

我悄悄跟老妈吐槽："好娇气，我学骑车时摔得直接飞出去都没吭一声。"

老妈说："但是，真的流血了，还是伤得有点重。"

她所谓的流血，也就是渗了点血丝。但在心疼他的人口中，也可以叫"伤得有点重"。

行吧。

虽然第一回骑车，就"伤得有点重"，但看得出来，王大爷对于自己只花了 20 分钟就学会了骑自行车，还是很得意的。我和老妈也毫不吝啬地对他的运动天赋进行了一番吹捧。

为了鼓励他再接再厉，我立马下单买了一辆山地车。

快递到了，拆开一看，车子很漂亮，但有一个问题——我并不会组装。

04

王大爷大手一挥："说明书拿来，我来装！"

他这个只骑过一次车，之前从没见过自行车怎么组装的人，对着几页说明书，二话不说就拆箱，摊开一地的零件，直接上手开始组装。我则搬了个小凳子，坐在旁边看热闹，王米米也凑过来，探头探脑地一起看热闹。

一番敲敲打打，叮叮当当，车头装反了，王大爷淡定地一撇嘴，拆了重来。我想给他帮忙，殷勤地递递工具，拿拿东西。

王大爷只嫌弃我碍事："走开，不要把我的零件搞乱了。"

我默默缩回沙发上玩手机。

王米米假装老实地坐在旁边看，看着看着，就伸出了小猫爪，东掏掏，西摸摸。

王大爷倒是不拒绝它的"帮忙",任它拨弄零件玩,只当没看见。

王米米越玩越大胆,一个纵身,跳上了还没装好的车座,蹬腿一跳,差点把车座整个踢翻。王大爷眼明手快地扶住车,看着惊魂未定、钻到桌子下面的王米米,皮笑肉不笑地说:"你想搞破坏?厨房里面的芋儿看到没有?本来今天晚上领导安排吃芋儿烧鸡,你把这个车给我搞坏了的话,晚上就吃芋儿烧你。"

王米米缩头缩脑地躲回我身边,就算听不懂今晚的芋儿要烧什么,也看懂了王大爷嘴角的馋意。

我偷拍了一张王大爷认真研读说明书的照片,发给又在外面聚会的老妈。

"你猜明天我能不能骑上王大爷亲手组装的车?"

"这点事对你老爹是小菜一碟,他的手艺没问题。"

老妈力挺"队友",过了一会儿,又发来一条微信。

"你还是准备一套护具吧。"

我跑过去把老妈这条微信读给王大爷听,想看看他俩"队友"之间的信任是否坚定。

王大爷撇嘴:"她就是恁个样子,一贯小看人。"

挑拨成功了。

王大爷拿着一个零件左看右看,研究半天也找不到安装它的位置,信手扔到一边。

"就这么扔了?"

"没用,多余的东西。"

"你确定?"

"我确定。"

望着他一脸笃定、不容置疑的样子,我没有再说什么,拿起手机,下单了一套护具。

还是"队友"了解"队友"。

不知不觉天色暗了下来。

一边陪他装车一边在手机上回邮件,不知几时我在沙发上睡着

了。醒来时，王米米挨着我，睡得四脚朝天。

露台外，暮色已深，月亮正从树梢升起。

王大爷还在灯下埋头装车，看上去车已经装得有模有样。

小时候他给我组装模型，我并不领情，因为我想按自己的想象力随意发挥，自由乱拼，装出什么是什么。他却坚持要按说明书，一步一步严谨执行。每次为了拼装模型，一大一小两头犟牛总要吵一架。最后无论他组装出来的大吊车多么拉风，我都会不屑一顾地给他拆了，按自己的心意重新装一个怪物出来。

看着王大爷认真拼装的样子，我决定了，这一次，无论他装出一辆啥样的自行车，能骑不能骑，我都会领他的情，不给他拆了。

05

周末，小姑妈和表妹从成都过来玩。

之前给米米找领养人时，我问过他们，他们家已经养了一只猫，无力接纳新猫。

见了王米米，妹妹几乎一眼就喜欢上它，和它玩了一晚上，难分难舍。

她怜惜米米好不容易有了个家，也想帮我们分忧，主动提出可以接王米米到成都，帮我们养一两个月，这样我可以尽快回意大利处理一些事情，爸妈可以安心去海南，等手续办下来，我再回国接米米。

听到妹妹的提议，爸妈喜出望外。

我意外之余，喜忧参半，有些拿不定主意。

这几天我已经放弃寻求其他方案，开始协调手上所有事情，打算推迟回程日期，踏踏实实地等着米米的旅行和入境文件办下来。没想到突然又有了一个全新的可能性，似乎能解决所有的难题，几乎是当下困境的最优解。

小姑妈家也有一只猫咪，也是救助后收养的。他们有养猫的经验，妹妹温柔细心，如果能把米米托付给妹妹代为照顾一阵子，我们所有的难题都迎刃而解。

尽管我心里有些说不上来原因的不踏实，却也必须说服自己接受这个最优解。

或许是担心太给姑妈家添麻烦，或许是放心不下米米，我无端忐忑了一晚上。

朋友建议过将米米送到寄养店，但一两个月的寄养时间太久了，不比临时几天。我不忍心把自在惯了的王米米关在寄养店的小格子间，担心它焦虑抑郁，怕寄养店不能将它照顾好，也怕别人不够了解它，不会像我一样容忍它的坏脾气。

老妈劝我不要太纠结，不要太感情用事，不要为了猫耽误自己的正事。送王米米到小姑妈家暂养，是最理性的选择。

我找不到理由反驳她，但内心有个声音在试图说服我——这声音来自本性自私的那个"我"，来自关切自身利益的那个"我"。

人类世界里，无处不是责任和利益，每一件大事小事都是"正事"。我试图反驳这个声音——可是一只猫的世界里，唯一的正事只是活着，若能在爱它的人身边好好活着，便是一件神圣的事了。

在我心里，固然工作是正事，家事是正事，但米米也是正事。

这只猫将自己的命运完全交托给了我，从此与它相关的一切又怎能不是正事？

靠自己挣扎求生，顽强熬过了流浪生涯的王米米，一旦将自己交托给人类，就再也没有能力为自己选择去向，只能听任人类选择它的命运。明知道它不会愿意与我分开，不会愿意去成都，可我还是自私地优先选择了自己的利益。

那个声音说："猫有猫的正事，你有你的正事，猫是猫，你是人。"

我同意了这个方案，决定再过一周，给它打完第二针疫苗，就开车送它去成都。

那个晚上，老妈来我房间，深思熟虑之后和我商量，可不可以

不带米米去国外。

她想把米米留下来。

"以后每年冬天我们去海南的时候，就把它寄养到亲友家，今年先去小姑家，明年再看去谁家。等我们过了年，一回重庆就把它接回来，以后米米就踏踏实实住在这个家里。"

我知道她是想了很久才下的决心。

这么多年她一直是拒绝再养猫的，怕有牵挂，怕再失去。

可她更不放心我把米米带出国，飞那么远的路，去那么远的地方。

她既担心我路途辛苦，也担心米米的安全，不忍心它一路担惊受怕。她宁可扭转自己不再养猫的决心，替我接下这份责任，接过这份牵绊。

我们都在从自己的角度考虑，而王米米呢？如果它可以选择，它会选择留在自己出生长大的地方，还是跟随那个答应了守护它一辈子的人去任何地方？

自从我亲手抱着它走进家门，它就时刻跟在我身边，每次我到家，它都像经历了一次久别重逢，在我脚边一边翻滚撒娇，一边呼哧喘气，耳朵尖和眼圈都是红彤彤的。

老妈总是笑它大惊小怪、故作姿态，不就是几个小时没看见她，至于吗？

万物有情，都怕离别。

或许在爸妈眼里，多一只猫，我就多了一个负累。但我眼里的王米米不是负累。

"不是米米需要我，是我需要它。"

老妈无言以对，无可奈何，不能理解我需要一只猫什么。

这些日子，看起来是我给了王米米一个安稳生存的庇护所，可它也在庇护我。

这些年，遇到的每一只猫，每一只狗，乃至小兔、小鸟、小鱼……每一个与我们有过小小交集的生灵，都在庇护着我们心里那一点无防护的温柔，免遭粗粝世事碾磨，庇护我们的稚子之心有所依靠，有所回应。

爸妈终于开始收拾行李，准备去海南的行程。

我也开始安排自己回程的事情，同时整理米米的行李，准备送它去成都。

出发之前，有一件重要的事——教育米米改掉它唯一的坏习惯。

这段时间每一个见过米米的人，都说以我的手气应该去买彩票，随手一捡的猫，就是这么完美懂事的猫。它太完美了，全世界的猫都有的那些缺点，它没有。

它不馋嘴，不偷吃（除了抢过我一块蹄花），不抓挠东西，不叫嚷，一身短毛也不怎么掉毛，不爬窗户……甚至它蹲猫砂盆的时间都是固定在每晚睡前，上完厕所再去睡觉，自我管理能力超过很多人类。

或许，喜欢撕扯纸巾能算一个缺点。但它只撕扯我卧室里的纸巾，绝不撕扯爸妈房间里的。茶几上的抽纸，也只撕扯我面前的，不扯爸妈面前的。

"王米米又撕烂一卷纸！"我向老妈告状。

"撕了就撕了，你别用了。"老妈回答得云淡风轻，眼皮也不抬。

护短的老妈从不拆完美小猫王米米的台，但世上没有完美的人，也没有完美的猫，撕点纸巾不算个事，米米真正的缺点是——它是一只咬人的猫。

王米米第一次咬人，是它还有八颗犬齿的时候。

四颗小乳牙已经摇摇欲坠，新的八颗恒牙刚刚冒头，那时它连猫粮都咬不动，却总是抱着猫抓板的边缘磨牙，歪着小脑瓜，磨得很费劲。

小薇说："长牙期的小朋友很难受，会痒得心慌。"

于是我给它买了木天蓼磨牙棒，一夜之间全被啃秃了。

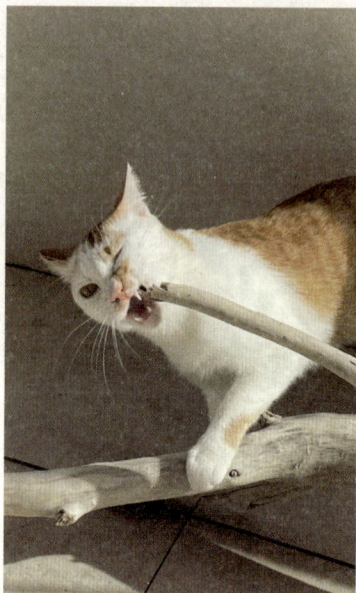

不服气？来咬我啊

　　意犹未尽之下，它抱着我的手指继续啃，啃了一口后马上放开，怯生生地看我脸色。

　　看我只是笑，它的八颗小尖牙又啃上来。

　　从此它就喜欢上了啃我的手。它咬痛过我几次，每次我一旦喊痛，跟它说"轻点儿"，它就松开嘴，小舌头舔舔我手上的牙印。后来它的犬齿换好了，变成雪白尖利的四把小尖刀，大概它自己也知道"小尖刀"的威力，咬着我玩的时候越来越轻。如果我叫痛，它会马上舔舔；如果我不吭声，它啃一会儿便心满意足地放开。

　　它还喜欢趴在背上，拨弄我的头发玩，玩玩咬咬扯扯。

　　家里家外所有人，它只欺负我，偶尔朝老妈龇个牙，但不真的咬她。

　　王大爷说："这个坏猫就是欺软怕硬，谁对它好，它就对谁凶。"

他经常对米米瞪眼，故作凶相。米米见了他就老老实实，夹起尾巴做猫。

他颇以自己在一只猫面前大有威望而自得。

老妈不满我惯着王米米，说："就算只咬你，也是坏习惯，必须改正，该打要打。"

情感导师们说："不要把坏的一面留给亲近的人，不要把负面情绪发泄给爱你的人。"

可导师们娓娓而谈地上完课，回家辅导孩子做作业，急怒攻心了也会骂。

万物之灵的人，尚且没有进化到对自身正负两面能量完美控制，多少会给自己留个不完美的"气口"，以免憋死在完美"人设"里。

小时候那个读书从来不需要父母操心的我，外人眼里永远是"别人家孩子"的我，一身叛逆和坏脾气只有爸妈感受最真切，王米米的八颗小尖牙咬人有多痛，也只有我知道。

太完美了，猫也会窒息，也需要留个"气口"。

王米米已经是足够完美的小猫，我尤其想把"气口"给它留宽敞一些。

在放弃了寻找领养人，决定养它一辈子之后，我完全没有想过米米会去别人家里，和别人一起生活。它的坏习惯和臭脾气，我以为有我包容着就行了。

突然之间，它要去成都和小姑妈一家生活两个月，这让我措手不及地意识到，必须在最短时间内纠正它咬人的毛病，不能让它在别人家里讨嫌。

我好像有点明白了小时候任性惹祸，老妈拿尺子打我手心时的心情。

她一边打一边红着眼睛说："不是妈妈不想惯着你，就算爸爸妈妈能惯着你一辈子，以后你也要离开家，自己去闯荡。外面的人不会惯着你，你这脾气不改，总有一天要吃亏的呀。"

猫为什么会咬自己喜欢的人？动物行为学家分析出很多原因。

我只知道，人跟人是不一样的，每只猫也是独一无二的，都有独属于自己的个性和经历，它们每做一件事，都有自己的缘由。

　　和猫朝夕相处、一起生活的这些年里，我观察每一只猫，或许比观察人类更仔细。

　　观察这种如此独立、冷静又自傲的生物，更像观察一件艺术品，尤其是将它们的行为与人类对照起来，两个截然不同的物种之间微妙的联系时常令我惊异。

　　在多猫家庭里，只要有两只以上的猫，就会形成一个猫的小社会。

　　我家有四只猫，它们每天一早醒来，吃饱喝足之后，就开始了永不厌倦的仪式——

　　突然之间，某一只猫发动了攻击，其余的猫立刻追随响应，开始追逐打闹和漫无目的地挑衅。或是抱住谁的脑袋一通啃咬，或是骑到谁的背上翻滚摔跤，或是抱在一起，八条毛腿乱蹬乱踢，满屋子猫毛如三月飞絮。就在人类焦头烂额之际，毫无征兆地，所有猫都消停了，或是各选一个角落躺平，井水不犯河水，独自高冷美丽；或是前一秒还在狠命互踹的两只猫，下一秒就静静地腻歪在一起，互相舔毛，重归岁月静好。

　　除了空气里还在飘浮、来不及随尘埃落定的猫毛，一切都像不曾发生过。

　　没有办法，猫的动作实在是太快了，而人类的眼睛太迟钝。

　　我们的一切行为，在它们眼里都是慢镜头。

　　人类一个眨眼间，它们已经完成了骂骂咧咧地问候、拳脚较量、分出胜负、划分地盘、回归暂时和平的一整套流程。不需要如人类一样烦琐拖沓，不需要投票，不需要竞选，只用一套速战速决的拳脚交流，就可以确定新的一天每只猫的等级地位。谁是今天的班长，谁是副班长，谁是垫底的值日生……愿"打"服输，绝无二话，谁要是输不起，就会被全体猫看不起。

　　猫最清楚自己多么善变，可能比人类更清楚情绪这玩意儿不太守恒，爱恨恩仇都是变量，保质期只在当下，过眼就是云烟。所以

除了确立等级地位，猫也需要每天重新确认一遍每个同伴和自己的关系，对待自己的态度，从而给出相应的回馈——昨天一起舔毛的好朋友今天还和我好吗？前天有仇的那谁，今天还在记仇吗？

猫的喜欢与不喜欢都是摆在明面上的，所以谁喜欢谁，谁不喜欢谁，最好是早晨起来就说好，不搞阴阳怪气、皮里阳秋那一套。服气就是真服气，不服马上打一架。

如果可以选择，很多人都想效仿猫的方式和朋友、同事、老板相处吧。早上走进办公室，凭实力把能力不如自己的上司痛扁一顿，让老板去做方案，这样的职场多完美。可惜人类刚把自己进化到一个尴尬的阶段：离神性还远得很，脱去动物性又有几百万年。自己进化出来的面子端着放不下，只好绷紧一张人皮，演好万物之灵的戏码。

不过至少有一点，人类并不逊色于猫——都很擅长"作"。

看似攻击的方式，除了用来确立阶层地位，也是猫与猫之间情感互动的方式。

两只猫的交情越好越会经常抱在一起滚打啃咬，使尽各种泼皮无赖招数，打得彼此灰头土脸，打完了又亲亲热热地贴在一起睡觉。恰如相爱的人之间，常能说出最狠的狠话。

人和人相遇相处，总离不了互相试探虚实深浅。

猫没有人类那么多花花肠子，但它们有牙齿和爪子，有更简单的试探方式——我咬你一口，你啃我一口，你咬得不深，我啃得不重，这样我就知道你没有恶意，你也知道我不想害你。虽然时不时打着打着不知轻重，打出真的脾气来，气极了也会冷战几天，互不理睬。即便这样，家猫之间互相作一作，也和流浪猫的生存之战不一样，都不以伤害对方为目的。

人类又何尝不是如此。

缺乏安全感的人，在亲密关系中永远需要反复试探，否则无法确认自己是否被爱、被接纳。不曾被爱过的流浪猫，也需要从人类对它的容忍程度中获得安全信号，建立被爱的自信。

每次王米米抱着我啃咬，装出很凶的样子，小尖牙并没有用力，也不伸出利爪，眼睛却骨碌碌地看着我的反应。得到纵容，被抚摸安抚之后，它会躺下来打滚，亮出肚皮，四脚朝天，呼噜声响亮。

我家中的四只猫从不咬人，它们从小在宠爱中长大，笃定自己被爱着，笃定这份爱是无条件的，并不需要确认什么。

王米米不一样。它或许被短暂地爱过，然后那份爱被收回了，从此它知道了爱会消失，爱不是恒久不变的。无论如今的它多么被爱着，流浪的伤疤都不会消失，这一生它再也回不到从前那只曾相信人类永远不会变卦的小猫。

被爱带来的安全感是用很多细沙慢慢堆积起来的一座城堡，有多容易推倒，就有多难重建。短短两个月里，我对王米米所有的纵容，还远远填不满它被人类辜负过的空洞。

我以为没有关系，我有很多耐心，可以用很多时间、很多纵容慢慢地消弭它受过的委屈。可是突如其来的，它要离开我的纵容，去别人身边生活一段时间了。

别人愿意替我们照顾它已经很好了，没有义务再纵容它。

就算它现在只咬我一个人，之后和别人混熟了，难免冒冒失失地咬人。

我必须在送它去成都之前，纠正它咬人的毛病。

这是被我纵容出来的，我以为我也可以让它改掉。

07

纠正的第一步，是让它明白我不喜欢它这样，我会生它的气。

它一张嘴，我就推开它，起身走开，不再理睬它。

起初它似乎并不理解，还以为我在逗它，追上来不依不饶，非要咬到一口不可。

王大爷呵斥一声，它就夹着尾巴贴地逃了。

可不到一分钟，它又溜回我脚边，抱住我的脚开咬。

它不认为我会拒绝和它玩这个彼此早有默契的游戏。

在它一次又一次开开心心地跑回来咬脚后跟时，我试过跺脚，试过呵斥，试过戳它脑门，威胁要揍它……什么都不管用。最后，我只能使出终极绝招。

王米米什么都不怕，只怕被单独关起来。它最怕孤独和被丢下。

我在它又一次咬人后，将它关到书房，任它怎么叫唤也不理，硬着心肠转身下楼。

身后传来的声音，从大声抱怨的叫嚷渐渐变成小声卑怯的呜咽。

我下定了决心，这一次绝不心软。

直到吃完晚饭，我才上去开了门，放它出来。

它正趴在书桌前的椅子上睡觉，见了我，立刻跳下地，慢吞吞地走到我脚边，迟疑地轻轻蹭了一下我的腿，没有如往常一样打滚撒娇，而是低头走向自己的猫窝。

它钻进窝里蜷成一团，不声不响地把尾巴圈起来半挡着脸。

我跟过去，蹲下来看它。

它圆睁大眼，默默看我。

我忍住了伸手摸它的冲动，装作冷漠，装作还在生气，想让它牢牢记住咬人的代价就是会失去我对它的喜爱，记住以后不能再咬任何人。

那个晚上，直到我洗漱完准备睡觉，它一直趴在窝里不动，也没出来吃东西。

我还是心软了，把它抱到床上，一如往常地放在枕头边——那是它的固定位置。

它也不反抗，安静地任我摆弄，蜷在枕边，睁着圆眼睛，默默看着我，好像它不是很认识我一样。

我关了灯，在黑暗中等待它像平时一样打起小呼噜——那是我最喜欢的催眠曲。

但它没有。

它跳下了床，黑暗中传来嘎嘣脆啃猫粮的声音，随后它又无声

王米米和它的第一个朋友

无息地钻回猫窝去睡了。

　　早晨醒来，枕边空荡荡的。

　　自从抱它进家门后，这还是第一次早上醒来时它不在旁边。

　　我迷迷糊糊地感到这个世界缺了一块。

　　这可不是正确的起床模式。

　　我轻手轻脚地下床，把睡得正香的王米米从猫窝里捞出来，抱回床上，把它温暖柔软的身体搂在臂弯，熟悉的呼噜声终于又在耳边响起。

　　这下对了，世界可以正常重启了。

　　早餐桌上，我喝着老妈亲手泡的味道奇奇怪怪的咖啡，正色道："王米米有点伤心了，昨晚都没和我睡。"

王大爷眯着眼，像在听单口相声，望着老妈笑："听到没有，她说她那只猫儿会伤心！"

这个活了七十多年的人类，以为猫不会伤心。

我看着他那高等智慧生物的优越笑脸，心生一念——猫会不会认为灯一关，人类就看不见，耳朵半聋，鼻子也不灵，和同类交流点什么事都要靠手里拿的那个小扁盒子？甚至他们连刨砂埋屎都不会，实在太低能。

为了安抚情绪低落的王米米，这天早上除了罐头之外，我多给了它很多小鱼干，陪着它玩了会儿逗猫棒和弹球。它看起来又开心了，跑跑跳跳，蹦得很高，跟着我进了书房，一上午都陪我在书桌前工作。

我无暇注意它时，它就趴在脚垫上，任凭我的脚伸到它暖烘烘的肚子下面取暖。

工作间隙休息时，我会和它玩毛绒玩具。它抱住那只会叫的毛绒老鼠开心蹬咬，我试探地把手伸到它嘴边，碰到它的嘴唇和尖牙。它习惯性地张开大嘴，最终没有咬下来，而是愣愣地咧开嘴巴，看了我一会儿，把脸转向一边，不和我对视。

它果然如此聪明乖顺地改掉了坏习惯。

是我纵容了它，允许它任性地做自己，给了它被爱、被包容的自信。为了让它适应外界的规则，做一只不会伤人的乖小猫，我又亲手压制了它刚刚建立起来的那一点任性。

很小的时候，父母教我要诚实，不要撒谎。

上学后，我对老师说实话，老师很不开心。

爸妈为难地教我有时不能太诚实。

那时我并不在乎老师开心不开心，喜不喜欢我，只是很困惑他们到底想要我诚实还是不诚实。真话我是说，还是不说，或者只说一半呢？

王米米圆睁大眼看着我的时候，小小的猫脑袋里，是不是也有同样的困惑？

老妈得知米米真的不咬人了，摸着它的头说："对了嘛，这样就乖乖了嘛。"

她也是这样摸着我的头，对终于学会在学校顺着老师的意思说假话之后的我说："这样就对了，就乖了。"

人类的世界里，有一个东西叫双标。爱与不爱，诚实与不诚实，对与错，都不是绝对。

小猫的世界却容纳不下这么多的双标。

我为王米米的改变内疚了一天。

到了晚上我就不内疚了，因为我又被咬了。

坐在沙发上看着电视的没做错任何事的我，突然被王米米冲过来咬了一口。

胳膊肘被咬了一口，不轻不重，刚好痛到我"哎呀"一声，它已像只弹簧般跃起，跳下沙发，冲上楼梯，躲在转角处，从栏杆之间伸出半张脸来，窥探我们的反应。

王大爷听到我的痛呼，抄起一只拖鞋，作势就要去打猫。

"死猫，不想活了，还敢故意咬人了！"王大爷都看出了它是故意的。

我慌忙拦住他，老妈也为王米米开脱。

王大爷悻悻然坐回去，刚端起他的红酒杯，王米米就一溜烟从楼梯上跑下来了，脚步声嗒嗒，神气活现地跳上沙发靠背，往我和老妈背后一躺，仰头看向王大爷的眼神，颇有几分挑衅。

王大爷斜眼看它："奸诈的小喽啰，等她走了再收拾你！"

王米米不以为意。经过它一天的蛰伏观察，对人类进行了深入分析，它撤回了改过自新的自觉。

我的教育方式失败了。

王大爷说："这事交给我，保管让它学会收敛，不敢再犯。"

老妈也说："不改正不行，到了别人家里咬人惹祸怎么办？"

我无言以对，无计可施。

爸妈早早就说着要准备去海南待两个多月，带的行装也不少。可他们嘴上念叨，却不见行动。老妈数落王大爷做事疲沓，她自己也拖拖拉拉。两个人都心不在焉，似乎还没有找到即将启程远行的感觉。

原来有拖延症的不只是我。我也一直没定下来从重庆飞回罗马的日期。

或许很多人都有过一种近乎玄学的体会——有时候当你莫名其妙地拖延着不想做某件事，一直拖一直拖，然后外界因素就会发生相应的改变：突然会有某件事、某个人、某种说不清的变量发生，导致你一直不想做的那件事，最后真的不用做了。

也不知是拖延症作祟，还是冥冥之中自有变数，或是你的直觉在劝阻你。

很多次相似的经验后，我得出一个推论，或者说给自己的拖延症找到了一个合理化的解释——事事拖延必有因。

一大早，我收到表妹从成都发来的微信，让这个推论又一次被验证了。

事情果然又有了变数。表妹很抱歉地告诉我，她们家也有一些难处，无法接米米去成都暂养了。

那一刻我好像并没有很意外，也没有失望，反而隐约有种意料之中的事终于落地的踏实感，甚至有心头一松的感觉。

家家有本难念的经，多养一只猫并不是容易的事，我明白表妹的难处。

她表露了对于万一两个月以后我们不能如期接回这只小猫的担忧，怕我无法带猫去国外，爸妈又不能接手，从两个月的暂养变成接盘这只猫的一辈子。而她实在没有这个能力顶住爸妈的压力，再多养一只猫了。

安睡在我枕边的王米米，似乎感觉到我的注视，微微睁开眼，朝我伸了一个没心没肺的懒腰。我却无颜和它清澈的眼睛对视。

　　它是这么好的一只小猫，却一直被人类像个包袱一样推来推去，而它什么都不知道，以为遇到了会守护它一辈子的家人，再也不用流离失所。

　　人类的一念起，它就要被送去一个地方。

　　人类的一念变，它就又没了去处。

家里的被窝是全世界最好的地方

只是一两个月的时间差，只是舍不得放下一些自身利益相关的事，我就让另一个全心信赖着我的生灵，被置于这种处境吗？

我收拾好心情下楼，在早餐桌前平静地将这个消息告诉了爸妈。

老妈很沮丧，一脸愁云，唉声叹气："又没去处了，我们米米怎么这么坎坷……"

王大爷皱眉不吭声，脸上露出了我熟悉的锅底灰色。

这是他发火的前兆。虽然我不知道他要发什么火，但我做好了应对他发火的准备。

结果他只是平淡地说了一句："没得好大回事^①，这猫实在没人要，我要了。"

我和老妈愣愣地看着他。他为了这只猫和我吵过的架，比他逗猫的次数还多。

至今王米米还没有让他摸到过一根毛，最给他面子的时候，可以陪他玩几下逗猫棒。

属实没想到，他会在被他嫌弃的野猫无处可去时，说出这句"我要了"。

不管是爱屋及乌还是什么，我都觉得此刻的王大爷突然伟岸威武了。他剥着手里的一颗煮鸡蛋，剥得很仔细，动作慢吞吞的，说话也慢吞吞的："有啥子好急的嘛，我们恁么^②大个家，总有地方放得下一只猫儿。"

老妈斟酌着说："但我们去了海南，总不能丢米米独自在家里，要不我再给熟人打一圈电话问问？"

老妈拿起手机，开始翻找电话号码。

王大爷皱眉："不要再麻烦这个麻烦那个，这只猫儿我说了我养，你们就不要操心了。"

他专心地剥着他的鸡蛋，眼皮也没有抬一下。

我平静地说："我决定了，过几天你们就坐飞机去三亚，我带

① 重庆方言，意为没有多大的事。
② 重庆方言，意为那么。

·121·

着猫开车去和你们在三亚会合，然后我们一起踏踏实实在三亚待着，就当度个假。等着米米的手续全部办下来，我再带它一起回去。"

爸妈愣愣地看着我。

"你也去三亚？不着急回去了？"王大爷探问的语气里有着压抑的欢喜。

"这不好，会耽误你正事……"老妈的严肃中潜藏着期待。

他们是那么求之不得地想和我一起去三亚再待上一些时日。

孩子有孩子的规则，父母也有父母的框架，他们要深明大义，克服天性；要把长大成人的孩子往外面推，往远方推；要成全孩子奔向自己的人生，不能把孩子拘在身边……就像他们年轻的时候，每次回家探望年迈的爷爷奶奶、外公外婆，陪伴一些日子，就要被催促着离开，因为他们还有年轻人的"正事"，还要回去做自己小家庭的中流砥柱，还要奔向远大前程。

爷爷奶奶总是一吃过晚饭就催促爸爸："快点走，别到家太晚了，明天还要早起上班。"

妈妈的老家是外地的一座江边小城，以前过年她带着小小的我回去看望外公外婆，来去匆匆，只有几天，春节假期过半就要离开。走的那天，外婆总是一路送我们到江边坐渡轮，有时船误了点，外婆会又焦急又开心地拉着妈妈的手，趁机多说些话。

他们也是这样从远行的年轻人过来的，如今自己又成为亲手把年轻人推走的老父母。

老妈絮絮叨叨地数落我的"正事"，又回到了一个办公室主任习惯性给人分派工作、讲清楚利害关系、做通思想工作的职业轨道上。

我打断了她的话，一锤定音："这事就这么定了。"

老妈问："那你的正事怎么办？你要怎么跟人家解释？"

"就说实话，为了一只猫。"

告知爸妈这个决定之前，我已经发出了邮件，取消了回程计划。

我没有编造一个不可抗的原因，说谎太麻烦，要去持续圆一个谎，比说什么实话都累，所以我如实说："因为我在中国捡了一只猫，

我要带这只猫回意大利，需要足够的时间办理它的入境手续，所以不能在预计的时间回来。"

得知这个原因后，原本一直催促我回去、抱怨我丢下他们面对一堆棘手难题的合作伙伴们，都很理解，让我一定要把那只小猫平安地带回去。

当一个人放下所有犹疑，一咬牙豁出去就是干的那一刻，万道金光就刺破了阴云。这么久以来，我终于两肩一轻，郁气一吐而光。

"不行。"王大爷斩钉截铁地拒绝了我。

他吃完鸡蛋，拿起自己亲手做的老面馒头，喝了一口牛奶，慢条斯理地说："这猫不是你的猫，是这个家的猫，要养一起养，要开车去海南，就全家一起开车去。"

老妈喜笑颜开地站了她的人生好"队友"："对头！"

Chapter Nine

第九章

翻山越海，一路向南

重庆到三亚，约一千六百公里。

我们定下了一路慢慢走、边走边玩的自驾行程，约上了也要去海南过冬的二姑妈和二姑父。

我有三个姑妈，她们都是温柔善良的人，其中二姑妈和我最亲近。

只有求王大爷帮忙，比如求他帮我组装自行车时，我会叫他"老爸"，平时更喜欢管他叫"王大爷"。他会认真地纠正，叫"王老爷"。

我也喜欢叫开朗随和的二姑妈为"王大美"。

她确实是一个大美人，年轻时人见人爱，在那个保守羞涩的年代，追求她的人排成了长队。我们更像忘年闺蜜，会煲越洋"电话粥"，会一起在海滩上疯癫开火车，会相约去拍汉服写真照。

她爱狗子、爱风景、爱美食、爱爬山，有一颗细腻的少女心，时而妙语连珠，时而大大咧咧，笑起来声音仍如二十多岁时那般清脆。在我的童年印象里，她最爱穿长长的印花裙子，披散的长发如瀑，明眸皓齿，一说话便笑，一笑就摇落一地银铃。

哪有人会不倾心这样的姑娘。

姑父年轻时也是风度翩翩，车技高超，痴迷与车相关的一切，爱谈论国际时事，时而和王大爷一起热血澎湃地指点江山，时而因为对世界局势的观点相左一言不合就差割席分坐……漫长旅途中，这两位在一起，想必不会无聊。

他们两口子本不打算这么早去海南过冬，姑父在重庆还有事缠身。

但王大美一直知道我为米米的去处操碎了心，爸妈也因米米迟迟无法动身去海南。

带上爸妈和猫一起开车去海南，这样一趟看似浪漫美好的旅行，其实并不简单。这么长的路途，两个七十多岁的老人，一只从未出过远门的猫，又折腾又充满未知。为了帮我分担压力，她说服了丢不开家中事务的姑父，加入了我们的旅途，让姑父担下了开车的重任。

王大美和王大爷这兄妹俩都很喜欢车，喜欢坐车也喜欢开车，但是两个人车都开得不怎么样。或许是因为爷爷喜欢开车，他们兄妹俩从小最开心的事，是坐在爷爷的车里。在那个自行车也算大件的年代，两个小孩坐汽车的快乐不难想象。即便他俩如今都是六七十岁的人了，说起"小时候坐爸爸的车"，还是眉飞色舞。

爷爷喜欢开车，也开得极好。

我遗传了他的很多性格和爱好，但在车的问题上，出了一点小偏差。

我讨厌车。无论车多高级，沿途风景多美，汽油的气味、车内皮革的气味、公路上灰尘和尾气的气味，以及路途中的颠簸感、长时间处于封闭空间里的逼仄感、不能自如活动身体的拘束感……这一切都令我厌烦。对气味敏感的鼻子、容易导致晕车的内耳半规管、饱经摧残的颈椎，联合起来使我对一切车表示讨厌。如今想到一千六百公里的漫长路途，这些身体部件已提前瑟瑟发抖。

有意见的不止身体部件，想到要与王大爷一起远途旅行，也让我的血压战战兢兢。

和父母一起旅行，是旅行也是修行。

至今难忘王大爷在布拉格为了一点小事跟我发火，赌气一个人跑了，我在人潮拥挤的查理大桥上来回地找他，恰好遇到有电影剧组拍戏封桥，硬是被警察挡在人潮外，眼睁睁看着王大爷跑掉。

他跑掉之后，自己买了个甜甜圈，一路高高兴兴地吃着走回了酒店……

欧洲内陆旅行线已经算是最轻松友好的路线，跟他们玩一趟下来，我也累瘦了几斤。

那是好几年前的事了。眼下这一趟旅途，父母年事更高，身体更需要照顾，团队里还有一只憎恨狗的猫，和一只怕猫的狗——王米米依然没走出被狗子追咬的阴影，见到任何狗都想无差别报仇。

现在的它今非昔比了，再不是当初那个小可怜，经过两个月的大吃大喝、大滋大补，王米米迅速生长发育，长出了四把小尖刀般

的利齿，开始有了腱子肉，更有了人类撑腰。在动物医院，即使面对大狼狗，它都杀气腾腾地想动手。

它从未见过王大美家八岁的黑黑。论辈分王米米是应该叫黑黑一声"黑叔"的。

黑黑，狗如其名，通体漆黑，油光水滑，身为中华田园犬中大名鼎鼎的"五黑土松"的后代，战斗力称霸整个小区，一打三全胜纪录保持者，却见了小奶猫都会腿软绕道，从不敢与猫对视。

据王大美说，黑黑的幼崽时期，一直处于家中大猫的统治下，至今保持着对猫科大佬的臣服。长大之后的黑黑，曾走失再被找回，流浪街头数日，不知经历过什么样的日子，从此对人戒备心十足，见了身上带着猫味的我，都不敢靠近。

米米和黑黑，它俩都曾流浪街头，都是能打能战的硬茬。鉴于此，我们决定让黑黑跟王大美坐最前面的副驾，我和王米米坐最后面，尽量保持最大距离，中间用绳网隔断，猫穿胸背带^①，狗拴绳，安保措施环环到位，同时，王大爷居中压阵，担负维和重任。

一切准备就绪。这支五人两兽的组合，将要从重庆经贵州，穿过雨雪霜冻的山区，再经广西到过海港口，乘船横越琼州海峡，穿过海南岛，抵达三亚，全程一千六百多公里。

这样的旅行，实属是人生第一次，多少有点令我战战兢兢。

出发前夜，刮了一夜的风，这是寒潮来临前的降温先兆。

我和老妈把王米米不再需要的猫窝、垫子和食物全部放到了自家车库里，但愿能让小区里的流浪猫们多一个有所依凭的角落，希望它们多一分希望熬过这个寒冬。

临近午夜，我躺在床上，有些失眠。

王米米也没有如往常一般早早钻进被窝，它端正地坐在落地窗前，一动不动地看着外面，连我唤它也不回头。那外面除了漆黑的夜、几盏昏黄路灯、风中摇曳的树影，并没有往常吸引它的小鸟和蝴蝶。

---

① 一种宠物装备，套在宠物的胸部和背部，用于拴牵引绳。

王米米和黑黑

　　我好奇它在看什么，令它看得如此出神。

　　我悄悄走到它身后，拨开窗帘往外看。

　　它回头看我一眼，低低地"喵"了一声。

　　黑夜里只有黑与夜，我什么也没看到，只听到外面传来几声高高低低的猫叫。

　　寒风凛冽的夜里，王米米在听着它以前的流浪猫同伴们为争夺一口食物大打出手的动静。

　　它目不转睛地盯着我看不清的夜色深处，是认出了某个同伴，还是想起了以前的日子，我不得而知。已经很晚了，我本想抱它上床睡觉，可看着它专注凝望外面的样子，我叹了口气，摸了摸它的脑袋，将窗帘拉开一些，想着就任由它看吧。

　　隔天一早，它就要离开这个出生长大的地方，离开曾经一起抢食打架、忍饥挨饿、抱团取暖过的伙伴们。如果还有惦记它的，或

许只剩下扇过它耳光、抢过它口粮的大家伙们……无论如何，这个小区曾经是它的全世界，而往后它将去往越来越大的世界，把这个小世界远远抛在身后，有生之年未必还能再见了。

我不知道一只猫的记忆有多长；不知道哪一天它会不再记得这里；也不知道此刻的它在想什么。或许它什么也没有想，只是戒备着外面的野猫杀进来抢走它的小鱼干。

有人说猫就是猫，没有太多感情和智商，不必把人类的自作多情投射到它们身上，不应该将猫人格化。我同意人猫有别，人有人格。但猫是不是就没有"猫格"，只是一个低等的只会干饭、拉屎的碳基生物呢？

一个世纪之前，学者们还认为动物没有思想和情感，只有本能的条件反射，甚至对人类自身也有诸多误解；仅仅几十年前，人类还在用脑白质切除术治疗精神疾病。在很多领域，人类仍是小学生，仍要保持对一切未知事物的谦逊。

七七八八的思绪搅得睡意越发淡薄，我看了一眼时间，又看了看窗前那个"沉思者"小猫。

"米米，晚安。"

关上灯，听着外面的风声和猫叫声，试着驱散脑海中的思绪，将自己沉入困意的深海。

深海里一些细碎光点飘来飘去，是窗前的王米米琥珀色眼珠里映出的路灯微光；是多年前我从飞往异国的飞机舷窗向下望，看见江水绕城间的灯火绵绵，我眼里的水光将那片灯火晕染成星星点点，直至它们渐渐被云层遮蔽。

02

清晨，风停了，几缕阳光根本挡不住寒潮带来的冷意。

五个人类、一猫、一狗、一辆七座商务车，刚刚好说走就走。

装载行李的场景，蔚为壮观。

我只有一个双肩包、一只登机箱。那四位中老年人的行李则堪比小学生春游团——各式各样的家乡风味食物：腊肉香肠、现摘水果、现烤面包和点心、自制卤菜泡菜……甚至还有花椒、辣椒等调料，层层叠叠地塞满了后备箱。但要说这一趟旅途行李最多的，还是王米米。

　　它有一个航空箱、一个双肩背软包、五个一次性旅行猫砂盆、一个猫窝、两袋猫砂、一袋猫粮、一箱罐头和猫条、若干冻干、旅行饭盆水盆、若干玩具、一块猫抓板、若干尿垫、一瓶防应激喷雾、若干应急药品……路途中的吃喝拉撒不算麻烦，真正的挑战是旅途和陌生环境可能带来的应激反应。

　　猫是一种太敏感的生物，在陌生环境刺激下，很多猫会因为过度惊恐而拒食，或无法放松排泄，导致"尿闭"这种急症，严重时会引发肾衰，危及生命。所以王米米的一应用品都从家里带上，都是它熟悉的东西，有家的气味，可以缓解陌生环境带来的压力，让它更有安全感。

　　出发前一周，我就开始准备它的行李，一边准备，一边向爸妈解释，试图让他们明白，要负责任地养好一只猫，就要对它的健康和安全设想周全。

　　看着几大包的行李，他们依然目瞪口呆。

　　老妈不以为意："米米从小流浪，闯荡惯了江湖，又不是温室里的宠物猫，哪有你想得这么娇气？你小看它了！"

　　王大爷嗤之以鼻："小时候带你出门都没得恁个麻烦，拿个奶瓶把你嘴巴一喂就是了。"

　　老妈听到这话，不乐意了："你倒说得轻松，反正娃儿又不是你带。"

　　王大爷不服："嘟个①不是我带，不是我背我抱啊？"

　　老妈笑笑，一招封喉："你换过一回尿布没有？"

　　王大爷悻悻闭嘴。

———————————
① 重庆方言，意为怎么。

好嘛，我也是第一次知道王大爷没给我换过尿布。

五岁之前，我是个挑食、娇气的小胖妞，三天两头生病。

记忆中每次去儿童医院看病，似乎都是老妈一个人带着我，有王大爷同行的次数很少。有那么一两次，还是王大美陪着我妈，那时她自己也是个手足无措的年轻姑娘。

早已模糊的记忆里，总存有一段画面——

某个凌晨时分，我烧得昏昏沉沉的，被老妈半背半抱着赶去儿童医院，王大美陪在一旁。我顺着老妈瘦弱的背脊往下滑，她快要背不动了，全靠王大美不时托着我。在车里，我吐到了她俩身上，爱美又爱干净的她俩顾不上自己的衣服，只顾给我擦脸。医生说"四十一摄氏度了，很危险"，老妈趴在输液的病床旁边小声哭，王大美陪着她抹眼泪……似乎天都快亮了，我都睡了醒，醒了睡好几次，才看见王大爷急匆匆地跑进儿童病房。

那时，我不太明白为什么很少看见爸爸。

他经常很多天不在家，要去他工作的地方才能看到他，刚和他打完招呼我就会被老妈牵走，因为总有很多人来找他，和他说话，拿着画满我看不懂的图案的纸，或是厚厚的表格，和他比手划脚地说很久。

他们总是很大声地说话，不然什么也听不见。

那个地方总有很多奇怪的机器，运转起来会发出巨大的声响。

他们从不让我靠近那些机器。有那么几次，我一个人从老爸的办公室溜出去，在那迷宫一样的地方转来转去，惊叹一道门外面又是一道门，好像永远走不完。

也不知道我为什么没有走丢过，或许总是有叔叔阿姨把我领回去。而永远在忙着和人说话、忙着看什么东西的王大爷，甚至都没有意识到自己的娃不见了。

相对清晰的记忆里，有王大爷频繁存在的画面，已经是我读小学以后了。

他辅导我做数学作业，做错一道题就嚷嚷，再错几道题就发火。

那会儿我总是悄悄问老妈——

"爸爸怎么不加班了呢？"

"他怎么还不去上班啊？"

"他到底什么时候再出差啊？"

有时一连几天老爸没在家，我放学回来突然看到老妈在做红烧泥鳅，顿时心情复杂："爸爸又要回来了！"

王大爷最爱吃红烧泥鳅，他回家的时候，老妈总会做这道菜。

老爸回家固然是一件开心事，我喜欢听他的大嗓门儿，像一个暖炉把家里烘得热腾腾的。但他的大嗓门儿也会用来数落我的作业，数落我把玩具撒得满床都是。他在家，也意味着会有人抢走我对电视机的独占权，意味着晚上会有很吵的呼噜声……

满桌好菜，是老妈下班到家就开始忙碌张罗的。

等一家人吃喝完，她又忙着收拾。

而王大爷将碗一搁，悠然离开饭桌，踱步到电视机前坐下，舒舒服服地看起电视，享受独属于他的松弛时光。这个时候谁和他说话都是一只耳朵进一只耳朵出。我找他玩游戏，他总是敷衍着玩不到两分钟，目光就会回到电视屏幕上。我想看动画片，他会拿出老父亲的威严，板起脸说"小孩子看多了电视影响视力，快去看你的书、画你的画、练你的字"，我就只能趴在他身后，看着电视里无聊的战争片，气鼓鼓地在图画本上把"我的爸爸"画成一张长着麻点的大饼丑脸。

老妈的夜晚永远在忙，很难看到她清闲地坐在电视机前。

时常直到我入睡，王大爷早已发出鼾声，她还在准备我第二天上学的衣服和书包，或是趴在深夜的台灯下，加班修改第二天要用的文稿。

她伏案写东西的背影很清瘦，头总是垂得很低，那身影的轮廓常常是我惺忪睡去时，最后留在上下眼皮一线间的迷离景象。

第二天一早，王大爷出门上班，我也背起书包去上学，她则穿上熨烫好的衬衣，盘好一丝不苟的头发，穿上高跟鞋，走进那个电话铃声总是响个不停的办公室，从文秘到办公室主任，从小心谨慎到从容不迫，从浓密卷发到两鬓星星。

偶尔妈妈出差去了，几天不在家，我和老爸两个人的日常就是一直在找东西。

他对家里一点都不熟，问他要什么，他都不知道在哪儿，永远是那一句"等你妈回来了问她"。

小小的我，有一天大人似的叹口气，对老妈说："这个家是妈妈的家，爸爸什么都不知道。"

童言无忌，老妈却记了一辈子，时常拿出来当作笑谈。

我还记得曾问她："为什么爸爸要上班就可以不做这不做那，你也要上班，却什么都要做？"

她叹了口气："因为我是妈妈。"

再长大一些之后，我知道了原来这个世界上，有一些爸爸会用皮带打小孩，会不喜欢女儿，会赌博酗酒……王大爷不这样，他虽然和我抢电视，不把电视让给我看动画片，但他会在吃红烧泥鳅时，让我把每一条泥鳅背上没有刺且最肥糯的肉先咬掉，剩下有小刺的部分他来吃。

他除了工作，没有别的嗜好，挣的每一分钱也都花在了家庭上，从来不在自己身上花钱。因此在他自己的认知里，他一直是好男人、好父亲。

上一代的父亲们，大多都不曾看到他们"一家之主"的伟岸形象背后，是一个女人在承受着有形无形的不公平。他们只看到自己对家庭的贡献，无论大小，都值得大书特书。而她们的付出，则是理所当然。

男性对女性的隐忍和承担总是视而不见，久而久之，她们自己也视之为不可违逆的母性天职，不认为这些值得被提起、被补偿。

但她们的女儿并不视之为理所当然。

逢年过节，我不一定每次都能记得给爸妈买礼物，忙起来也会忘记，但给爸妈买东西本就不需要以节日为理由。平时看到喜欢的东西，想到他们可能需要什么，远隔重洋也可以投送快递包裹，给老妈的包裹总是多一些。

有时我给老妈买了东西，也会给王大爷一起买点啥，虽然他几乎没有什么物质需求，但收不到包裹，一定会有小情绪。每当包裹到了，他跑腿去拿回来，发现是买给他的，就手舞足蹈地开始拆箱；发现又是给老妈的，就撇嘴往玄关一放，等她自己去拆。

他处处都要悄悄和老妈较劲攀比，看我更偏心谁。

男人的孩子气是一门玄学。

如今攀比谁收的包裹更多，也不知道当年小两口开始带娃的时候，他有没有和初为人母、手忙脚乱的老妈攀比过谁半夜起床哄娃的次数多。

如今老妈总会笑眯眯地对王大爷说："我多得怎么了？是我该得的。"

当然是该她多得。

女性对家庭的付出，是一笔男性永远算不明白，或许也不想去算明白的账。她们自己或许不曾计较，或许早已释然，但那些日常琐碎掩盖之下的，经年累月不着痕迹地消耗，没有任何回报能补偿得了。

连王米米都知道，除了我，喂它罐头最多的人是老妈，所以它的神秘大礼包总是优先给我，其次给我妈，最后才给王大爷一点点。

03

王米米的神秘大礼包说来话长，要从它刚被捡回来说起。

王米米刚进家门的那几天，家里时不时冒出一阵奇臭。

王大爷认定是猫乱拉了，如临大敌地到处寻找，只差在家里掘

地三尺。

无果。

卫生间和厨房也被有洁癖的老妈彻底清洁了一遍，但神秘的气味依然没有消失。

我们开始互相怀疑，是谁那么没素质，悄无声息当众"放毒"。

三番五次之后，我们终于难以置信地确定，那攻击性极强的"毒气"源，居然来自闷不吭声的王米米——没有亲身体验过王米米的威力，很难想象被它的"生化武器"支配的恐惧。

一开始它只是无意地"放毒"，看到几个人类一边大笑，一边惊慌躲开，手忙脚乱地开窗通风，恶劣如王大爷还会故意朝别人扇风。于是，素质不详、智商很高的王米米，对人类的过激行为做出了自己的解读，具体怎么解读的不详，反正它开始了有意识、有选择地送出这份神秘大礼包。

要么在我们的饭桌下，要么在我的书桌下，甚至大清早钻进我的被窝里……送完扭头就跑。

作为四只猫的铲屎官，我能面不改色地在猫砂盆里寻宝式铲屎，却也扛不住王米米的大礼包。如果哪个早晨我没有睡懒觉，一早就神采奕奕地下楼了，老妈一看便懂，幸灾乐祸地问："又是被米米熏醒的吧？"

曾经被王米米暴打一整夜的高光 MVP 小君，除了挨打，也被王米米贴身赠送了这份大礼包。那是她顶着两个黑眼圈，一边在浴室镜子前抹眼霜，一边唉声叹气跟我投诉背脊骨都被王米米捶痛了的时刻。我敷着面膜，悠然地靠在一旁忍笑听着。

毫无征兆地，我俩之间的对话骤停，仿佛空气骤然凝固了。

她沉默，我屏息，一种难以形容的尴尬弥散在两个人之间。

我们互相以为是对方，谁都没好意思开口。

率先破功的是小君，她实在憋不住了，脸都绿了，扭头说："我开一下窗。"

我也撑不住了，迅速退到几米之外，大口呼吸换气。

从彼此的反应里，我们终于意识到，我俩都是无辜的。

不知何时，一直蹲在我俩之间的王米米不见了。它摇着尾巴，不声不响地走开了。

开窗通风之后，那"余味"仍不息。

后来一直给它吃着益生菌调理，肠胃功能好了很多，但它仍时不时故伎重施。

定下自驾带猫计划以后，王大爷郑重其事地提前给姑妈和姑父做了一番心理建设——他已经预见，在高速路上车窗紧闭，王米米一旦发动"生化攻击"，全车连人带狗将无一幸免。

姑妈和姑父听完捧腹大笑，都以为我们夸大其词。

关于怎样让这趟旅途的空气尽量清新无害，一家人进行了多次讨论。

王大爷的主张是，不给米米吃肉，出发前一天就给它吃素，吃素能保持清新。

这个主张自然是被大家当场驳回，最终采用的方案是开窗。

04

原定早上八点出发，毫不意外地因为王大爷和王大美兄妹俩一贯的慢性子，十点了我们还在车库里手忙脚乱地装行李。眼看行李终于要装完了，王大美和姑父又因为"一袋橘子到底放哪儿了"开始拌嘴，一个念念叨叨，一个嘀嘀咕咕，从一袋橘子上升到了婚姻的若干细枝末节，严肃程度堪比讨论学术议题。

擅长和稀泥、打圆场的老妈则对王大美抒发了"老夫老妻如何对彼此的非原则性错误装聋作哑"这一技术问题的感想。

就在他们忙于探讨并解决人类的高端烦恼之际，表面忠厚老实的狗子黑黑趁人不注意，从车库一溜烟儿跑了。我们以为它只是去草丛里"嘘嘘"，或是去看看附近路过的小狗。可事实上，黑黑也有一只狗子的企图。

它贼眉贼眼、熟门熟路地从车库楼梯溜回了二楼，溜进了家里，趁机大肆"圈地"，企图占领王米米的"江山"，搜刮王米米没带走的零食。当我们满头大汗到处找狗的时候，黑黑正在楼上楼下忙于开疆拓土，直到被王大爷发现，一声断喝，当场擒获。

已经被关在航空箱里拎到车上的王米米，对此一无所知。

王米米穿上了它不喜欢的胸背带，趴在箱子里，垮着一张小猫脸，冷冷看着几个人类忙得团团转。它没有表现出我预想中的惊慌害怕，只有一脸厌烦，嫌人类太吵。

一番混乱之后，所有人终于各就各位坐定，厚着脸皮挨完王大美训话的黑黑也最后一个施施然跳上车。

此时王米米已经不耐烦地趴在箱子里打盹儿了。

也不知道它有没有发觉车里多了一条狗，看上去它和我一样，被王大美和姑父的拌嘴声吵得脑仁嗡嗡的，埋头把自己蜷成一个球，不管他们做什么，都懒得抬一下眼皮。

闹哄哄地，终于要踏上旅途了，车悠悠驶出车库时已临近中午。

车开上高速路，拌嘴的两位终于消停了。

老妈和王大美的注意力都被转移到发朋友圈"打卡"旅途上，王大爷则兴致勃勃地吃起了零食，而航空箱里的王米米，和姑妈脚下卧着的黑黑，安静得好像隐形了。

在闹哄哄的一车人类中间，居然是它俩最安静。

预想中的猫吼狗吠根本没有发生。

王米米早已经习惯了坐车出门，它并不知道这一趟出门和以往去动物医院有什么不同。

黑黑也是一只跟着王大美自驾多年、走南闯北、见惯世面的狗子。

见它俩貌似能够接受彼此的存在，我试着慢慢打开了航空箱。

王米米伏低身体，探头探脑地钻出来，环顾了一下四周，慢慢站直，雄踞在我腿上，蓄满力的前肢鼓起几块腱子肉，后腿是弯曲欲扑的起势。它二话不说，先朝前座的黑黑"哈"了一声，眼里凶光毕露。

原来它早就发现车里有狗了，只是身陷箱笼，一身"武功"无处施展，暂且韬光养晦。

我抓住它的胸背带往回拽。

王米米顿了一下，它懂得这个信号，是我不打算给它撑腰的意思。

它雄赳赳地站在我腿上，半侧着头，看看狗子，又看看我，鼓起的腱子肉松懈了那么一点，可能是在重新评估没有我的撑腰，痛揍狗子的胜算大不大。

老实巴交趴着打盹儿的黑黑被"哈"了一声之后，怯生生地缩到姑妈的腿后，探出一个毛茸茸的大狗头，眼睛眨巴眨巴地，看看王米米，看看我，再看看姑妈，眼珠子转来转去，忙于察言观色，分析自己的处境。

王米米耳朵向后压，开启"飞机耳"，又"哈"了一声，音量量更大，眼神更凶了，胸背带下的腱子肉却软和了不少，也算识时务。

我继续收紧它的胸背带，摸着它的背脊安抚它。

王大美好言相劝："王米米，你看嘛，黑黑和那些狗不一样，黑黑是只好狗，黑黑不咬猫猫，它还怕你咬它呢，你和黑黑友好一些嘛！"

黑黑听着这番话，咧了咧嘴，嘴一咧开比王米米整个脑袋还大，不知是不是挤出的尴笑。

王米米又是一声低吼。

黑黑立刻闭紧了嘴，一点不敢回嘴。它慢慢低下头，低眉顺眼地吐出一点舌头，耳朵软绵绵的，挤出一个牵强的讨好表情——像极了亲戚家你不喜欢的小孩来做客，你不怎么开心，但当着大人的面，还是要挤出礼貌的微笑。

王米米的回应是龇出四颗小尖牙。

黑黑一缩脖子，麻利地躲回了王大美脚下，大气不敢喘。

王米米看懂了这只大狗不敢伤害它，紧绷的腱子肉彻底松弛下

来，冷眼睨着狗子，收起已经蓄满力气的利爪，在我腿上换了一个舒展的姿势坐定，继续居高临下，以溢满杀气的目光威压着狗子。

在这样的威压下，黑黑努力把自己伪装成一张不存在的脚垫，尽量趴低，再趴低。

这个姿态足够有诚意。

王米米继续对着那块"脚垫"摆了好一阵猫科大佬的冷峻高傲姿态，直到它也摆累了，不想摆了，转身在我腿上打了个转，慢悠悠地将身体团起来，背靠着我，看起了车窗外的风景。

一猫一狗，不费一兵一卒、一言一语，最终就"世界和平"达成了共识。

道路一点点向前延伸，世界开始在王米米眼前徐徐展开。

流浪在城市里的它早已见过了一些树、一些车、一些人、一些高楼大厦，但它第一次见到起伏的群山，第一次见到深碧色的湖泊……这个世界是不是和小猫之前以为的不太一样？又或许，不断掠过的青山绿水在猫的眼里只是些模糊不清的影子。

它看了一会儿风景，好奇心很快消失，眯眼打起了呵欠，在我腿上蜷了一会儿，嫌空间不够舒展身体，便自己钻进航空箱，躺平睡下，随着车子疾驰的节奏，渐渐打起呼噜。

车子行驶时的轻微晃动感，总是很适合睡觉。

我也渐渐昏昏欲睡，半梦半醒之间，我不时看一眼王米米，摸一摸它的鼻头，判断它的呼吸和体温是否正常。它自顾自地睡得四脚朝天，呼吸匀畅，时而嘴巴半张，似乎身在一个巨大而舒服的摇篮里。

每到一处休息站，我们下车例行三件事——走动、吃喝、上厕所。

以王大爷为首的几位资深吃货，一路吃零食，到了休息站更是大快朵颐，像极了春游的小学生。而我的头等大事则是王米米的吃喝拉撒。

吃喝很简单，拉撒就是一个技术问题了。

我事先准备了一张防水垫子，待狗子和其他人都下车后，关好

车门，在车里铺上垫子，放上旅行猫砂盆，再放出王米米，让它进猫砂盆解决内急问题。

但王米米毫不领情，对猫砂盆只是刨刨、闻闻，一次也没有使用过。

平时胃口极好的它，对最喜欢的金枪鱼罐头也不感兴趣了，浅浅舔上两口就扭头。冻干吞了两三颗，猫条倒是肯吃，喝水也很小口。

老妈怕它是因为晕车，胃口不好，可看它神气活现的样子，又不太像。

一路上，我们几次在休息站休整，它都是如此。

旅行第一天，路途中的王米米不吵不闹，安安静静，几乎没有提过任何需求，也没有发出过什么声响，完美得像只假猫，乖巧得连王大爷也对它刮目相看，连说了几遍"猫儿乖"。

即便在休息站被人围观，被小孩子凑上来打招呼，它都表现得

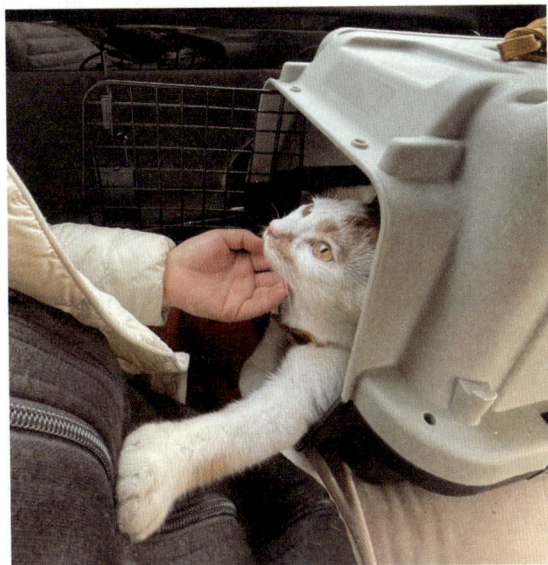

无论路多远，我们一起走

像个见惯世面的大人物，端着架子，揣着爪子，平静地审视着周遭，无动于衷地任人评价。

这个有猫有狗的奇特旅行组合，所到之处，总引来很多目光。

没有小朋友能够拒绝围观王米米。

"它真好看。"

"它好可爱呀。"

孩子们围着它说。

一个很爱猫的女孩望着它，不乏羡慕地说："它好白呀！"

她说："你把它养得真好。"

我打量着阳光下的王米米，的确，皮毛白色的部分白得雪一样耀眼，橘色的部分散发着金丝似的光泽，眼睛明亮清澈，胡须神气挺立，目光里早已没有从前的畏缩闪躲，而是充满自信，甚至有了一些傲慢。

猫与生俱来的优雅、藏在骨子里的傲气，现在已充溢在它的每一根毛尖、每一处紧实的肌肉里。它现在像一只生来就养尊处优的猫了，全然看不出流浪时的狼狈痕迹，再也没有人因为它田园猫的品种说它不好看，它和两个月前那只脏兮兮的小可怜"判若两猫"了。

05

我们晚上九点终于抵达第一晚的住宿地——贵州荔波。

我们找了一家宠物友好民宿，一行人"拖猫带狗"，搬下几大只行李箱之后，又吭哧吭哧地搬下了一堆猫砂盆、猫抓板等神奇装备，令民宿负责接待的小姑娘看傻了眼。

冬季的荔波气候湿冷，与我多年前夏天来时的印象完全不同。

民宿小巧而精致，进入房间后，王米米第一时间钻进大床底下躲了起来，我也任由它先找个有安全感的地方适应环境。这是一间跃层式家庭房，楼下一张大床是爸妈的，楼上的大床是我和王米米的。它的饭盆、水碗、抓板和猫砂盆被我一一安顿好，四处也喷上了让猫舒缓焦虑的猫费洛蒙喷剂。

等我洗漱完，王米米终于鼓起勇气从床底钻了出来。

它先是蹑手蹑脚地在房间里巡视了一圈，而后循着自己的气味径直小跑上楼，找到了它的专属领地，二话不说，埋头大口"干饭"，大口喝水，痛痛快快地在猫砂盆里"嘘嘘"了一大泡，舒服得眯起了眼睛。

老妈听到米米开始吃喝的动静，跑上来看它，和我一起头挨头地蹲在猫砂盆前，欣赏一只猫上厕所。它惬意眯眼的样子感染力十足，老妈摸着它的小脑瓜，感动得连连赞叹："原来这一路上它不是没有胃口，是忍着。它居然知道尽量少吃少喝，免得上厕所麻烦我们。"

我从未怀疑过王米米的智商，只是作为一只食物大过天的橘猫，我对它有一点怀疑——它真的能忍住饿，刻意不吃东西吗？

老妈突然想起来什么，说："今天一路上它都没有放毒！"

还真是。难道连人类都未能进化到控制自如的生理现象，它居然能随心收放？

我俩面面相觑，不可思议地看向王米米。

已经吃喝饱足的它，毫不客气地跳上床扑腾打滚，舒展自如，一副宾至如归的样子，颇有些"我在哪里，哪里就是家"的江湖不羁气质。

奔波了一天，我们都疲惫不堪，早早睡下。

灯一关，黑暗里就传来王米米细碎忙碌的脚步声。

在车里憋了一天无处发泄的精力，终于有了好去处。

它开始在楼梯上"咚咚咚"地跑酷，上蹿下跳，小声"呜呜"地呼唤，见我不理它、不打算起来和它一起玩耍，只好百无聊赖地折腾了一阵猫抓板之后，一溜烟跑到楼下，鬼鬼祟祟地凑近爸妈的床，不惧王大爷在侧，趴上床沿，伸爪子扒拉老妈。

熟睡的老妈被它缠得无可奈何，不时嘟囔一声——

"米米，哎呀，调皮……

"走开，米米……"

我拍手唤它上来，不要去烦老妈。

听到我的呼唤，米米飞快冲上楼梯，小弹簧一样蹦上床，"呼哧呼哧"地喘，翻滚撒娇。

困得睁不开眼的我，一把揪住它塞进被窝："睡觉，不准闹了！"

它顺势躺在我身边，真的不闹了，也不知是听懂了，还是折腾累了。

这是它第一次出远门，第一次住在新环境，第一次睡陌生的床。而它靠在我身边，一如往常在家般的安心舒展。

王米米的呼噜声和王大爷响亮的鼾声，在黑暗中此起彼伏。

我迷迷糊糊地听着这奇异组合的声响入睡。

一夜酣沉。

一早醒来，王米米四仰八叉地睡在被子上。

我睡眼惺忪地下床，拖鞋踩在地上一滑，差点摔倒，定睛一看，地上白花花一片满是被它刨出来的猫砂，猫砂盆被它弄到了房间的另一侧，满目狼藉。

"王米米！"我咬牙切齿地说。

它眼睛都没睁一下。

之前在家从未发生过这种事，也不知道它是在表达对新环境的不满意，还是嫌弃旅行猫砂盆不够大，容不下它的"尊臀"。

我披头散发地去借了扫把回来，一边数落它，一边打扫满地的猫砂。

它蹲在床上，歪头看我忙活，一副心安理得的样子。

王大美约我们出门去吃荔波米粉，我本想留在房间看猫，让他们打包一份带回来。王大爷说米粉有汤，不好带。我看王米米对新环境很适应，已经大模大样地如同在家中一样，估摸着留它独自在房间里半个小时应该没问题。

怕它捣乱，出门前我把它关进了卫生间。

荔波的米粉一如记忆中那么好吃。

我们在路边小店，一人端一大碗热腾腾的米粉，吃得心满意足。

因为惦记着王米米，我匆忙吃完米粉，本想赶紧回房间，却被王大爷拉去街上拍照打卡。他每到一地，必发一条带定位的朋友圈，少了那个金贵的定位，就好像自己没来过一样，这个执念异常顽固。

等我终于回到房间，还没开门就听见王米米撕心裂肺的吼叫声。

卫生间的推拉门一打开，我发现它站在壁橱顶上，惊恐地睁圆了双眼，"嗷"一声叫着扑到我身上，"呼哧呼哧"地大喘气，身体发抖。当初和大狗打完架，它也没有表现得这样惊恐。

它被独自关在一个陌生的地方，或许以为自己再次被抛弃了。

我抱着它安抚了很久，它稍稍平静下来，却一头钻进了床底，说什么也不出来。

床底空隙低矮，连它也是费力贴地才能挤进挤出。

我们无法伸手进去抓它出来，便试着把床抬开，却发现那是一张相当沉的实木床。

此时我们已经办完了退房手续，王大美和姑父已经在车中等待。万事俱备，只欠米米。

无计可施之际，只能让老妈和王大爷都出去，留我单独和王米米待在房间里。

我掏出了不会轻易使用的法宝——我在手机上下载了一段猫妈妈呼唤小奶猫的叫声。

当初家中另一只小猫——人送外号"妖妃"的大傻——还是刚满月的小奶猫时，钻进了邻居家的车引擎盖下，被毫不知情的他们从另一个遥远的城市带了回来，一路上都能隐约听到猫叫声，却无论如何也找不到猫在哪里，到家之后无奈求助于我。

我用手机放出了这段母猫的叫声。

在引擎盖下躲藏了将近一天一夜的大傻立刻爬了出来，灰头土脸地尖叫着，被我用一张柔软的白色毛巾裹住，抱回了家。

妈妈的呼唤是永远抗拒不了的诱惑。明知外面有危险，明知外面不是妈妈，可那个声音就是让猫无法抗拒。

我对着床底下的王米米打开了这段音频。

王米米迟疑了一会儿，从床底探出头，一步一步朝我爬来，自己钻进了我的怀里。

它当然很清楚我不是一只猫，不是它的猫妈妈。

人类妈妈再好也永远不能替代它记忆深处那只有着柔软皮毛和甘甜乳汁的猫妈妈。

它蜷缩在我怀里，鼻子一抽一抽地，徒劳地在空气中寻找并不存在的妈妈的气味。

上车出发后，我将它放出来，抱在怀里看风景，它低落的情绪渐渐缓解了一些。

山路盘旋，一路苍翠，深入山间，它扒着车窗，看树、看山、看水，看得目不转睛。

我也扒着车窗，试图寻找记忆中熟悉的痕迹。

上一次来荔波大小七孔景区，拍照还是用的索尼卡片相机。

那究竟是多少年前的事情，我已经懒得去想了，只记得那时的山里真的只有山与水、树与花、鸟与兽……人类的痕迹在山水间微乎其微，不值一提。

那一趟徒步大小七孔的路途，在记忆里除了美就是累。

干粮和饮水要全程自己背着，景区里面除了风景什么都没有。

时隔多年，故地重游，我收获的第一个惊奇不是山水依旧旖旎，而是景点的休息区居然可以买到现磨黑咖啡。

四位"大顽童"原本只打算到此一游，打个卡，发个带定位的朋友圈。然而当他们真正站在大小七孔景区门前时，却被贵州的山水一眼征服，当即改变了主意，决定在景区里面再住一晚。

无计划地随意而行，择美食而食，择美景而居，这样的旅行正合我意。

但他们不喜欢我在网上找的那些文艺精致风的民宿，而是在景区大门口跟一位骑着电瓶车揽客的当地布依族大姐聊得投缘，一拍即合，开着车跟在人家电瓶车后面，七弯八拐，拐进了一个布依族的小村落，停在了一座农家小院前。

黑黑跟着他们愉快地参观起了院前院后的菜地和鸡栏。

王大美问我满不满意的时候，我看着这个极具田园气息的农家乐，硬着头皮点了头。

其实小院还算干净清爽，村子也安静，山环水绕，鸟语花香。

我和王米米被分配到了一间双床房，老妈说："你俩正好各睡一张床，不用抢地盘。"

卫生间里⋯⋯⋯有意思，用了一种很省事的方式——直接放在原有的蹲式厕⋯⋯⋯量难以描述的卫生纸、莫可言状的一小片洗手肥皂⋯⋯⋯有的，空调的制暖效果远不如它制造噪声的效果好⋯⋯⋯仅次于猫的鼻子对床单枕套的气味进行审⋯⋯⋯床上跳来跳去，左边枕头上躺躺，右边被子里⋯⋯⋯随遇而安。

老⋯⋯⋯店的标准来挑刺了，建议你向王米米学习，不要娇气⋯⋯⋯王米米娇气。

⋯⋯⋯的肥皂给我用，调好空调温度，关门离开，⋯⋯⋯农家乐老板娘商量今晚的菜单。听着她麻利下楼的脚⋯⋯⋯我回头看王米米，王米米怡然地卧在床上舔爪梳毛，看起来很满意这个新环境。

如果此刻我问它："米狗，你应激吗？"

可能它会回答："应激的是你吧。"

又被老妈说准了，王米米这个靠一己之力在街头活下来的小流浪猫，并没有我想象得那么娇气。真正娇气的那个，似乎是我。

有时玩闹着，我会下意识地唤它"米狗""米狗狗""米狗儿"。

重庆方言里，老一辈喜欢用"狗狗""狗儿""幺儿"……来称呼心爱的小孩子。

这个称谓已经很多年不曾出现在我的脑海里，或许童年时在爷爷奶奶或谁的口中听过。

在外乡，在异国，我说着不同的语言，除了和家人通话，少有机会说起故乡的方言。可当我对着一只小猫，脱口而出这声"米狗"时，才意识到，方言才是真正的母语，真正的故乡也永远鲜活在方言和母语里。

王米米的确不娇气。每到一个地方，它总能迅速判断出这里是否安全，哪里是最隐蔽的位置，哪里最温暖舒适。它往哪里一躺，哪里就是床，无所谓高低平凹，容得下头尾的地方就是家，爪爪踩过的地方就是它王米米的地盘。

如同我们的父辈草籽般坚韧的生命，随风吹入任何一片有水有土的地方都能热烈地生长，不管外面是和风细雨还是烈日寒霜，不管身处繁华还是简朴。他们总能专注地吃好每一顿饭，睡好每一个觉，做好每一件事。没什么挑剔，也没什么计较，平平常常地与四时相随，与日月同步。

王大爷和姑父在农家乐的鸡栏和猪圈里品评着芦花鸡和小黑猪，又和布依族老大爷讨论起鸡饲料的配方，俨然一副务农行家的模样。看来他几十年前当知青，在四川安岳乡下学会的那点儿农业技能还没有忘光。他坐在一地鸡粪的圈栏旁边，喝着普普通通的茶水，陶然享受泥土的香气，和他在阿尔卑斯山下的古堡里陪我跳舞时一样潇洒自如。

王大美、老妈和布依族老奶奶在农家乐的后厨一起准备晚餐。老奶奶热情地拿出自家摘的又香又甜的橙子，执意要亲手切好了请我们吃。黑黑也在村子里撒欢跑了一个来回，和左邻右舍的狗子们聊了一堆人类听不懂的八卦。

看了一圈，发现无所适从且无所事事的人，只有我。

当然，还有在被窝里睡得"呼哧呼哧"的王米米，但猫有好吃懒做的特权。

我以为我会是一路忙前忙后照顾他们的那个导游、领队兼保姆。

事实却是我只能前院后厨抄着手游荡一番，什么忙也帮不上，讪讪转回房间，玩着手机，陪王米米睡觉。而七十多岁的爸妈在农家小院里玩得风生水起，直到饭热菜香了才来喊我吃饭。等我踱下楼，他们早已在农家乐那热腾腾的大饭厅里架起烤炉，喝起玉米酒，围炉吃起了浓香扑鼻的干锅鸡和地里现摘的野菜。

他们自如得像是早已扎根在这里的一家子，和老板一家聊得热火朝天。

坐在他们四个中间，喝着粮食酿的酒，脚踩在陌生而踏实的土地上，看着他们被酒和火炉熏热发亮的脸，听着他们谈论蔬菜、食物、田园梦想，我好像又看见了他们几十年前的鲜活赤热的生命力。

这是怎样的一代人呢？

他们经历了物资匮乏的童年、上山下乡的青年、下岗下海失业创业的中年，好不容易到了晚年，又从头学习用手机、电脑，学会了在直播间买新鲜的农产品和设计精巧的小家电，学会了网购油盐酱醋姜葱蒜，学会了退换货时戴上老花眼镜靠"一指禅"打字和淘宝客服据理力争……互联网上一天一个新鲜梗，他们不懂什么是梗，也能从晚辈们的朋友圈里活学活用，每掌握一个新鲜词，便兴冲冲地用起来，就像当年勇穿喇叭裤和"的确良"，像当年拎起录音机唱起邓丽君。他们曾是时代弄潮儿，是"早上八九点钟的太阳"，就算地球不讲道理地悄悄转到了晚上八九点钟，他们仍然灿烂闪亮。

酒足饭饱后，王大美牵着黑黑去村子里遛它雷打不动的睡前弯，遛到它尽兴了才回屋。我跟着在门口站了一会，风吹来，携着贵州山里深冬的湿气冷雾，直往骨头缝里钻。

王大美说："来呀，一起去散步看星星。"

山里的星星的确很亮。

她脸颊很红润，看起来一点都不冷。

我缩起肩膀，稳住想打哆嗦的身体："算了，我回房间照看米米。"

王大美家住在重庆那条"网红"山城步道附近，日常遛狗十五公里起步——不走平路，爬山上梯。我跟她去散过一回步，她说要带我去吃一家很好吃的火锅，只走几步路。我就上了她的当，一直爬坡，爬到小腿肚打战，最后也就走了轻轨两三站距离的路吧。到火锅店坐下，我累得二话不说先吃了一碗大米饭。此刻又听到她说要去散步，而且是在这天下午刚在景区里走了两万多步之后，我自觉地缩回了房间。

王米米根本不需要我的照看，已经独立完成了自己的吃喝拉撒大事，悠闲躺在了被窝里。也许是房间里的空调有点吵，它把自己埋在被子下，见我回到房间，才伸着懒腰钻出来，从一张床跳到另一张床，活动起了筋骨，梳理起了皮毛。

虽然房间的温度和被褥的舒适度都不那么尽如人意，但奇怪的是，这一夜我睡得很好。

感觉后脑勺刚一碰到枕头，再一睁开眼，天已微亮。

隐约有鸡叫声从远处传来，天光清透，靠着床沿的大窗户正对一座座水墨画般秀逸的山峰，山岭起伏的线条在晨光里格外柔和。

窗畔晨光里，猫的侧脸轮廓也柔和如画。

王米米坐在窗下，一动不动地凝望着远处的青山。

它静静看山，我静静看它，看着看着，窗外的光线渐渐变亮，落在它晶莹的眼睛里。它回头看了我一眼，朝我"喵"了一声，声音和它此刻的身体线条一样舒展柔和。猫没有人类那样丰富的面部表情，不会颦笑转瞬，它们更多的情绪藏在身体线条和姿态的暗语里。

看起来它也睡得很好，和我一样神清气爽。

06

清晨，在农家小院前，四位"大顽童"与布依族老板娘一家人依依不舍地合了影，又唠唠叨叨地道别了一个小时。他们全家人送我们到路口，挥手目送车子远去。

王大爷和王大美已然爱上了这个布依族小村子里的一切——这里清新的空气，质朴无华的饭菜，洗得头发自然顺滑的水质，甚至是这里出产的一种细米。临出发前，王大爷拎着口袋，厚着脸皮去找老板买米，问能不能买一点昨天晚饭那种很好吃的米。

老板把自家吃的米都倒给了我们。

昨天晚上吃的米饭，确实有一股难得的山野清香，口感虽没有五常米的油润软糯，但那清新的香气却是别的大米没有的。一方水土一方物性，果然不虚。

之后这一小袋米的经历也有意思。

我们把它从贵州深山里，一路带到了三亚，恰好遇上三亚的好友给我送来了她刚刚从家乡收到的东北米，于是我又将这袋贵州米，给了那位可爱的东北大妞。"吃货"与"吃货"之间最真诚的情谊，就是把自己认为好吃的东西"投喂"给你，如同王米米把它的小鱼干叼给我，我把刚煮好的白灼虾剥给它，不需要多说一个字，都在饭里了。

黑黑出发前又去村子里跑了一圈，与它新认识的狗朋友们道别，那依依不舍的黏糊劲，连王大美都拽不走。姑父生气地说："你就在这里留下吧，给村里的狗妹妹当上门女婿。"

车一路徐徐开出村子，王大爷和王大美商量起了明年夏天再来这里避暑的计划，甚至畅想起了要买块土地，盖个养老小院。老妈一如既往地给容易激情上头的王大爷泼冷水："这山里，夏天怕是蛇多。"

我点头附和："昨晚听老板娘说，他们山里的蛇是挺多的，这些年当地开始注意生态保护，很久见不到的蟒蛇又开始出现了。"

王大美花容失色，摸着胳膊上的鸡皮疙瘩让我别说了。

我和老妈对视大笑。

采菊东篱的田园情结，总是在蛇虫鼠蚁面前一溃千里。

身旁的王米米虽然听不懂我们在笑什么，但也凑热闹地站到我腿上，探头探脑，瞪眼朝卧在姑妈脚边的狗子宣示自己的地位。

经过两天的旅途，它已经适应了，上车之后就钻出猫包，不是趴在车窗上看风景，就是在我身旁或腿上找个舒服的位置横躺着，眯起眼睛打盹儿。它喜欢看山，比起其他的风景，它对起伏的山峰最有兴趣。或许小猫咪血脉里的祖先记忆有一点点苏醒，隐约记起了它的祖先啸傲山林、百兽低伏的威风。

它就这么一路晃晃悠悠，懒洋洋地晒着车窗外洒入的阳光，眯眯眼睛，伸懒腰——看上去，这只随遇而安的猫，正在享受这趟旅行。

我这个挑剔矫情的人也很享受。

出发前，我设想过这一路上可能会无聊、会晕车、会憋闷、会腰酸背痛；我担心猫会出状况，担心王大爷会和自己吵架。出发之后，一路迎着阳光向南，逢山遇水，看云看雾，说说笑笑，吃吃喝喝，聊着天马行空的天，打着随心所欲的盹儿。

我居然一次也没有晕车过。

即便车在贵州崎岖的盘山路上行驶，即便我时常低头玩手机，也没有晕车。

我第一次知道了什么叫真正的驾驶技术，能让一个坐车必晕的人全程不晕，还能自由地玩手机，我不得不对姑父的车技五体投地。听到我盛赞姑父的驾驶技术，总是被我抱怨坐他的车必晕的王大爷酸溜溜地说："那是因为你的注意力被王米米牵制了，忘了晕了。"

他的话多少有几分道理。

全程有一只软乎乎的小猫偎依在怀中，确实可以抵消一切旅途的疲惫。

身边有猫，脚下有狗。

爸妈在忙着自拍，忙着发朋友圈"打卡"路途美景。姑妈和姑父在吵吵闹闹，你损我一句，我呛你一声。

四个"大顽童"一路上嘴都没闲着，不是在聊天就是在吃零食。

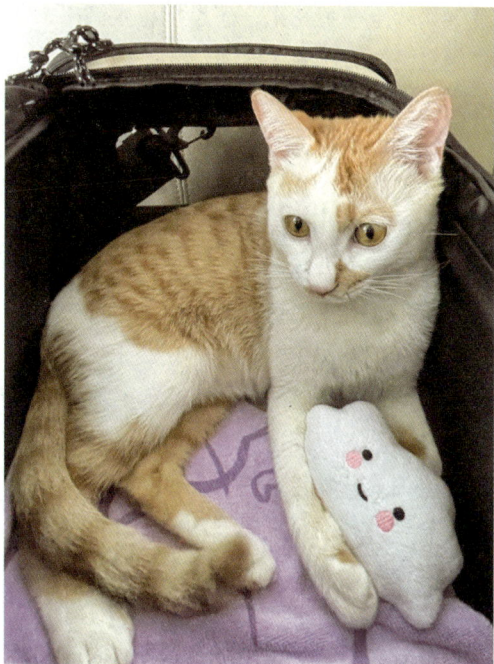

出发前在猫包里抱着它的玩具

　　就算姑父专心开着车，坐旁边的王大美也一会儿喂他一口吃的，口味花样轮流变换。

　　我很多年没有吃零食的习惯，一回到爸妈身边，王大爷每天早晚会削一大盘水果，老妈负责盯着我吃完。就算是在车里，我也被老妈一会儿"投喂"一个砂糖橘，一会儿塞一口豆腐干……王米米和黑黑虽然不会聊天，也要遵守"嘴不能闲"的旅行守则。

　　每个小孩，永远被妈妈担心没吃饱，总被劝着再吃一口。

　　呼呼大睡的猫，时不时被老妈摇醒："米米，来，吃口东西再睡。"

　　看着王米米睡眼惺忪，迷迷糊糊，不太想吃又不得不勉强张嘴舔猫条的样子，我仿佛看见了小时候的自己。我笑着笑着，手里也

·153·

被老妈塞上一把花生，还没把花生剥出来，手里又被王大美塞来一把她自己做的红枣夹核桃。

车窗外，阳光恰好照在王米米金黄的皮毛上。

我拿起手机，拍下它闪闪发光的样子，镜头里光晕闪动，仿佛梦幻。

这是我所有旅行经历中，最有诗意的一次旅行。

我愿称之为诗意。

真正的诗意正是在平常与琐碎间觅得快活自在。

窗外山形变化，阳光温软，十二月底的风里已有夏天的味道，水色由深渐浅，丘壑起伏间，车子驰过了广西的十万大山。

夕阳下，我们这支五人两兽的旅行组合，循着海风的气息，终于遥遥望见渡海港口——徐闻港。

每年春运都要上热搜的那个徐闻港；春运过海的车流排成几十公里的长龙，从早上排到午夜的那个徐闻港。

我想到了从下车到上船这个环节，带着猫会不太容易，但没想到是这样的大场面。

可以把车开上船的渡海客轮，我在国外也常坐。但那些港口和轮渡的规模与徐闻港的不是一个量级。

我料到了徐闻港很大，但没料到它这么大。

浩浩荡荡的车队和人群，震耳欲聋的车辆鸣笛声、人声、船上轮机轰鸣声、海上风浪声等无数恢宏的声响交融在一起，以及一路上探照灯般的通明灯火、浓重的汽车尾气、港口独有的海潮气、钢铁、机油、人汗等无数复杂成分混合的气息。

这全方位扑面而来的冲击力，把我和王米米都惊呆了。

我们需要在过闸之后，全部下车步行登船，只留一个人开车，把车开到船上的停车区。

下车之后，需要步行登上电扶梯，通过检票口，穿过长长的走廊和巨大的等候大厅。即使这场面远远比不上春运高峰期的人山人

海，临近午夜的过海人潮，背包拖箱，扶老携幼，急速往前涌动的场面，依然有一种轰轰烈烈的大片感。

我们这支"拖猫带狗"的队伍，也夹在其中。

我背起自己的双肩包，手拎装着王米米的航空箱，跟在牵着黑黑的王大爷身后，大步流星地往前冲——因为路上遇到堵车，到达港口时，买好票的那趟船只剩十五分钟就要离港了。姑父开车上船后，心急火燎的王大美冲在最前面，她负责拿着所有人的身份证去取票，王大爷负责牵狗，我负责扛猫，老妈负责压阵。

理论分工很合理，实操起来全是坑。

纷乱拥挤的人潮之中，王大美腿脚麻利，转眼就跑得不见影了。

死忠的犟种狗子黑黑看不到她，原地一坐，拒绝跟王大爷走，不见主人不挪窝。

箱子里的王米米不知道是被它从未见过的大场面惊到了，还是被我一路奔跑颠得昏了头，它焦躁不安地抓挠箱门，似乎信不过我这个人类，想冲出来逃命。

老妈不擅长运动，落到最后，跑得吃力，眼看跟不上我们。

我每跑一段就要停下来等一等老妈，再探头找一找王大爷，生怕他们各跑各的，怕老妈跑丢了，怕黑黑挣脱了，怕航空箱抵挡不住王米米的铁拳被它弄开……当时的我恨不得生出三头六臂，终于深刻共情了取经路上的大师兄。

王米米越叫越厉害，声音近乎凄厉。

我不得不在匆忙行进的队伍中停下来安抚它，这才发现，搭在航空箱上的外套完全挡住了它的视线，使它无法从箱子的空隙间看见我。

外套一拿走，它用惊恐的目光找到了我，立刻停止了嚎叫，从箱门空隙间伸出小爪子，紧紧勾住我的手。

"我在，我在这里。"

我捏捏它的爪子，手指头穿过笼门，摸了摸它因紧张而发干的鼻头。

它安静下来，再也没有闹腾叫嚷，稳稳趴在笼子里，任凭我奔跑起来颠簸摇晃，任凭周遭人群喧哗，全程一声不吭。

那一刻我明白了，我的存在，在这只小猫心里，就意味着安全。

只要在我身边，到哪里它都不会害怕。

它对我的信任竟是如此坚定。

这边安抚好了王米米，那边黑黑又尖叫起来。

检票闸口前，黑黑这个犟狗看不到它心爱的王大美，拿出了和王大爷拼死相抗的决心，四腿牢牢蹬在地上，梗着脖子，发出了一声似乎来自狼族祖先的嘶吼。

王大爷使出了"力拔山兮气盖世"之勇，也撼动不了一只狗。

人僵持不动，狗宁死不屈。

看到这个画面，我明白，既劝不了人，也劝不动狗，唯一的办法是——我扛着王米米拔腿就追，冲到检票口一把抓住了正要过闸的王大美。

她也跑得满头大汗，只顾着为大家取票，顾不上牵狗，以为有王大爷牵着黑黑，过了闸就能再会合，万万没想到，眼看着船要开了，黑黑在这个节骨眼上掉了链子。

我拉住她，让她快喊一声"黑黑"。

她如梦初醒，大喊一声"黑黑"之后，那只扎地生根了一般的犟狗，甩下王大爷，自己撒腿朝这边飞奔过来，咧着大嘴巴，激动得发出"呼哧呼哧"的声音，仿佛与王大美分离了一个世纪。

经过这一番混乱，我们终于汗流浃背地登上了船。

坐在宽敞的客舱里，身旁的大玻璃窗外是黑夜里的海，我一抬头，才发觉今夜的海上有一轮明晃晃的月亮。

身旁的王米米早已像老僧入定一般，揣着两爪，趴得端正，眼睛半睁半闭，在它的航空箱里打起了盹儿。我实在佩服它这"既来之，则安之"的心理素质，即便刚刚经过了一番对它来说堪比"兵荒马乱"的折腾，一旦它觉得当下安稳了，无论这到底是个什么怪地方，

无论之后要被命运带往何处，它王米米一概不在乎，两爪一揣，两眼一闭，先养个神再说。

07

生在内陆山城的猫，第一次看到海，它会有什么感觉？

这一路上，我一直很期待这一刻，想看到王米米眼里的海。

我已经不记得自己第一次看到海的感觉了，甚至不记得到底是哪一片海。

如今我住在海边，每天清晨走出卧室就能看见海，海景已经是平常得不能再平常的风景，但每一次睁眼，海面映入眼中，仍会有神魂为之一荡的感觉。

出生在内陆山城的我，童年在电视里见过海，也在书上见过海，但并没有什么概念。

直到某一年妈妈去大连出差，给我带回来一小瓶海水，我才知道海水是咸咸的。

那时候我很小，小得不懂怎么表达情绪，也不懂什么是出差，只知道妈妈突然消失了好多天。

我很想她，每天都要想她很多次，看动画片的时候在想她，睡觉的时候也在想她。虽然家里有爷爷奶奶，有爸爸，但少了妈妈，总觉得哪里都不一样了。等到她终于回来，背着包，带着很多东西，疲惫地站在门外，却满脸笑容地等着我扑向她的时候，我突然别扭起来，躲到了自己的小房间里，不愿意理她。

他们大人都在笑，笑这个孩子怎么这么傻，几天没见就连妈都不认了。

爸爸笑得很大声，爷爷奶奶也觉得很好笑，只有妈妈没有笑。

看得出来她不太高兴。

我也不高兴。

看到她回来了我明明是高兴的，但一个小孩子的心里还存着

好些天的不高兴无从释怀——她说走就走，把我丢在家里，而我从来没有想过会和她分开，没想过她会把我丢下，自己去一个很远的地方。

这太奇怪了，太让人生气了。

一整晚我都不愿意和她说话，只是躲在房间里，偷偷听她和爷爷奶奶说笑的声音。

我越听越生气，她怎么还在笑呢？好像一点都不知道我生气了。

我气鼓鼓地等着她来哄我。

妈妈却在等着我去亲近她。

等来等去还是她先主动来找我了，带着一个从行李箱里小心翼翼掏出的透明瓶子。

她蹲在我面前，将那小瓶子晃一晃，说里面是海水。

她从千里之外带回来了一瓶海水，想让我闻一闻，摸一摸，感受一下海是什么样子的。

我还在生气，不想伸手接，虽然心里很好奇。

她以为我会伸手，递过来的瓶子从她手里滑落，摔在地上，碎成了一地玻璃碴，海水流出来，和普通的水也没有什么不同。

我退后，看着她的笑容消失，看着她满脸失望。

她带着一身风尘仆仆的疲惫和失落，蹲在地上，慢慢收拾一地的玻璃碴。

我走过去帮她收拾，这好像让她高兴了一点。她捡起破碎的瓶子底，小心地用指尖沾上残余在瓶底的最后几滴海水，凑到我鼻子下，让我闻大海的气味。

她说，下一次带我一起去看海。结果她忙着工作，并没有兑现诺言。

很多年后，还是长大后的我带着她和王大爷一起去看了海。

那次我们去了三亚，他们喜欢那个阳光充沛、到处热热闹闹的海边小城。

又过了一些年，我在三亚给他们买了房子，离当年第一次带他们去看海的地方不远，但三亚早已不是当初那个宁静的小城了。

有一天我和老妈提起当年的那瓶海水，原来她也没有忘。

如今我也经常出远门，十天半个月甚至更久不在家。

每次回到家，几只猫都会迎上来，绕着我的腿撒娇，热烈地表达对我的思念。

唯独二娃不会，这个平常和我最亲近的家伙，偏偏要别扭地躲开我，假装和我不熟，满脸不高兴地在各个房间里跑来跑去，上蹿下跳，抓我的行李箱，企图吸引我的注意，却又在我走近它的时候躲开。一定要这般做作够了，它才会撤掉那一口不满我离家太久的气，慢慢安静下来，好几天寸步不离地跟着我、守着我，睡觉时也要紧紧贴在我的身侧。我理解它，一点也不怪它。

人的记忆就是这么古怪，我无论如何都想不起第一次看到海时的心情，却清晰地记得第一次闻到海水的前因后果，记得那么多难以言说的细节，记得那时的小情绪……不知道长大以后的王米米会不会记得今夜它第一次看海的心情。

我把王米米带到客舱外的走道上，站在船舷后，吹着温暖拂面的海风，和它一起看了很久的海。即使已是午夜，海面也并不是一片昏暗，而是泛着丝绒质地与釉彩光泽的蓝，波浪起伏间银鳞细光闪耀不止，都是天上那一轮明月的碎影子。

我和王米米一起静静地看着这样的海。

它如老僧入定般揣着的小爪爪，还是四平八稳地揣着，眼睛却睁得很圆，看海，看月，看浪，看船，目不转睛，琥珀色的眼珠倒映出一点月光，与海面波涛间的细碎闪光连在一起。

猫与海、与月，彼此交融，仿佛是亘古以来就存在着的造化神迹。

Chapter Ten
第十章

在天之涯，在海之角

凌晨三四点的三亚，是失眠者的乐园。

我们的车从海口下了船，在夜色里一路疾驰，穿过暑气扑面的海南岛，终于在凌晨三四点进入三亚市区，扑面而来的鲜活生猛气息，将昏昏欲睡的我和王米米都唤醒了。

我俩大脸贴小脸地一起贴在车窗上，看着灯火通明的大街、川流不息的车辆，以及这个点还有人在排队的夜市小摊……一时间睡意全无，甚至有点想下车去路边通宵营业的鸭脖店买个消夜。

身旁的老妈和王大爷却已睡得发出了鼾声。

姑父不愧是这个家里的车神，几乎是通宵开车，疲乏到了极点，却依然将车开得四平八稳。王大美坚持着和他说话，说着说着还是脑袋一歪，和黑黑靠在一起睡着了。"稳如老狗"的黑黑，也忍不住换了几次姿势。

王米米开始有一点焦虑不安了。今早从荔波出发之后，它就没有上过厕所。

每到一个休息站，我都备好旅行猫砂盆，诚邀它赏光使用。

可它偏不用，也不知道是脸皮薄，还是嫌车内空间小施展不开。这两个白天的路途中，它都是将一口"真气"憋住，到了住宿处的房间才踏踏实实钻进猫砂盆，彻底施展一番。知道它这个习惯以后，路途中我也只是礼节性地给它备一下猫砂盆，用不用随它。

今天是出发以来，在路途中时间最长的一天。它已经从早上憋到了现在，看上去快要憋到临界值了。

越是接近家门口，我也越是焦急，车上的每个人也都困到了极点。

车终于驶入我们在三亚的家，凌晨三四点的小区车库安静得可以听见回声。

我们卸下所有行李，送别了王大美和姑父，他们还要再开一段

路程才能抵达他们在另一个区域的家。直到此刻，我还有点不敢相信，这一趟旅行我们真的完成了。

我拎着航空箱里哼哼的王米米，大步流星地冲到家门口。

王大爷以一家之主的身份一马当先去开门——大半年没来，密码锁的电池没电了。

王大爷愣在门口，一摸自己的挎包，想不起钥匙放在哪里了。

我们面面相觑，还有一只小猫在航空箱里，憋尿憋得面目扭曲。

一千多公里"翻山越海""拖猫带狗"的旅途，一直到了家门口，最后一步才出状况，似乎不合理之中又透着那么一丝合理。

王大爷把行李箱、背包、挎包一个个打开，蹲在家门口，从塞得满满当当的行李中翻找一把钥匙。听着耳边王米米焦灼的叫声，我想到了最坏的一种情况——或许他把钥匙落在了重庆的家里。

面对当下的处境，人困马乏，猫也有"三急"，我紧急出谋划策："找二十四小时值班的物业来换电池？"

老妈打了电话，得知物业明天早上九点才有会换电池的工人。

我从最坏的一种可能性出发，提了一个自认为最合理的方案："我去旁边的酒店开个房间吧。"

王大爷瞪我一眼，火药味十足地反问："开啥子房间？急啥子急？我说了有钥匙就是有钥匙，你少在旁边闹，闹得我心烦，影响我找钥匙！"

我反问："如果找不到呢？如果根本没带出来呢？先找个地方安顿一家老小也没什么问题吧？"

王大爷勃然大怒："你凭啥子不相信人？说了我带了的，你凭啥子不相信？凭啥子在这里指手画脚？你有啥子了不起？比我多读了点书不得了？"

我还没有回答，航空箱里的王米米发出了一声忍无可忍的低吼。

如果它能说人话，可能也想骂人吧。

他找不到钥匙和我多读了点书之间到底有啥关联？别说王米米不知道，我也想不通。

老妈拉着我挤眉弄眼地暗示——不要回答，不要回答！

我气得背过身去，不想看王大爷在满地行李之中绝望翻找的样子。

我蹲在航空箱前，求另一个"绝世犟种"，希望它好歹听我一句劝："米米，你就在箱子里面尿吧，没有关系，我在里面铺了尿垫的，你随便发挥，脏了就给你洗澡，我不会嫌弃你的！"

王米米绷紧全身，趴低身子，一脸痛苦，但坚决不肯尿在航空箱里。

我想不通，一只猫要那么多面子和尊严干什么？

老妈也蹲在航空箱前，心疼地看着猫，担忧道："它该不会是憋久了，尿不出来了吧？"

我俩愁眉苦脸，只差给它吹口哨了——如果口哨对猫也管用的话。

这时，身后传来王大爷的一声大吼："找到了！"

他终于从行李箱的隐蔽夹层里翻出了那把救命稻草一般的房门钥匙。

门一开，我什么也顾不上，冲进卧室，放下猫砂盆，放出王米米。

王米米现场表演了什么叫"飞流直下三千尺"。

我和老妈守在猫砂盆旁边观看了这场激动人心的表演，如蒙大赦。

王米米蹲在它的猫砂盆里，仰头眯眼，仿佛享受得灵魂出窍。

解决完内急问题之后，它跑到客厅中央三百六十度翻滚。

"它好像知道这是我们自己家？"老妈愕然地说。

前两天的旅途中，王米米进了民宿的房间，总是先找一个安全隐蔽的角落躲起来，观察一会儿环境，再慢慢出来，四下侦察一番，才会放心大胆地活动。从未见过它像此刻这般，在一个全新的环境里，毫无戒备心，惬意舒展，仿佛它非常笃定地知道这里很安全、这里是它的领地。

或许是外面的环境有不同的人来去停留过的气息，而这里没有旁人的气味。即便我们有将近大半年没来过这个家，家里理应没有我们的气味，但它还是第一时间觉察出了这里和外面任何地方都是

不一样的。

尽管我深知动物的敏锐直觉远超人类的想象，但王米米还是一次次刷新着我对猫这种生物的认知。养猫的时间越久，养过的猫越多，越觉得不够了解它们。

即便是同为人类，同在一个屋檐下生活多年，同一血脉相承的人，我也不够了解。

02

王大爷岁数渐增，脾气渐长，越发像个小孩子，也越发像那个小时候急于被大人认同、总因为被大人质疑而愤怒的我。

从前那个意气风发的王大爷正在一天天地缩回他的另一个孩童版本里。

他不再那么笃定、自信了，不再对一切成竹在胸了，哪怕是一件很小的事。一个不会操作的手机软件，或是一台新买的手提电脑，他都要乖乖搬把小板凳坐在我旁边，看着我帮他操作，怯生生地问出一堆孩子气的问题，听了我的解释也似懂非懂，因不想露怯而不敢再多问。

偶尔遇到一件还让他得心应手的事，比如组装一辆自行车，便让他感到又找回了年轻时对未知事物的掌控感，又能得意扬扬地露一手。得到我的赞美和佩服，又能让他的自信心饱满好一阵了。

因为找不到一把钥匙而被我质疑，这样一件小事，或许之于他面对这个世界的自信心和掌控感，就像是一根戳破自行车胎的小尖刺吧。毕竟他对这个熟悉又陌生的世界，对人生第一次面对的老迈渐至，也有很多不肯承认的失控和惶恐吧。

我总是被王大爷的蛮横气到，很少对他感到歉意，此刻躺在床上，听着耳边王米米的呼噜声，心里升起一丝说不清的歉疚，想着明天早点起来给王大爷和老妈做一顿早饭。

看了一眼时间，已经是第二天早上了。

窗外天蒙蒙亮，已经五点多了。

算了，早饭改天再做吧。

我拉上了厚厚的窗帘，把在枕头边上摊开四肢睡得很香的王米米稍微往外挪了一点，避免它的脚丫子直接蹬到我脸上。

跨越了一千多公里的距离之后，我们终于在天涯海角之远的另一个家中，再次头挨着头、没心没肺地躲在全世界之外，一起睡个昏天黑地了。

这些年来，习惯了"候鸟生活"的父母已视三亚为半个家。而我从未在三亚待过一周以上。这地方无聊得让人发毛，我每次都是探望父母待上几天，就闷得赶紧跑。

作为一个旅游度假城市，它实在乏味，除了充沛的阳光和温暖的气候，余下的只有城市的喧嚣拥挤，满地的"网红打卡点"和"旅游宰客坑"，到处是横冲直撞的摩托车，路面时不时出现一摊血红的槟榔渣……我时常意识不到它是个观光海岛，觉得它更像一个闹哄哄的三线小城。

直到为了王米米不得不待在三亚的一个月里，我开始熟悉家门口的每一家小店，开始去菜市场买菜，开始认识这里的人。

年少时以为所谓"见世面"，是行万里路，是走遍全世界。

走啊走啊走，然后发现，远赴珠穆朗玛峰或南极都不一定算得上什么非见不可的世面。其实，楼下的菜市场就藏着很多我没见过的世面。

小区外美发店里洗头的黎族小男生跟我科普了他们儋州奇特的民俗文化。

僻静小路尽头开咖啡馆的女孩养了一只白色小狗，她做的椰香咖啡比某连锁店里的好喝一万倍。小狗很会来事儿，懂得招呼熟客。

夜市小吃摊有一只流浪的小狸花猫，吃着百家饭，被卖烤肉的东北大叔细心照顾着。我和老妈每天晚上偷偷拿一个王米米的罐头送给它，由此认识了一位也来喂猫的成都阿姨，她和老妈互加了微

四仰八叉躺着的王米米

信，每天互相报告小猫的踪迹和平安，一起给小猫找领养人。

旁边卤肉铺的东北大姐热心朴实，会主动割掉卤肉上的肥油再称重，下雨天会借自己的伞给我们。那狭小店铺里，只有一个小风扇吹着，闷热午后总见她的儿子趴在柜台后的小桌上写作业。

超市对面卖热干面的老两口有一个儿子，即将硕士毕业，是他们巨大的骄傲。

小区有位保安大哥，光头，文身，戴大金链子，会跟老妈愤慨地说起又在网上看到了什么不平之事。在电梯里遇到我和王米米，见一只土猫也被人珍爱，他会很高兴地对我说："猫和人一样，不分品种，没有贵贱，喜欢就好。"

三亚湾的那条椰林路上，每天傍晚都是一台春晚，锣鼓喧天。有顶花戴朵载歌载舞的东北大姨，有扮成孙悟空煞有介事扭秧歌的大爷，有穿着清一色整齐制服跳健身操的队伍，有公交车站旁边衣

袂飘飘练八段锦的老老小小……

这一切，都是我大开的眼界、新见的世面。

王米米刚来的那几天，不太习惯突然由冬入夏的潮热，每天热得不想动，热成"一摊猫"。它是一只在春天出生，在夏天长大的猫，秋天的时候有了家，冬天的滋味还没怎么尝到，又被我们带到了夏天。

直到一周以后，这只生于内陆山城的猫，才渐渐喜欢上它在遥远南海边的新家。

清晨的阳光下，它总是一早就躺在露台上，晒着太阳，吹着海风，晾着刚吃下一碗金枪鱼的滚圆肚皮，伸伸懒腰，打打滚。午后，它会挪到屋里最阴凉的角落午睡。一睁眼一闭眼，一个白天过去。直到月光照入中庭，喷泉水声潺潺，泳池波光粼粼，夜风温软，吃过晚饭的王米米又会回到露台纳凉吹风。夜深人静，它才慢吞吞地踱进我的卧室，吃一碗鸡胸肉消夜，舔着嘴巴上床睡觉。

这和王大爷的退休生活差不多。

王大爷每天也是天一亮就出门散步，顺路溜达到农贸市场，挑选最新鲜的蔬菜；回家吃过午饭，卧在沙发上打个美美的盹儿；傍晚阴凉了再出门遛个弯，等到晚上，或在家吃老妈做的好菜，或跟我出门寻觅好吃的餐馆，撸个东北烤串、吃个重庆水煮鱼什么的；回到家再一口气看几集电视剧，边看边吃零食、水果，逗一逗王米米；直到凌晨一两点，才依依不舍地睡觉。

有时，午后的客厅里，厚窗帘隔开耀眼阳光，起伏间，阵阵凉爽海风吹入。

王大爷横在长沙发上，睡得鼾声如雷。

王米米横在长沙发下，睡得四爪朝天。

一老一小，无端神似，都圆滚滚的，都没心没肺，都苦尽甘来。

王大爷度过了相当辛苦的大半辈子，马不停蹄地奔波在工作和家庭之间，来不及逍遥享乐，一眨眼就从中年到了老年；王米米有过很苦的日子，打打杀杀，靠吃垃圾活下来，流浪时没有喝过一口

干净的水，第一次在家里喝上一碗清水，它埋头"咕咚咕咚"喝了好久，好像不敢相信还有这么好喝的东西。

看着他俩，我开始愿意相信，即便众生皆苦，这苦应该也是有定量的。

03

王米米后续的疫苗接种在三亚的动物医院完成。

注射芯片的要求却被医院拒绝了，某家医院直接说猫被打芯片会受不了，太疼了，容易出问题，他们不给打。这番话让我们的心一下子揪紧了，看到芯片针的针头足有圆珠笔笔芯那么粗的时候，我更是倒吸一口凉气，老妈直接说："不打了，不打了，不要把米米扎死了！"

可是动物入境欧盟，要求必须注射芯片，如果在海关查到没有芯片，猫会被扣押。

我纠结再三，询问了多家医院，在网上查了很多给猫注射芯片的案例，把注意事项和可能出现的问题都摸索得差不多了，还是决定要打。那么多难关都闯过来了，到了这一步，若是因为怕一针芯片的痛苦而止步，从此把米米留在国内，万一以后爸妈年迈无法养米米，它又要面对颠沛流离的"猫生"。

我不甘心这样放弃。

"长痛不如短痛，"王大爷也说，"富贵险中求。"

我必须硬起心肠，和王米米再去闯一关。

王米米一如既往地擅于鉴别人类。到了预约好注射芯片的这家医院，态度不够好的兽医、护士靠近，它就龇牙咆哮，换了一位温柔仔细的年轻兽医，它就安静下来，一声不吭，默默配合。

吓人的芯片针拔出来，兽医小哥也小心翼翼，一脸紧张。

老妈揪着心不忍看又不敢不看。

我一边拿出猫条喂它，分散它的注意力，一边摸着它的额头

安抚。

它"吧唧吧唧"舔猫条，吃得很专心，我手心里全是因紧张产生的汗水。

医生果断下手，针扎进皮肤的瞬间，王米米愣了一下，骤然伏低身体。

芯片被推了进去，王米米"嗷"的一声，没等它反应过来，医生已拔出针头。

它回头，狠狠地瞪了医生一眼，扭头继续若无其事大口大口地舔起了猫条。

在宠物医院的王米米

三个人类围着它，面面相觑。

"不会没打进去吧？"

"应该是推进去了……"

"可它没什么反应。"

"叫了一声，应该打成功了……吧？"

"只叫了一声就继续吃东西？这有点不对劲……"

"扫描一下就知道了，但我们的仪器坏了，今天扫不了……"

医生满额是汗，忐忑不安。

我们当即带着王米米去了另一家有扫描仪器的诊所，所幸扫描显示芯片已经成功注射了进去，这一针没有白挨，总算可以松口气了。

老妈抱着王米米，心疼不已。

我们都心照不宣地想到了它如此淡定的原因。

这一针，比起流浪时挨过的打、受过的伤，在它眼里不值一提。

之前打完针出来，遇到一位上海大叔带着感冒的小狗来打针，说是带小狗去海边看海，吹了海风，着凉了。

大叔心疼得眼圈发红，小狗进了诊室打针，惨叫声惊天动地。

老妈被那小狗的惨叫声吓了一跳，以为它怎么了，问护士，得知它只是打了一针，忍不住乐了，骄傲地摸着王米米说："感冒打个针而已，叫得那么惨，我们米米打芯片都只哼了一声！"

王米米如果一出生就被捧在手心里，也有家人会因为它感冒了而心疼得眼圈发红，它打针可能也会发出惊天惨叫。从前它有过怎样的苦难已无法改变，往后我希望它也能像那只小狗一样，痛了就喊，怕了就叫，再不用做一只厚皮"糙汉"猫。

老妈嘴上夸着王米米坚强，到家却忙不迭遵照医嘱，给它打针的部位做热敷，避免淤青和肿块。王米米很配合，趴下来一动不动，任由老妈用热毛巾给它捂着。

我想起来，我从重庆的家中带了几张颈椎热敷贴过来。

拿出来给米米一试，尺寸刚好。

贴上热敷贴的王米米乖乖趴在老妈身边，脑袋贴着她的腿，明明刚打完针时一脸满不在乎地吃着猫条，此刻却委屈巴巴，像个受了罪的小可怜。

王米米打芯片还打出了另一段插曲——

老妈对那位温柔细心、眉清目秀的兽医小哥印象非常不错。

王大美听闻之后，没过两天也带着黑黑去找他做了个体检。

从诊所出来她俩眉开眼笑，交头接耳。

我依稀听见老妈说："对动物都这么好，这么有耐心，对人应该也不会差……"

王大美连连附和着："年龄看着差不多，模样也挺般配……"

原来是看上人家了。

她俩想做媒的心是一天也闲不住，不知又想把兽医小哥介绍给亲戚家哪个小姑娘。

回到家，老妈对王大爷说起她相中那位兽医小哥的原因也很别致。

"他是米米看中的人，米米喜欢的人一定不是坏人。"

王大爷撇嘴。

我趁机揭发："兽医摸米米的时候，我妈说，养了两个月，我们家老头子都摸不到它。"

老妈坏笑："实话实说，人家米米就是不给他摸嘛。"

言下之意，王米米看不上的人就是坏人。

王大爷受到了刺激，斜眼看趴在一边的王米米，不屑又不服。

"一只野猫儿，有奶就是娘，我给它吃好吃的，你看看它给不给我摸！"

王大爷起身从食品储存柜里拿出装冻干的罐子，豪气地抓了一把，扬手撒向王米米。

王米米躲开了，几颗冻干滚落在它面前。它慢慢站起来，站得笔直，目光冷峻地看着王大爷。

"它不饿。"王大爷嘴硬地说。

我捡起一颗，抛出一条漂亮的抛物线。

惬意地打着哈欠

王米米轻盈跃起，越过王大爷，在半空中接住了冻干，大口吞下。

老妈大笑："有人歪嘴黑狗照镜子——当面丢丑啦！"

王大爷气呼呼地抓起一大把冻干，走到王米米面前，摊开掌心："来嘛，吃！"

王米米审慎地打量他，一步步接近。

王大爷的另一只手也悄悄举起，绕向王米米的背后，企图趁它低头吃他手里的冻干时摸上一把，打破他摸不到它的无能纪录。

眼看着那只不怀好意的大手即将落下，就要得手之际，王米米大嘴一张，闪电般含住一口冻干，蹬腿向后弹跳，完成一个漂亮的后翻，尾巴高扬，完美闪避，溜得不见踪影。

04

在三亚的日子，全家的生活保持一致步调，吃了睡，睡了玩，玩了吃，闲事、烦事、未知事暂且放一边——我终于提前实现了学

前班时期的人生理想。

那时爷爷终于退休了，我也终于上学了。

我第一次体会到每天回家都要做作业的痛苦，比每天早起上幼儿园还要痛苦——原本我以为上幼儿园就是最痛苦的事情。爷爷却可以每天睡懒觉，睡醒起来就在他的小院子里莳花弄草。我太羡慕他了，羡慕到在学校被老师问每个小朋友"长大以后想做什么"时，我大大方方回答"想退休"。

托王米米的福，蹭一蹭爸妈的退休日子，心安理得地游手好闲度日，一天都没有打开过电脑，每天最费脑子的时刻就是思考下一顿吃什么，美食顿顿不重样地吃着，却没有长胖一点儿……这样的日子美好得让我怀疑是不是从小到大做过的好事都集中在这一次被老天发奖励了。王大爷肯定是好事做得没我多，他过着同样的日子，但是长胖了一大圈。

每天他都跟我一起大吃大喝，吃完摸着自己的"游泳圈"唉声叹气，坚毅地说着"明天一定只吃两口白水煮青菜"。第二天我悄悄买回了冰激凌，不声不响地搁在冰箱里，午睡起来一走进客厅，就看见他坐在沙发上大口大口吃着冰激凌。

老妈虽然也吃胖了一点，但还能穿得下 S 码的连衣裙，王大爷的衬衣尺码眼看着就要奔 XL 码去了。面临同样困境的，不止是他，还有王米米。

王米米初进家门的时候，体重不到三斤。

每天早晨王大爷都要去体重秤上站一下，看看自己的体重有没有少半两。

王米米有样学样，时不时也去体重秤上坐一下，它现在已经是个八斤多的小胖子。

我开始感觉到了一丝危机。

携带动物进入飞机客舱，对动物乘客的体重有限制，国际航班的限制稍宽，国内航班的限制比较严格，连猫带航空箱的重量不能超过十二斤。一个质量好的、足够坚固的中号航空箱自重可不轻，

一至二斤总是有的。

我和老妈都开始担忧，离出发还有些日子，照王米米一天几个罐头、小鱼干敞开了供应的吃法，万一到出发时超重，上不了飞机可怎么办？

王大爷一拍大腿："减肥，马上给它减肥！"

减肥倒是不至于，饭量是真的要控制了。

首当其冲的就是小鱼干，从之前的不限量供应，王米米咧开小猫嘴一嚷嚷我们就给，改为了每天定时给两次，一次给二至三个。

王米米对此非常愤慨，对我擅自降低了它的生活品质，表示了强烈谴责，谴责方式是委屈巴巴地蹲在食品柜或冰箱前，扯着喉咙喊"清汤大老爷①"。

喊着喊着，还真的被它喊来了。

接连好几天半夜，睡得迷迷糊糊时，我都被王米米突然能下床的动静吵醒，半梦半醒间见它自己扒开虚掩的房门出去，隔上好一阵，又感觉它跳回了床上，继续挨着我睡觉。起初我没在意，这个年龄段的小猫精力旺盛，半夜醒了玩一会儿很正常。直到有一回它回到床上，挨在我枕边，咂嘴，舔爪，洗脸，我闻到了一股鱼腥味……

第二天深夜，听到它扒开门的声音，我也爬起来，循着客厅里微弱的光亮，轻手轻脚地尾随它。

角落的食品柜前，只开了一盏厨柜小灯，一个庞大的圆乎乎的身影蹲在阴影里，另一个小小的圆乎乎的身影蹲在他跟前。窸窸窣窣解开塑料口袋的声音很轻微，看得出来是以相当谨慎的手法在操作。小的那个埋头吭哧吭哧吃得很快，大的那个手脚也很麻利，喂完赶紧盖上罐子，把小鱼干放回原处，俨然无事发生。

我默默打开了客厅顶灯。

王大爷惊慌回头，王米米懵懂抬头，四只无辜的大眼睛和我对视。

陡然而至的光亮照得他俩无所遁形，王大爷自然是理直气壮地把罪责推到了不会自辩的王米米头上。

---

① 网络用语，意为青天大老爷。

霸气外露的王米米

他说半夜起来去洗手间，王米米总是缠着他，缠得他没有办法，看它可怜巴巴的样子，就给了一口吃的。

"没多给，就一口。"他义正词严地为自己辩护。

王米米那圆鼓鼓的肚子明显不像只吃了一口。

第二天我到老妈那里告状。

老妈看着蹲在冰箱前眼巴巴等早饭的王米米和抢着给它开罐头的王大爷，满眼都是宠溺，一口驳回了我的抗议。

"就让它吃吧，买都买了。"

"这么吃下去超重了怎么办？"

"你换一个轻的猫包嘛。"

我认真琢磨起这个建议的合理性。

她继续游说："这样你背起来也轻松一些，米米也能敞开肚子快乐地吃了。"

最终我买了一个尽可能轻也尽可能结实透气的旅行猫包，放弃

了结实但沉重的航空箱。

王大爷终于可以正大光明地喂猫了，不再偷偷摸摸。王米米也找回了"小鱼干自由"和想吃就吃的快乐。

经过这一番"共患难"的考验，在对食物的执念上惺惺相惜的王大爷和王米米，关系渐渐破冰，逐步建立起了友谊互信的基础。在喂了好多个"深夜的小鱼干"之后，王大爷终于得到了王米米大大方方伸头给摸的尊崇待遇，改写了摸不到猫的憋屈历史。

这天，在饭桌上，王大爷一口接一口地吃着他喜欢的拍黄瓜，独自吃完了一整盘，被老妈数落"一把年纪了，吃东西也不知道节制"。他委屈巴巴地叹了口气："我没指望生活水平赶上那只野猫儿，别个小鱼干都是敞起吃，可兔子的生活水平我总该有嘛……"

"小鱼干敞起吃"的王米米卧在他脚边，眯着眼睛，从容又富态。

第二天，老妈给王大爷做了一斤拍黄瓜。

英雄惜英雄，吃货惜吃货。

王米米和王大爷的友谊，就像彼此的体重一样，日趋厚重。

再一次到了王米米体重接近登机限制的警报拉响之际，它的全部手续终于办理下来。出发日期确定了，王大美和姑父将开车从三亚送我们去海口，三亚机场尚不允许动物进入客舱，只有从海口美兰机场起飞的航班可以接受动物登机。

到了海口，我们将停留休息一夜，次日中午搭乘海南航空的班机飞往北京。

在北京停留两晚，稍作休整之后，王米米将从北京启程，经阿姆斯特丹中转，飞向遥远的威尼斯。

订好了机票和酒店，屈指一算，距离出发只有四天。

王米米在它出生的土地上，和我们全家共处一个屋檐下的生活，进入了倒计时。

王大爷嘴上说着"麻烦包包"终于要滚蛋了，却并没有兑现自己当初说要敲锣打鼓欢送它的豪言，而是每天的小鱼干喂得越发大方，生怕王米米到了国外再也吃不到故乡的鱼；又担心我家那四只

猫，会不会联合起来欺生，四打一欺负外来的王米米。

他撇着嘴说："你那几只洋猫，长得牛高马大，王米米肯定不是它们的对手，它到了那里，语言也不通，肯定要遭欺负。还不如留在我们身边，少挨点打。"

我完全没有这种担心。

语言通不通是另一回事。王米米可是从小在风里来雨里去，打打杀杀惯了的猫，小小年纪一把瘦骨就敢和大狗拼命。就算它年纪小，个头比不上那几只养尊处优的大猫，可我敢和王大爷打赌，王米米无论走到世界的哪个角落，就算没有人类撑腰，它也不会任谁再欺负到自己头上。

05

一直没有下过半滴雨的三亚，每天阳光灿烂。直到王米米从三亚出发去海口这天，半个中国迎来大降温。天气预报的地图上，几乎整个南方都被雨雪覆盖，远在热带的海南岛也被波及，海口首当其冲，将有大风大雨，气温一夜之间下降十几摄氏度。

出发当天早上，老妈给王米米穿上了衣服。

王米米有一件白色绿边带小熊印花的衣服，是我匆匆忙忙在网上买的，尺码居然刚刚好。它的登机猫包里不仅有衣服，还有两件宠物纸尿裤、一个猫用口罩。

海南航空对宠物进入客舱的要求很具体——无论猫狗，都要穿上纸尿裤，防止在机上排泄；要戴上口罩或面罩，防止叫嚷；穿上衣服，防止毛发乱飞。

收到这些白纸黑字的要求时，斗大的问号塞满了我的脑瓜子。

猫，这种齿爪尖锐、腰身灵活的生物，偏偏生就一身刚硬反骨，要它乖乖接受束缚，在几个小时的飞行途中全程戴口罩、穿纸尿裤，只能发生在童话世界。

办理手续的中介工作人员说："这些要求是为了以防万一，一般来说待在猫包里就行了。"

无论如何，我还是按要求买齐了所有物品。

收到最小码的宠物纸尿裤时，我很好奇，打算让王米米试穿一下。

困惑的王米米躺在老妈腿上，四爪朝天，被我们笨手笨脚地强行套上了纸尿裤，喉咙里不满的小声哼哼陡然变成一声怒吼。它踹开我的手，腿一蹬，轻松挣脱了满头大汗的我们好不容易才给它穿上的纸尿裤。

那只设计很傻的透明面罩，被我们扣到猫头上，扣紧了搭扣，也是不出十秒就被愤怒的王米米扯了下来。我和老妈相视苦笑，毫不意外，毕竟王米米是一只动手能力极强的猫，可以自己弄开伊丽莎白圈①。

出行前总是匆忙的。

王大美一家和小薇都赶过来送王米米。

一屋子人热热闹闹地聊天，不慌不忙地点外卖，吃麦当劳，吃热干面，一直拖到再不出发第二天还要上班的小薇就赶不上从三亚回重庆的航班了，老老小小这才忙不迭地拖箱、拎包，拽狗的拽狗，拎猫的拎猫，争分夺秒地出门。

最从容的还是王米米，旅行猫包一打开，它就自己钻了进去，悠然趴下。

忙起来，人就顾不上离愁别绪了。

我们先送小薇到三亚机场。下车前她匆匆忙忙地拿行李，没顾得上抱一下王米米，我也没来得及下车抱一下她。我似乎已经很多年没有抱过她了，两个成年人还怎么像小时候一样腻腻歪歪，总抱在一起呢？我在车里目送小薇，看她甩着马尾的娇小身影走向候机楼，如今她虽然是能一手抱起两个孩子的超人妈妈，却也还是我眼中的小女孩。

那个小女孩止步回头，笑盈盈地，朝我用力挥了挥手。

---

① 一种宠物防护罩。

去往海口的途中，天气骤变。

上一分钟还是蓝天白云，阳光满路，转眼间狂风暴雨来袭。

海岛上的暴风雨总有一种疯癫气势，劈头盖脸，不给旅人留一点情面。

姑父的车开得小心翼翼，雨刮疯狂摇摆，却仍然看不清路面，仿佛是在高速路上行舟。

车里温度骤降，老妈庆幸给王米米穿了衣服。摸着薄薄的衣服，她怕不够暖和，又把自己脖子上的围巾解下来，给它盖在身上，特别仔细地盖住了它毛茸茸的肚子和爪子。

小时候我在家不爱穿袜子，她总是追着我念叨"寒从脚下起"，现在连猫也不放过。

王米米爪子的粉红色肉垫厚厚的，软软的。

它的骨架偏小，毛也短，即使已吃得腰身滚圆、肌肉强健，静静卧在旅行猫包中，也像未完全发育的"少年猫"，圆鼓鼓的脑门和小小的耳朵，让它看上去依然稚气未脱。

我们一路上说说笑笑，王大美脚下的黑黑和旅行猫包中的王米米睡得呼噜连天，已习惯坐车旅行的它们四平八稳、一派泰然。

天色将暗，风雨稍缓，我们终于在绵绵雨丝中抵达海口。

刚住进民宿，风雨又转急，海面上阴云翻滚，风声呼啸凌厉。

我在某一线海景小区里订了间可以接待猫狗入住的民宿，是有三间卧室和超大露台的"无敌海景大平层"。我设想着老妈和王大美可以凭海临风，拍一大堆仙气飘飘的海景美照，现实却是——"无敌海景"变"无敌风雨"。

临海而居的浪漫自不必说，风雨来临时的晦暗呼啸，则是另一种光景。我久居海边，早已习惯。

王大爷他们几个久居重庆的人，都被落地窗外浩荡呼啸的海风和一天一地的雨水惊住了，想拍照打卡，又不敢站到露台上去。王米米这只没怎么见过这种阵仗的重庆猫，一头扎进我房间的大床上，把自己埋在被子里，说什么也不出来。

它讨厌这个坏天气。

只有狗子黑黑对好天气还是坏天气都无所谓，只要和它最爱的王大美在一起，下刀子也没关系。风雨再大，它也吐着舌头屁颠屁颠地跟在王大美脚边，在各个房间里跑来跑去，任露台上的风吹得狗毛倒竖，它也咧着大嘴，硬要凑过去和王大美一起拍照。

王米米就没有这样高的素质，它只管自己舒坦安逸。

它躺在被窝里，眯着眼睛看我拉上窗帘隔绝外面的风雨，看我忙前忙后张罗它的吃喝拉撒。猫砂盆刚一放好，它就大摇大摆地钻进去。办完五谷轮回之大事，再一头扎进饭盆里。吃饱喝足后，重新躺回被窝。

我给它盖好被子，关上灯，轻手轻脚带上房门。

这个风雨交加的夜晚，我们被困在了陌生城市的一间民宿里，哪也去不了。

原先计划的夜逛海口老街、寻觅市井美食，变成了他们四个人

"汉堡肉"王米米

在沙发上排排坐，戴着老花眼镜低头看着手机短视频。

趴在一边的黑黑无聊地抬眼看天花板发呆。

我说："晚饭就点个外卖吧。"

他们心不在焉地表示同意，头也不抬地继续看短视频。

我说："点个火锅外卖，在家吃吧。"

四个重庆人齐刷刷抬起头来，眼神闪亮，手机里的短视频顿时没有了吸引力。

他们的兴奋点一个火锅就激活了，立刻从被坏天气扫了兴的懒怠模式切换到勤劳快乐模式。等待火锅外卖送上门的工夫，他们迅速分工，默契合作，在厨房和饭厅张罗起来，清洗好了自带的水果，吃起了零食。

黑黑看到每个人突然开始忙进忙出，不知道忙什么的它，也忙忙碌碌地跟在王大美脚边，急吼吼地吐着舌头，加入了氛围组。

王大美几次三番被它绕腿绊住，赶也赶不走，她点着它的脑门吓唬道："你走开嘛，不然一会儿火锅送来了，肉不够吃就把你烫来吃！"

王大爷飞快接话："只等你一声令下，我马上磨刀。"

哄笑声中，黑黑夹着尾巴老实地趴回自己的垫子上。

王大爷被它的可怜样逗乐，哄它："算了，不吃你，我们吃王米米，王米米比你肥。"

我把胳膊递给他："吃我嘛，不吃王米米。"

王大爷嫌弃地推开我："恁个老的肉！"

笑闹间，门铃一声响，外卖小哥到，众人齐声欢呼。

看到外卖小哥顶风冒雨送来的一大桌子菜，看到热腾腾的汤底、崭新的锅具、齐全的配料，四个"大顽童"新奇又惊喜，啧啧称赞，围着桌子一番研究。小碟、小碗被他们一一排开，俨然有种春游野餐、过家家的快乐。

我把过家家的乐趣让给他们，抄着手在一边看热闹，不时给他

们拍照、录视频。

录到了王大爷乘人不备偷吃，录到了王大美和姑父互相挤对、打趣，录到了老妈做的鬼脸。录着录着，我突然意识到这是他们几十年人生中第一次吃火锅外卖，第一次在异乡风雨夜"过家家"，也是我第一次见到他们四个像孩童般嬉笑玩闹。

外面风冷雨急，屋里热气蒸腾，遥远他乡的冬夜飘着家乡的麻辣鲜香，年近古稀的他们笑成没心没肺的孩子。我镜头一点点记录桌上的美食，记录他们的脸，记录他们皱纹清晰的笑眼……我心里清晰地知道，每一帧画面、每一刻光景都是珍宝。

王大爷打开了冰啤酒，姑父心血来潮想喝加橙子煮的热啤酒。

两个人就"冰啤酒和热啤酒哪个更好喝"展开了辩论。

最后我一手冰啤酒，一手热啤酒，同时陪他们两个人喝。

就在我们围坐桌前，正要举杯之际，王大美翻着手机备忘录，突然大叫一声："哎呀，今天是哥哥的生日！"

连王大爷都愣住了。原来今天当真是他的公历生日，只是他一向是过农历生日的，对于公历生日不曾在意。但王大美把家族中每个人的公历和农历生日都记在了一个备忘录里，不曾忽略过一个人，不曾错过一次，总是能及时送上一声"生日快乐"。

恰恰是今天，这么巧，这么好。

王大爷最亲近的人都在，他瞧不上的野猫儿和傻狗子也在。

虽然没有生日蛋糕，但是有酒又有肉，有猫又有狗，有亲又有爱。

还差什么呢？

王大爷红光满面，豪气地举起啤酒瓶，仰头直接干了。

大家正要再次举杯，卧室内传来王米米极具泼皮特色的破锣嗓音，"呜哇呜哇"，闹着让人开门。

它睡醒了。

这边热闹满满，独独把它关在另一边，岂有此理。

我一把门打开，王米米就气鼓鼓地冲了出来，冲到客厅中间，伸了一个大懒腰，甩头摆耳，大模大样地跳上餐桌边的一把空椅子，

理直气壮地坐下，抽动鼻子，瞪眼打量桌上的火锅。

我以为旁边的王大爷会一如往常地嫌猫脏，不许猫上桌，会扬起巴掌将它吓唬走。

可王大爷笑眯眯地瞧着它，挪动椅子，往旁边让了让。

王米米就这样正大光明上了桌，雄赳赳地坐在了王大爷身旁的椅子上，以审视甚至带点嫌弃的目光看着我们在辛香四溢之中吃吃喝喝。

它并不馋人类的食物，只是觉得自己不能被排除在外，反正这个家里的人不管干什么，都要算上它王米米一份。

被宠爱、被纵容、被偏袒，就一定会得寸进尺。

在这一点上，人与猫天生的狡黠都不遑多让。

得到了王大爷史无前例的纵容之后，王米米的威风神气肉眼可见。

它优越感十足地蹲在椅子上，居高临下地蔑视桌下的狗子，几次三番伸出爪子，试图拨弄黑黑的大狗头。黑黑一再退让，躲到王大美腿后，这让它越发得意，高竖起尾巴，围着黑黑转圈示威。

王大爷意味深长地指着王米米说："你现在嚣张嘛，过两天到了外国，四只洋猫联手对付你一个，到那个时候你就晓得厉害了，看你的靠山还帮不帮你，看她偏心哪个。"

老妈看不惯他们的指指戳戳，站出来护短："我们米米才不是好欺负的，能在流浪猫界打下自己的一块地盘，绝对不是耙角①！"

王大美笑盈盈地帮着黑黑说起风凉话："王米米耙是不耙，就是有点不知天高地厚。"

四个人围着王米米指指点点，品头论足。被针对的王米米并不把这些闲言碎语放在心里，自顾自地舔着爪子、理着毛，态度超然得很，只是倒伏的"飞机耳"和乜斜的眼角暴露了它的不以为然，

---

① 重庆方言，意为很懦弱的小角色。

到国外后依旧嚣张的王米米

不需要通晓人类的语言，它也能意会某些人嘴里没有半句好话。

它甩甩尾巴不与人类一般见识，跳下餐椅，开始逐个房间巡视。它大摇大摆走进了爸妈的卧室，跳到床上扒拉被子，撅起屁股钻到被子下面，玩起它百玩不厌的把戏，隐蔽匍匐前进，从床的一边拱到另一边，以滚圆而灵活的腰身，本色出演了《沙丘》里的真正主角。

老妈站在门口，笑着说："你们快来看，米米拱得好乖，好会拱！"

我们都轻手轻脚地凑过去，探头探脑，欣赏王米米在被子下面拱出一个圆滚滚的小丘，连王大爷都看得眉开眼笑。

放在三个月前，猫站在花园里朝储藏室靠近一步，他都会黑下脸来嫌脏，谁敢相信如今他会笑眯眯地看同一只猫在自己床上拱来拱去呢？

王米米自己都不敢相信。

在家时，它很少进爸妈的房间，偶尔站在门口好奇地看看，从未尝试过跳上他们的床。

今天它如此肆无忌惮，好像很清楚这个晚上不管自己干什么都

会被纵容。

一只猫，搞不懂复杂的人类，可能也懒得去搞懂，毕竟人类心里的禁区、规则、尺度连他们自己也时常搞不懂——昨天抵触的，可能明天就爱上了；今天崇拜的，可能后天就敌视了。王米米可能并没有忘记起初王大爷对它喊打喊扔的凶样，但它不在乎，反正今晚它看出来了，王大爷真心喜欢着它。

它彻底地学会了，被宠就要得寸进尺，被爱就要为所欲为。

06

深夜和王米米一起躺在床上，我毫无睡意，它也没睡着，睁着眼睛打着呼噜，小爪子抓着我肩头的头发玩耍。

窗帘外透进些许光亮，风雨声时缓时急。

早已和我互道晚安的爸妈也还没有睡，很晚了仍能听见他们玩手机的声音。

这一家子似乎有着奇特的默契，都在这个风雨声中别样宁静温馨的夜晚迟迟不舍得入睡。

有脚步声从走廊传来，停在了我的卧室门外，是老妈一向细碎轻快的脚步声。

门被轻轻推开一条缝。

她在悄悄从门外向里张望。

我以为她有事，下意识问："怎么了？"

她轻轻带上门，小声说："没事，我看看米米。"

我叫住她："要不要过来一起睡？"

她犹豫了一下，笑笑："算了，我怕它又在被窝里放臭屁。"

王米米睁着无辜的大眼睛听着我们说话，并不知道今夜之后它要等上很久才能再躺在她身边打盹儿，陪她看电视，在她吃着水果玩手机时凑到她面前悄无声息地"放毒"……

虽然睡不着，但其实我并没有多少离愁别绪。

这么些年来来去去，我早已习惯了离家远行。世界也早已经变得很小，如今所谓远行早已不是当年的远行。

我第一次对"异国"的距离有概念，还是因为小时候久久没见到一直很亲近的姨妈。

大人们说她去了一个叫英国的地方，我想给她打电话也不容易，因为他们说电话线要从大海下面穿过。我看着家里座机的电话线，最远也只能牵到窗外的某个地方，我想不出大海下面有多远。我给她写信，给她寄新年卡片，收到她给我的回信都是两个月以后了。

那个时候还没有互联网，甚至没有手机，家庭座机也还没有普及。

一个年轻人辞别父母，远赴他乡，就是真的杳无音信，久不得见。要想传达某一天彼此是否安好，或是倾诉一下思念，总有一两个月的延迟时间。

那时的"远"是一个很具体的概念，比再上一代要具体许多。

更小的时候，我听爷爷说起他年轻时坐大船，从大洋彼岸漂回家，在浩瀚的汪洋上看鲸看鱼。我没有概念，不知道那有多远，只觉得好玩。如今想想，那时连电话都没有，一个人、一转身，可能就是一生一世杳无音信。

区区几十年后，我就可以在爸妈入睡前跟他们说声晚安，然后悄悄登机，飞过海洋、高山、雪原、荒漠与城市。在他们还未起床时，按响家里的门铃。

我可以随时随地从朋友圈看到他们正在吃火锅，桌上有我眼馋的菜；他们也可以看到我正要去剧院，老妈可以即时对我的衣着发型品头论足。

以后就连王米米在吃什么，在和哪只猫打架，他们隔着屏幕也能看得清清楚楚。

以前叔叔从重庆去北京工作，奶奶送他去火车站，一把鼻涕一把泪，不知下次归家是何时。如今我傍晚在首都机场，登机飞重庆前给老妈发条微信，她开始将汤料下锅，我到家时一锅汤刚刚炖好。

二十个小时内，人类几乎已经可以从地球的任何一个角落到达

另一个角落。

空间的距离在不断缩短，家与家的距离也在缩短，人与人的距离却未必。

许多人朝夕相对，同住一个屋檐下，好好坐在一起聊过的天，并没有在社交平台上给陌生人点过的赞多；肌肤相亲的男女，血缘相同的家人，睡在同一张床上，吃着同一张桌上的饭菜，说着一样的语言，却并不真正了解彼此，或是自认为彼此了解。

很多父母对自己孩子的了解，不及孩子对家中猫狗的了解。

社交平台上很多年轻人付费给一种叫"宠物沟通师"的新兴职业者，想要通过他们去和自己的宠物沟通，想要知道自己的猫猫狗狗平时在家开不开心，是否有什么需求没有得到满足。

我没有接触过宠物沟通师，不去判断这个职业到底是玄学还是科学。但我理解选择去寻求这种帮助的人，他们想要了解一只小动物的心意是真诚的，他们乐于放下人类的傲慢。

面对弱小者，能够放下傲慢并不容易，很多人面对自己的孩子尚且不能放下为人父母的傲慢。

我也想了解王米米，了解家中每一只猫、每一只小兔子，因此我时刻都在通过自己的观察和对动物行为的学习去努力。

王大爷也尝试了解我，他的方式是偶尔看看我的朋友圈。

许多朋友只是泛泛之交，通过朋友圈去认识彼此，至于朋友圈之外的人是什么样的并不重要，大家都只是彼此那个"楚门的世界"的观众罢了。我们并不需要被很多人了解，更不需要被每个人了解——可是刚好有那么几个人，你以为他们会来了解你，但他们没有。

年少时，我一直在等待父母的了解。

后来老妈说："我们也一直想去了解你，可你不给我们机会呀。"

她忘记了很久以前那个极有主见的小女孩、而后那个叛逆的少女、再之后那个我行我素的年轻人，向他们袒露自己的想法和感受时，他们总是以质疑的方式来表达关切。

许多次的肯定，才能推开那扇通往了解的门。

一次质疑，就能将那扇门关闭。

即便他们懂得这个道理，也无力改变自己如同被上紧了发条似的惯性行为，惯性地去担忧，惯性地去质疑——

"你这样做好吗？"

"你有没有考虑清楚？"

"你会不会弄错了？"

"你为什么要这样，而不是那样？"

不如此便无法表达他们的爱。

因为他们自己也是被这样的发条从小拧到大，被质疑着长成现在的他们。

小时候，我很不服气的一句话是"有则改之，无则加勉"。每当大人错怪了我，我觉得委屈时，妈妈总会对我说这句话，意思是如果大人们对你提出批评，你确实有错误，你就改正。如果大人们错怪了你，那你就以此自勉，不要犯这种错。

她用这句话开解自己受到的委屈，开解了一辈子。

这是她年轻时，初出家门，外公赠予她的话。她希望我也奉行。

君子克己，我佩服她和外公这样将这个信条身体力行的人。

但我只同意前半句"有则改之"，若是没有呢？那可去它的"加勉"吧！无则尊重事实，还人公正，没有任何人可以心安理得地冤枉另一个人。

比起信服圣人言，我更愿意实事求是。

父母有过很多机会去了解孩子，孩子也总是在等待着被他们了解，只是端着大人架子的父母，错过了那些机会。

即使后来长大了的孩子尝试重新打开那扇名为"了解"的门，带父母去看年轻人的世界，体验年轻人为自己选择的生活。即便我们也努力去了解父母、理解父母，去发现那些不曾意识到的潜因暗果，也往往停留在一个"差不多可以了"的微妙程度上，彼此不再深究。

如同我捡到一只猫这件事。

王大爷真的从王米米身上理解了什么吗？这很难说。

如果从他的角度重新写一遍这个故事，或许会是另一个让人大跌眼镜的版本。

如果这是一部欧美温情家庭片，最后的情节一定是父女相拥，老父亲含泪对小猫和女儿说"谢谢你们让我懂得了什么是爱"，但在我们这个中式家庭的故事版本里，王大爷今晚没有嫌弃王米米在他的床上打过滚，这就已经是王米米和我所能取得的最高成就了。

隔壁的王大爷早已在那张有猫味的床上睡得鼾声如雷。

清晨醒来，风雨声仍未消停，我揉着眼睛拿起手机点外卖，给每个人买了粥和点心。

走出卧室，我一眼看见老妈和王大美凑在一起，捧着手机研究。

我问她们在干什么，王大美不好意思地说："在研究怎么用美团点外卖，第一次用，搞不懂。"

我说已经点好了，正是她们想点的那家粥铺。

她俩欣喜又意外。

"你怎么知道我们想喝粥？"

"你怎么比我们想得还要周到？！"

在她们眼里，或许我还是那个需要被她们照顾的小女孩，她们还没有习惯被我照顾。

早餐送来得很快，我刚喂王米米吃完罐头，自己还没洗漱好，热腾腾的粥点已经到了。

微寒的清晨，热粥、点心、开胃小菜，大家围桌吃得很满足。

我刚拿起筷子，房间里就传来王米米一边刨猫砂一边"呜呜"哼哼的声音。

我慌忙丢下筷子赶过去，老妈说："吃完饭再管它吧。"

我冲进房间，一手扯了张宠物清洁湿巾，一手捞起王米米，看都不用看，熟练上手——它不习惯旅行猫砂盆的尺寸，又弄脏了自己的爪子，每次发生这种情况，爱干净的小王都会用一种尴尬的叫声求助。

老妈跟过来想帮忙却没帮上，她看着我一气呵成地擦洗猫、清理猫砂、开窗通风后，洗完手坐回餐桌旁继续吃早饭，不由得说："你以前有洁癖，现在还真的是不怕脏不怕臭。"

王大美感同身受："这些小东西养久了，就跟养个娃一样，啥都不嫌了。"

我低头喝粥，没有接话。

人们都说养小动物就像养孩子，小动物在可爱活泼的层面上当然更像孩子。

可面对小孩子的时候，你会知道无论眼前的小孩多脆弱，日后他都将拥有一个比你更长远的未来。你知道他会长大，会超越你，会逐渐脱离你的庇护。

但小动物不会带来这样的感觉，因为它们注定拥有一个比我们更短暂的未来，无论眼前的它们多么充满力量与美感，都将在我们的眼前衰老下去，会在我们的守护下走向生命的终点。

它们不能通晓我们的语言，沟通起来非常困难，时常不能理解我们的一片好意，制造很多的混乱，会朝我们发怒、吼叫，会无意中将我们咬伤、挠伤。

它们总会带来一些狼狈，一些与排泄大事相关的麻烦，再有洁癖的人或再雅致的人养了小动物，都得去面对屎尿屁的困扰。

在小朋友身上，我们看到的并不是每个人最终必经的困境。

而在小动物身上，我所看到的它们的弱小无助，恰恰是每一个风光无限的人类走向生命最终的衰落时，消除掉一切优越感，智识退回一个小动物般的境地，与最渺小的造物一样平等地面对生老病死的处境。对一个小动物抱有的耐心，又何尝不是对未来的父母和未来的自己，报以同理之心。

临出发前，天气终于放晴，"无敌海景"露出了半个小时的真容。

老妈终于在露台上拍到了她心心念念的入海口。他们每个人都以不同的姿态和角度心满意足地拍够了照片之后，也到了该出发去机场的时间。

王米米一如既往地看我们匆忙进出，搬动行李。它寸步不离地跟在我身边，生怕我把它遗忘。等我打开猫包，它自己就娴熟地钻了进去，找一个舒服的姿态趴好。

它已经是一个熟门熟路的旅行老手了。

老妈总是最后一个负责关门的，她总要再扫视一圈整个屋子，看有没有什么东西被落下。站在客厅中央，对着空空的房子，她又拍了一张照片，回头见我扛着王米米，一人一猫都望着她，她有些不好意思。

"我再拍一下海景。"她笑着解释。

我知道她想拍的不是海景，而是在这个萍水相逢的小小时空里留下的人生时刻，是昨夜欢声笑语中悄然而至的圆满。

也是这一刻，我忽然意识到——

"我们好像忘了拍一张和王米米一起的大合照。"

老妈一愣，孩子似的张大嘴，被这一个小小的疏忽击中。她慌忙转身大喊，让先出门的三个人快回来。却只有王大美和黑黑闻声急忙跑了回来，那两位已经拖着行李先搭电梯去车库开车了。

大合照拍不成了，老妈沮很不开心。

王大美急忙打电话喊他俩上来拍了照再走。

我看一眼时间，已经比预计的出发时间迟了一点儿："算了，别再耽误时间了，赶紧走。"

老妈赖在门口，一脸不情愿。

我皱眉："算了，你不要纠结这些了。"

她看出了我的不耐烦，不再坚持，默默跟在我身后，走进电梯。

其实我也有些遗憾。昨夜拍了那么多照片，怎么唯独忘了拍一张有王米米的大合照呢？

四老一狗一起护送王米米这只小猫，从家乡到异乡，再从异乡出发去异国。就此一别，以后要想再聚齐这个特别的组合，可不容易。

某些人生时刻可遇不可求，错过再难重现。人类的记忆会随时随地褪色失真，所有留下的影像记录，就像存放珠宝的那个保险箱。它不会让珠宝变多，只是令拥有者那一份"拥有"的安全感更具体，多一分踏实，少一分对失去的恐惧。

每个人的记忆，注定会从某一天开始逐渐失去。

人类深知这一点，才发明了无数种方式，试图将它挽留。

父母年轻时，容颜青春靓丽，却没有如今这么爱拍照。上了年纪之后，不管走到哪里，见到什么，都要拍来拍去，出门玩的一大半时间都在拖拖拉拉地拍照。

我有时难免不耐烦，但尽量不去催他们，只是默默等着他们把自己的记忆一点点好好地放进保险箱。

在三亚时，老妈换了手机，之前她一直恋旧不肯换的旧手机一夜之间罢工报废。

那是我极为罕见地在她脸上看到惊慌失措、只差哭出来的表情。

她什么也不在乎，只想找回手机里所有的视频和照片。

她的手机存得满满当当，如同王大爷的储藏室——里面甚至能找到我读初中时参加某个竞赛得到的奖品书包，哪怕那书包早已老化得不成样子了，他们也不愿意扔掉。

他的藏品在旁人眼里都是废品。比如爷爷亲手做的木板凳，做工并不特别，木材也普通，爷爷不是专业的手工匠人，做木头手工只是他众多兴趣爱好之一；比如外公送给他的一只竹编篓子；比如他年轻时用过的一把木柄螺丝刀；比如一些莫名其妙的零碎部件，

拆卸自一些只有他自己才知道的老旧物件，而那个物件和他一起经历过某个只有他才记得的难忘时刻。

我也有这样的一些破烂藏品，一个贝壳、一块石头、一根干草，以及只有我知道的关于它们来龙去脉的故事。

任何人眼中的废品都可以是他人的珍宝，任何人捧在手心的珍宝都可以被他人弃之如敝屣。被人遗弃的王米米，于我而言，是天外飞来的稀世珍宝。老妈手机里的照片是她千金不换的珍宝。

有些东西可以塞进保险箱，有些东西可以放进博物馆，但有些东西，的确不知道哪里可以长久稳妥地安放保存，比如记忆。

一行人终于坐进车里，驶上去往机场的路。

我若无其事，就像早已将那么一段小插曲抛在脑后。

老妈的神色依然失落，而我也看在眼里。

其实不是真的没有那么十几分钟时间，大家再回到客厅，拍一张和王米米的合照。

坐在车里，渐渐接近机场，也渐渐与离别的时刻更近。

车里难得的安静，没有人聊天。

老妈坐在我身旁，又在专心拍着机场沿途的照片。

我脑子里挥之不去的，仍是她被拒绝、被催促着走进电梯那一刻的失落眼神。

我明明可以成全她这个微小的心愿，可我选择了忽视。

或许因为我和王米米是"离开"的，老妈是"被离开"的。也或许因为那一刻我在焦虑着比拍大合照更要紧的事。

往往会向父母抱怨的，总是自己知道可以解决好，只是过程会麻烦讨厌的事。

而那些真正困难的、自己并不知道能否解决好的事和真正在焦虑着的事，我恰恰不愿向父母吐露半点，不愿拖着他们一起焦虑。当老妈惦记着那张未能拍成的大合照时，我七上八下地惦记着王米米今天能不能顺利登机，会不会努力了这么久最终仍无法成行。

很多时候，哪怕一路下来缜密仔细地安排好了每一个环节，不到最后关头，你都不知道哪里会突发意外。

王米米的国内和国际段的登机文件，以及入境欧盟海关的全部文件，都是委托给一家中介代理机构办理的，全程沟通下来，还算专业仔细。

那家公司在北京，海南并没有办事处，约定以快递交付所需文件。

国内航段文件办理下来之后，只有三天的有效期。

我担心在三亚出发前无法及时收到快递，海南岛内的物流没有其他地区那么稳定，时常有延误，一旦延误，文件就会失效。所以我和中介协商后决定，由他们的工作人员亲自送文件到海口美兰机场，当面交给我，。

我加了那位海口工作人员的微信和电话，和他约好了交接的时间地点。

昨晚我再次和他确认，他却没有回微信，也不接电话。

我想这是因为已经过了下班时间。

海南毕竟是海南，这个被称为国际化海岛上的一切还是相当松弛的，比以松弛闻名的川渝地区更松弛，与北上广深相比像是两个次元，这里完全不卷。某些方面的确国际化，几乎可以无缝对接欧洲人的工作作风——下班以后天塌了也不接电话，休假期间直接人间蒸发。

我以为今早上了班，他会回复。

可今早他继续无声无息，我发的微信、打的电话，全都石沉大海。

我联系上中介机构的负责人，这才知道，他们也不认识那个人，那人是海口本地代理，只负责送文件，并非他们的员工。他们也一时联系不上，不知文件在哪里。

这让我一口气提到了嗓子眼。

在老妈惦记着拍合照时，我只想插翅赶到机场，尽快找到那个人，拿到文件。

假设遇到最坏的情况，找不到人，拿不到文件，全盘计划被临时打乱，下一步要怎么办？我在脑子里飞速盘算着接下来的应对办法，想着王米米要何去何从。一个接一个的问题，令我满怀忐忑，但又不能显露在脸上。

老妈并不知道这些。

机场建筑的轮廓已经遥遥在望，她看着时间，松了一口气，很高兴地说："这下不担心了，时间很充裕，到了机场还能再坐一会儿，还能聊聊天、拍拍照。"

我绷着一张淡定的脸，又打开微信看了一眼，还是没有回音。

我认真地设想起了最坏的情况。最糟糕的无非是今天走不了，行程全部取消，我们又带着王米米开车回三亚。

想通之后，我的心里反而踏实了。

我开始跟坐在前面的王大美商量，一会儿我带着猫先下车，爸妈陪我去办手续，他们找个较近的位置停好车，先等我的消息，如果有什么状况，他们再开车回来接我们。

王大美答应着，诧异地问："有什么状况？手续没办好吗？"

我也不再绷着，如实说出。

他们的反应和我预料中一样，王大爷一如既往地没有太大反应，甚至我隐约觉得他还暗暗地有那么一丝高兴，反正走不成就又可以回三亚继续玩了。

老妈则是一如既往地紧张起来，正如所有的完美主义者，一旦事情不如计划中顺畅完美，就会战战兢兢、提心吊胆、思前想后，在脑海中演绎出各种负面剧情。

毕业实习那会儿，我时常出差在外，忙起来顾不上回电话，若是连续两三个她的电话没接，她就已经在脑海中幻想出我被拐卖到穷乡僻壤的悲惨画面。

即便工作后，有一次我实在太忙，连轴开会，实在没法接她的电话，之后加班到深夜，回家倒头就睡，浑然不知手机早已没电。次日清晨醒来，充电开机，瞬间被若干未接来电和短信"轰炸"了，

亲戚、朋友、同学，甚至一些久未联系的人纷纷发来短信，内容都是"你妈妈在找你"。

此刻我说出了一路上忐忑焦虑的原因，老妈顿时变得比我更焦虑。

在我继续尝试联系那个工作人员的时候，她在旁边板着一张领导特有的追责脸，一脸沉重地问我——

怎么会选择了这么一家不靠谱的中介？

怎么不早点联系？

现在要怎么办？

我的焦虑本来只是一个小气球。她现在成功地把它吹起来，变成了一个大气球，并还在继续吹。

谢天谢地，在这个气球爆炸前，我们终于到达了机场。

出发大厅外车来车往，人人行色匆匆，一切都像开了加速器，容不下小情绪。

王大爷此刻发挥出了定海神针般的作用，不慌不忙地帮我取下行李，推着行李车，让我可以带着猫先去约定碰头的地方找人。

王大美他们先去停车。

我背起双肩包，扛起装着王米米的猫包，直奔候机厅。

在门口排队接受安保人员的检查，王米米在猫包里东张西望，倒还淡定，直到一脸严肃的工作人员拿着仪器过来扫了一下猫包，它抬头对人家发出了一声不满的咆哮。

面无表情的工作人员这才注意到包里有只猫。他打量王米米，王米米也打量他，他又凑近仔细研究了一下王米米，确定不是什么凶猛野兽之后，挥手放行。

王米米回头瞪着他又"嘶哈"了一声。

不轻易对人类发出攻击信号的王米米，连续两次"哈"人，是它紧张恐惧的信号。第一次来到机场，全然陌生的气味和环境，不知给了它什么样的讯息，令它进入了戒备状态。

之前一路顺利的旅途，令我对它的胆识很放心，几乎不再担心

应激的问题。

真正来到机场，这个担忧再一次占据我的心头。

爸妈跟在我身后。一进入出发大厅，焦虑紧张的老妈就又开始了她的指挥，开始习惯性地计划安排一切。

听着她"紧锣密鼓"的话语，我一边担心王米米应激，一边打着电话，头开始疼。

电话依然打不通。

我环顾四周，把猫包放在行李车上推着，带爸妈直奔附近那个最安静的角落——这里可以避开嘈杂的人群，让猫缓和一下紧张的状态。

我嘱咐爸妈留在这里，守着行李和猫，哪里也不要去，一定不要走动、不要离开，等着我去大厅另一侧的约定地点找人。

他们答应得好好的，可我跑出去没几步，一回头，就看到他们推着行李车上的王米米，正要换地方。

我三步并作两步地冲回去拦住他们。

王米米看我走开，在猫包里躁动不安。

总有自己主张的王大爷觉得这个地方不够好，太角落，他想重新找个宽敞的地方待着。

我向他们解释为什么要留在这里，为什么要选僻静的角落，为什么要避免猫被人群惊扰……而他们正在各自操心各自的，老妈拿着她的手机手忙脚乱地不知道在翻找什么信息，王大爷还在自顾自地东张西望，寻找一个更好的地方。

似乎没人在听我说什么，只有猫包里的王米米望着我，想要努力地听懂我的话。

我突然不想说话了，默默和它大眼对小眼。

心里那个焦虑充盈的"气球"终于绷不下去了。

沉默几秒后，我陡然提高声量："都给我待在这里等着，说了不要走开，一步都不要走！"

他俩呆住了，愣愣地看我。

王大爷罕见地没有吼回来。

老妈小声说："好，好，我们不走，不走……"

恰在此刻，我的手机振动起来。

那个神秘的接头人终于回我的电话了！

提心吊胆的一上午，我想了很多种可能性，为什么恰恰在最后关头，这个手握文件的工作人员失联得这么彻底？

难道是文件临时出了问题，无法交付？这是我最担心的结果。

穿过半个大厅，远远看到那个人时，我暗自做好了听到坏消息的心理准备。

肤色黝黑、个子精瘦的中年男人，穿着海南本地人标志性的短裤拖鞋，胳膊夹着一个文件袋，吊儿郎当地来到我面前，对我说的第一句话是："尾款，现在微信转？"

我那颗一直悬着的心"哐当"落回了原处。

我忙不迭地点头，眼巴巴地望着他手里的文件袋，提出先核验文件。

至于他为什么一上午都不接电话，无故令人担忧恼火，我也懒得问了。当他开口说话时隐隐扑面而来的酒味和泛红的眼睛，已经透露了答案。

我猜他是从宿醉中好不容易爬起来，匆忙出门，刚刚赶到。

若他再晚醒一两个小时呢？又或许他真的睡得很沉，我不停拨打的电话，让他的手机振动了一次又一次，终于有一次成功将他振醒？

此刻正在猫包里垮着一张小脸生闷气的王米米，浑然不知自己的命运在兜兜转转、起起落落这么多回合之后，最后差点由于一个陌生人多喝了一杯酒而又起变故。

如同我从罗马飞回重庆的那个清晨，其实只差一点，我可能这辈子就不会遇到王米米了。

那天我的航班到得很早，降落时是清晨五点多。

机上有 Wi-Fi，飞机还没降落，我就收到预约接机的网约车司

机发来的信息，他到得很早，已经就位。可等我走出机场，打他电话，他却怎么也不接了。

拖着行李箱，站在机场外的路边，我眼睁睁看着一辆又一辆空着的出租车在面前停下又开走，却只能尴尬地拨打电话，等了足足十五分钟。

我是个耐心很差的人，很不喜欢别人迟到，按平常的脾气，已经坐进出租车走了。

何况飞了十个小时早已疲惫，归家之心如箭。

看着手机订单页面上的"取消"和"投诉"，我犹豫了几次，还是忍了下来。愿意接下一个清晨五点接机订单的司机，总是辛苦不易的。反正没有要紧事，就再多等一会儿吧。

司机终于接了电话，赶到之后，慌不迭地道歉。他说昨晚开夜班，一夜没睡，想着交班前来接个机，在停车场眯了一下，结果睡得太沉了。一路上，他和我聊了很多干这一行的艰辛。临下车前，他再三感谢我没有取消订单，因为如果取消，平台会处罚他，他会被降级，以后接单揽活就更难了。

如果那个清晨我等得不耐烦，改坐了出租车，又或者这位司机没有不小心睡着，或许我会更早到家，放下行李去洗澡、去休息……在那个时间，那个空间，那只饿得发慌的小猫经过我家露台下，就不会恰好听到我和老妈说话的声音，不会恰好抬头冲我叫一声。

早一分钟或晚一分钟，它可能在别处，我可能没赶到。

一念之间只是稍微不同，看起来不会改变什么，只是再也不会遇到一只叫王米米的猫。

如果不曾遇到王米米，就不会拥有这一段奇妙际遇，这一千多公里漫漫旅途，这细碎光阴里不可复制的"鸡飞猫跳"、喜乐惆怅。

我会错过这只猫，也会错过一场与父母、与过往、与自己的重新相遇。

世间所有的相遇都不是"偶然"，定是无数有意无意的机缘严丝合缝、千方百计，终于衔接起来的"刚好"。

终于顺利拿到所有的文件，仔仔细细地一一核对之后，我麻利地签字付钱。

虽然带着酒气，这位海南大哥做事还是很干练的。本可以一手交钱一手交货，完事就走人，但他得知我是第一次带猫登机，不清楚怎么办手续时，二话不说带着我去了一个不用排队的特殊值机柜台。

原本一头雾水的我，只需要跟在他旁边，在他的指导下，在文件上逐份填写信息、签字，看他和航空公司工作人员、机场地勤一一打过招呼，熟门熟路，毫不费力。

文件验证通过，获准给王米米购买机票。

它的机票要在机场通过了检疫证明等文件查验后，当场购买。

值机柜台并不售票，需要去大厅另一边的柜台。

我拿起手机准备给老妈打电话，怕我跑远了，他们看不到我，摸不着头绪，又要担心。

"我们在这儿。"

我错愕地回头，看见老妈拖着行李箱，王大爷推着行李车上的王米米，竟全都在我身后。

我全神贯注地办着手续，甚至不知道他们是什么时候跟过来的。

王大爷出了汗，脱掉了外套，挽着衬衣袖子，一手扶着行李车上层的猫包，好让包里那只和他一样圆滚滚的猫趴得平稳些，不至于在行李车上晃动得太厉害。

"你们怎么跟来了？不是让你们在那边等着吗？"

王大爷闷声不响，老妈也有点怯生生的，像个做错了事的孩子，不知道怎么回答，怕被我责怪。只有猫包里的王米米不怕惹我，还委屈地"喵"了一声。

工作人员在等着我完善最后的手续。

顾不上和爸妈细说，我丢下一句"你们在这里等着"，便径直奔向购票柜台。

走着走着，我忍不住回头看了一眼。果然，王大爷推着王米米又想跟上来。

老妈跟着他，走了几步又迟疑了，拉住他说着什么。两个人你看我，我看你，无措地站在人群之中，一时间不知道该怎么办。是留在原地等待，还是跟在我身边，对他俩来说，是一个很难选择的问题。

想帮忙，又怕成为累赘。想跟紧以前那个小人儿现今利落如飞的脚步，却怕被嫌弃不够听话。

我站在大厅一端，怔怔地看着另一端的他们。

机场内繁忙的人群来来去去，川流不息，隔开了我们。

一个圆滚滚的老头，一个瘦小的老太太，在人群里原来是那么渺小的存在。

我和他们就那样进退两难地被"困"在这一小段距离里，成了人海光阴里渐渐离岸的两座小孤岛，而推车上的王米米，仿佛是这一刻连起两座孤岛的浮桥。

我朝他们用力摆手，示意他们不用跟过来。推着一只猫跑来跑去，人和猫都太折腾了。

王大爷看懂了我的手势。这一次他总算听了我的话，调转行李车，默默推着王米米往回走。

行李车似乎并不好推，还要保持着猫包的平衡稳定，王大爷有些佝偻，微弓着背，两条臂膀努力撑着，从背后看像个胖乎乎的大刺猬在吭哧吭哧地推着辛苦攒的过冬果子。

瘦小的老妈总想什么事都给他帮忙，她伸出一只纤细的手，搭在他厚厚的背上。好像那么搭一下，真能帮上忙似的。

我有点想笑，鼻子却发酸。

我用最快的速度买好了王米米的机票，追了上去，从王大爷手中接过行李车，想让他歇一下。

他不肯，胳膊肘一拐将我挡开，闷头推着行李车，急于证明自己似的，加快步子，走得昂首挺胸、虎虎生风，将我和老妈都甩在后面。

老妈帮不上忙，便腾出手来，又拿起了她的"法宝"——手机，一路跟拍推车的王大爷和被推的王米米。

　　王大爷好像跟谁使起了性子，越走越快。

　　我只好跟着他小跑起来，虽然明明没有跑的必要。

　　行李车滚轮嘎吱作响，王米米被颠得一晃一晃的，也倔强不吭声。

　　值机柜台前已经有别的乘客排起了队。

　　老妈一脸新奇地想看看宠物机票长什么样，我顾不上给她慢慢细看，匆忙把票递给工作人员，进入最后一个环节——查验小猫乘客王米米的真身。

　　第一步，称体重，胖小猫王米米擦边过关。

　　第二步，工作人员小心翼翼地拉开猫包的一段拉链，认真仔细地观察着猫。

　　我猜想他是在观察猫是否有生病的迹象，健康状况是否适合登机。

　　"猫猫是第一次坐飞机吗？"

　　"是的。"

　　"这只猫听话吗？"

　　"听话，很乖。"

　　"不吵闹吗？"

　　"它习惯出门旅行，从来不吵。"

　　还好这些问话是我来代答，如果直接问王米米："你是一个乖孩子吗？"

　　耿直的王米米可能会说："老子不乖。"

　　工作人员把手伸进猫包里，试着摸一下王米米的脑袋。

　　王米米端端正正坐好给他摸。

　　他笑起来，又摸了一把猫头，然后满意地关上猫包递回。

　　"好了，你们可以去安检了。"

　　登机牌上那个一锤定音的印章终于敲下。

　　我悬着的心踏实地落回了原处。

老妈如释重负。

只有王大爷看上去不是那么开心，也可能只是跑累了。

他们平时和我散步，我得刻意放慢脚步，走一会儿等一会儿，即便这样他们也时常跟不上。

跑来跑去一阵折腾，我也有些累了。王大爷这个圆滚滚的缺乏运动的老头子，要强地掩饰得再好，那脖颈间的汗珠也打湿了他的衬衣衣领。

老妈抽出纸巾给他擦汗。

他摇头摆手地躲开，一副不以为意的样子。

王米米在猫包里格外老实，不知是被推来推去颠晕乎了，还是一如既往被王大爷的威严压制了。

接下来就该去安检了。他们也只能送我们到安检入口，走进那道门，王米米就要和他们说再见了。

我看了看时间，还算充裕。

"到安检那边的休息区，再坐一会儿吧。"我提议。

"好，慢慢走，现在不用急了。"老妈欣然说道。

我再一次想接过行李车，再一次被王大爷拒绝。

"你就让他推吧，他想推。"老妈笑着说。

"你是不是舍不得王米米了？"我挤对他。

王大爷撇嘴，白了猫包里的王米米一眼："一天憨吃傻胀，长怎个肥，像推了头猪儿。"

王米米扭头看他，甩甩尾巴。

08

从值机柜台到安检入口的距离并不远。

三人一猫，缓缓而行，走得很慢。

匆匆赶路时，无暇顾离别。到这一刻终于可以不着急，不忐忑，放慢脚步，将转身前的每一刻时光细细度过。

王米米早已从容不迫，到底是久经江湖、见过世面的猫，在新环境里只局促了片刻，很快就适应下来，静静趴在猫包里，耳目齐动，敏锐地观察着周遭，眼神犀利地审视着从它身边走过的每一个人类。

　　不知道它那双冷静的眼睛里看见了一个怎样的世界，此刻在它眼中的我们又是怎样的三个人。

　　它看看我，看看老妈，不时扭头回望背后的王大爷。

　　这个曾经对它冷眼相向的老头子，此刻正小心翼翼地推着它，全神贯注地担当着它忠实的"司机"和护卫，稳稳地守护着这只他曾经百般看不顺眼的"野猫儿"，努力将行李车推得平稳，大步大步地护送它去往下一段旅程。

　　王米米似乎很清楚这个老头子在守护着它，它看向他的眼神，早就没有了几个月前初入家门时的小心翼翼、卑微讨好。后来它在家和王大爷斗智斗勇，骗他喂小鱼干时，也敢耍小心机，让王大爷吃瘪了。此刻，它趴在猫包内，置身一个全然未知的新环境里，不时回头看看推着它的王大爷，眼神里第一次有了依赖感——它知道是王大爷推着自己，虽然不知道这辆晃晃悠悠的小推车要带自己去哪里，但一定是安全的地方。

　　老妈跟随在侧，也在护送着这只她恋恋不舍的小猫。

　　她能为这只小猫做的事都已经完美地完成了，但她总想再做些什么，比如尽可能多地再为它拍些照片，尽可能完整地为它录下视频，记录下它生命里与我们产生交集的这一段奇妙历程。

　　打从老妈自封为王米米的御用摄影师之后，她的手机里就存满了王米米吃喝拉撒玩的各种模样，可爱有之，丑图有之，越丑的样子在她眼中越真实可爱。

　　她和王大爷也喜欢抓拍我最丑角度的照片，敝帚自珍地发在朋友圈。

　　若我抗议他们把我拍得太丑，他们便振振有词地反驳说："明明有那么多人点赞。"

　　似乎夸的人多了，那照片就真的好看起来了。如同此刻机场内

不时有擦肩而过的路人注意到我们推着一只猫，有人侧身注目，有人惊讶地停下来赞叹——

"是小猫呢！"

"好可爱！"

"好乖的小猫咪！"

听着耳边的赞叹，一路跟拍的老妈越发得意，似乎在拍什么了不得的"顶流"大明星；王大爷也昂首挺胸，趾高气扬，仿佛手上推着一位即将远征四海的大英雄。

我隔着猫包的网纱戳了戳那圆鼓鼓的小脑瓜："听见没？都说你可爱，你好像真的越来越可爱了呀，王米米。"

老妈理直气壮："别个①本来就可爱，不需要哪个来夸。"

她好像不记得之前是谁总说王米米"长得一般"了。

王米米长得真挺一般的，花里胡哨的小猫脸上，毛色分布得像一大坨没抹匀的粉底，耳朵后面和爪子上的毛色是很显脏的米黄色。起初给它洗了又洗，总洗不白，终于发现原来它就长那样。

即便在最普通的中华田园猫当中，论长相，王米米也是只很一般的猫——就像我们这些很一般的人。我们都不够美好，不够温柔，不够强大。那又有什么关系？反正这只很一般的猫，在今年今日，此时此地，在这美丽海岛的机场出发大厅里，是三个人类一起捧在手心里守护着的宝贝。

这个高难度的共识终于达成，再也没有质疑、分歧和反对。

我们这三个人类，以默契的行动，执行了这份共识。

你一把我一把，目标一致，齐心协力，只为了将这只普普通通的橘白相间的土猫安全、顺利地送上飞机。送它寸步不离地跟随在它自己选定的人身边，送它飞往那个遥远却安稳的家——那个终日沐浴着明媚阳光、有海风吹过橄榄树梢，可以在摇曳花木间和同样有长尾巴和尖尖耳的小伙伴们自在奔跑，可以静静坐在小树杈间看星星月亮、看海看山，春日看屋檐上群鸟起落、秋日看远山落下初雪、

---

① 重庆方言，意为人家，这里指王米米。

夏天热了卧在摇椅上吹吹海风、冬夜冷了钻进人类的被窝呼呼大睡的家。

为了让王米米这只吃够了苦头的小猫，以后的"猫生"都不再苦。这个小小的目标，这只小小的猫，是以前那个小小的我不敢有的奢望。

以前那个暗暗对大人世界很失望的小女孩，哪敢奢望有一天爸妈会把自己珍视的小野猫也视如珍宝，会大动干戈地支持自己做一件大人眼里不值得的小事，会加入自己的小队伍一起去完成这件别人觉得莫名其妙却对自己无比重要的小事。

一切都像是曾经羡慕过的电影里的情节，竟然成真了。

三个人就这样不紧不慢、有说有笑地一起往前走。

我每次都嫌机场太大，通道太长，最怕在浦东机场那样庞大的机场里走到腿软。

这一次却觉得海口的机场太小了，小得根本不够走。

一二一，齐步走

安检入口总是每个机场最令人讨厌的地方，看见安检入口，就意味着要与送行的亲友道别分离了。

我不喜欢道别，更不喜欢相送。

人到中年，聚散越来越等闲，亲友们也渐渐四散，或同在一城却难以相聚，或各自远居在这世界的不同角落，每一次别离，我都不送人，也谢绝别人来送我。

相识多年的朋友们都懂得，都有"不送"的默契。

父母却是最难理解"不送"的人。或许从成为父母的那一刻起，"送别"就成了某种宿命，一代传一代的宿命。

起初是爷爷奶奶站在窗边送他们，送怀抱着我的他们。

爷爷奶奶总是挥手目送，直到他们走出视线所及的边界。

年轻的爸妈一边走一边回头，回应窗后那对白发老人的送别，我也在他们的臂弯中努力举高小手，高兴地挥舞着。

一年又一年，那窗后慢慢从并肩站着的两个人，变成了奶奶一个人，最后变得空荡荡。

如今爸妈仍会时不时回爷爷奶奶的旧居看看，只是已没有人送他们了。

他们开始执意要送我，而我总想从妈妈含泪的目光里落荒而逃。只因那目光太沉重，重得足以压断一只离巢飞鸟轻盈的翅膀。

不经意间一抬头，安检入口已在眼前。

老实趴在猫包里的王米米突然抬头瞪视我身后。

不用回头也知道，是王大美带着黑黑来了。

黑黑"一狗当先"地领着他们老两口，大摇大摆走到我们面前，咧着大嘴跟猫包里的王米米打招呼。王米米一如既往地横眉冷对，咧嘴朝黑黑露出两颗尖牙。

王大美总是走到哪里都带着她标志性的热情和灿烂的笑容。她一来，一笑，就冲淡了老妈已经开始酝酿的伤感。

看着黑黑和王米米两个活宝隔着猫包挤眉弄眼，老妈摇了摇头。

"米米，你这家伙，还是一点都不友好，这样去了新家，和猫哥哥猫姐姐怎么相处？"

她语重心长，拿出了要和王米米谈心的架势，让我把猫包打开。

小时候，每次她要和我谈心，我就有点心慌。

猫包里的王米米看起来也有点心虚。

我小心翼翼地将猫包打开一点点，怕王米米冲出来，怕胸背带拴不住它。

然而王米米根本没有离开猫包的想法，它坐直身子，探出猫头，大大方方地打量四周，挨个看看眼前的我们，气定神闲地舔了舔毛。

一向情绪内敛的姑父凑到王米米跟前，弯腰看着它，目光和声音都很柔和。

"米米，你要去新家过好日子了，以后还记不记得我们？"他笑着问。

王大爷站在一边，一如既往嫌弃地撇嘴："它？过两天就把你搞忘了。"

王大美凑到姑父身旁一起弯腰看着王米米，满目温柔、不舍。她推了一把黑黑，让大狗头凑前一点："米米，米米，王米米，不要凶黑黑了嘛，以后你和黑黑想见面都不容易了，还是好好说个再见嘛。"

八岁的黑黑咧开大嘴，憨憨地望着王米米，像个宽厚的长辈，从未介意过这只小猫对它摆的臭脸。王米米揣起两只前爪，仰着下巴，脸色依然很臭，不再龇牙哈气。

大狗小猫，四目相对，不知道各自在想什么。

王米米或许从未拥有过伙伴，黑黑也是一只社恐小狗，没什么朋友。它们来自两个历来就不和睦的物种，却也相安无事地一起完成了辗转千里的旅途。

王大爷两手叉着腰，懒得走近，站在后面撇嘴："只会凶别个黑黑，等你到了外面，那几只洋猫联合起来打你一个，看你还嚣不

嚣张！我劝你最好收敛一点，不要太得意，初来乍到不要锋芒毕露，搞好关系才能站稳脚跟，不然就要遭收拾！俗话说，'枪打出头猫'，晓不晓得？"

姑父照例抬杠，不同意他的观点，不以为然道："几只洋猫有啥子不得了嘛，我们王米米不虚它们，雄起！"

王大美打圆场："人家是绅士猫，不会欺负米米的。"

老妈不屑地白了王大爷一大眼，她和我一致认为，更应该担心王米米这只来自江湖的"小狼猫"会不会欺负那几只养尊处优的"妈宝猫"。

她蹲下来，双手捧起圆滚滚的小猫头，摸了又摸。

她从前有双柔软的手，牵起来很温暖，如今的手却很干瘦了。骨节大约有些硌脸，摸得王米米缩起了脖子，一副不是很自在但又不好意思拒绝的样子。

老妈吸了吸鼻子，幽幽对着小猫脸语重心长地絮絮叨叨："这一走，再想回家就不容易了，小米米，你要乖乖的，听到没有？在新家要乖乖的。新家家有猫哥哥和猫姐姐陪你，以后就不孤单了。到了外面想要什么就喊她给你买。还有，不要忘了你是一只中国猫猫，你的老家在中国，你在重庆有一个家家，在三亚有一个家家，在国外也有家家，以后你再也不是没有家的猫猫了。"

她与王米米眼望眼，鼻对鼻，声情并茂，泫然欲泣之际，王大爷笑出声来。

我们全都笑了出来。

川渝人士说话喜欢说可可爱爱的叠字。这位解放碑下土生土长的重庆土著老太太对王米米这个重庆土著猫说话，尤其爱用一些稀奇古怪的叠字，除了"你的家家"，还有"拿开你的臭脚脚""打你的坏嘴嘴""又咬人，痛痛嘛"，还有"米米来吃鱼摆摆""米米去睡觉觉""米米好会自己洗脸脸""米米洗了脚脚再上床嘛""米米不要在椅椅上跳高高""米米你又放臭屁屁"……

她总能不经意间说出令人喷饭的叠字。

成年人说叠字有时会让人感到不自在，汗毛竖起；七十多岁的老太太说叠字，莫名地可爱。

王大爷却是个不懂欣赏这种可爱的钢铁直男，他当着所有人的面，笑得不给老妈留一点面子。抒情抒到一半被打断的老妈，尴尬地抹一抹眼角，翻着白眼嗔怪王大爷。

王米米也很不讲义气地缩回了它的猫包里，不肯再配合老妈的抒情。

一群人围在一起哄然大笑，必定不怀好意——

上一次王米米被一家人围在中间哄笑，还是到家一个多月后，因为吃胖了一大圈，浑不自知，以为还能钻得过栏杆间隙，却被那圈小肚腩卡得死死的，四条细腿乱蹬乱挣。当时我们围住它，每个人都笑得好大声，完全无视小猫脸上的尴尬和绝望。

笑得最大声的就是老妈。

我笑着上前抱了抱老妈，拍了拍她单薄的背，无所谓地说："有什么不容易的？给它买张机票就回来了，你想来看它更方便，你还不需要打疫苗和芯片。"

老妈又生气又好笑地拍了我一下。

我顺势躲开她，转身抱住了王大爷。

王大爷整个人都僵硬了一下，不知道多久没有被这样抱抱了。

他看起来圆滚滚的，像个大刺猬，抱起来没有我想象中壮，肩膀并不厚实，到底是一个七十二岁的老头了，但胳膊上还是有肌肉的，力气还是在的。像是怕把我打疼了似的，他抬手轻轻拍了拍我的后背，像在拍一块豆腐。

我也只敢轻轻抱一下他就放开，然后转身抱住王大美，像平常抱住闺蜜那样疯闹，毫无顾忌。

站在王大美身后的姑父有点局促，好像有点担心我也扑上去抱他，这对于一个传统、内向又庄重的中国式长辈来说有点太超前了。所以我放开王大美之后，老老实实跟姑父握了个手，真心感谢他这一路走来的支持。

眼前这四个人，缺少了任何一个，我都无法把王米米这么顺利地带到这里来。

这只名叫王米米的小猫，只是能够和我一起站在美兰机场的安检通道前，就已经集齐了好多人的全力以赴。除了眼前的他们，还有那些王米米这辈子也不会见到的人类。

它不认识他们，他们却在遥远的地方，隔着网络，一直关心它的去向，尽心尽力地提供可以提供的帮助。哪怕人与人，人与猫，从前、往后并不相识。

它是一只长得不够好看、脾气也很臭的普通小猫，它的命运似乎并不会对这个世界产生一丁点影响。但我们这些人类，还是凑在一起，齐心协力地托着它往前走，努力给它一个安稳美好的"猫生"。

为了什么呢？

不为什么。只因我们是人类，我们做得到，所以我们就这样做了。

时间差不多了。我终于背起了王米米，朝大家笑着挥挥手，互道保重和平安，转身走进了安检通道。

送别原来也不是那么让人难受。

这一次和以往也没什么不同，只多了一只沉甸甸的猫。

安检过得很顺利。

工作人员小心地对待猫包中的王米米，带我们到一个单独的小隔间，查验了文件和猫的健康状况，并没有提出给猫穿衣服、戴口罩之类的离谱要求，放我们通行前还温柔地对王米米说了声："小猫咪，旅途愉快！"

我整理好物品，背起猫包走出小隔间，看到他们还等候在安检口外，一个个踮着脚，眼巴巴地朝里面张望。我朝他们用力挥手，竖起大拇指。

看到这个信号的他们，孩子般地欢呼起来，雀跃得像是一起完成了什么了不起的壮举。

虽然看不清每个人脸上的表情，我却忍不住和他们一起大笑。

老妈远远举起手机一通比画。

我懂她的意思。

穿过购物长廊，在临近登机口的落地窗前，有一个安静的休息区，可以看到飞机的起降。我靠窗坐下来，把猫包打开了一点点，让王米米可以探出头透透气。

它端正地坐在猫包里，安静地望向落地窗外，满眼好奇，第一次看见了大飞机。

此刻雨后初晴，几缕阳光穿过云层，窗前光影交错。

正前方那架涂装得很漂亮的大飞机很快就要载着我们从这炎热的南方海岛飞往积雪未融的北京了。它像一只大鸟，有着王米米同款的圆头圆脑，以同样的姿势静静地趴着。远处一些大大小小的飞机正在起起落落，在猫眼里，这些长着铁翼的飞鸟或许飞得比麻雀还慢，比肥鸡还笨。王米米看得目不转睛，一双琥珀色的大眼睛睁得溜圆，小脑瓜子或许正在飞速地转着，琢磨着怎样才能抓到一只。

我一手揽着王米米，一手拨通老妈的视频电话。

视频接通后，那边的四个脑袋凑在一起，争先恐后地问着王米米过安检的细节。

我事无巨细地说给他们听。

被"大铁鸟"吞进肚里敢怒不敢言的王米米

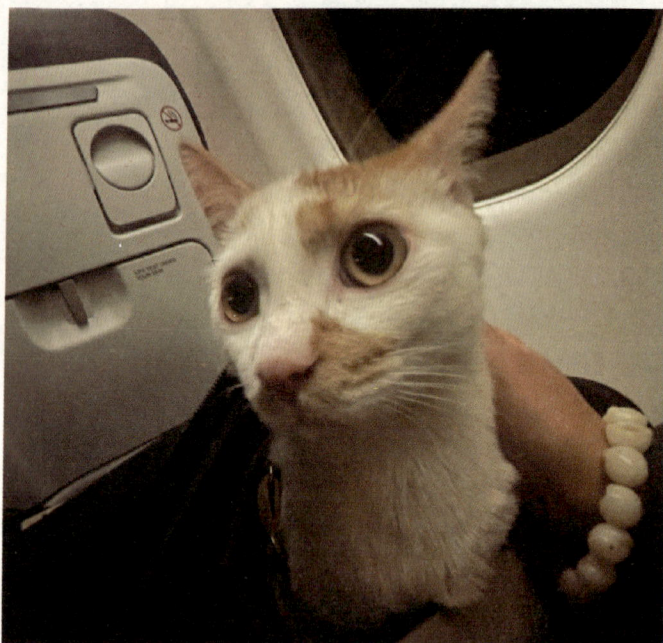

初次坐飞机，强装镇定

　　听到王米米的种种淡定有趣的表现，他们笑了又笑，在镜头里一个个争着要和王米米打招呼，一声声地喊着它的名字，仿佛狂热粉丝们和偶像在连线。

　　王米米看着屏幕里的他们，鼻子嗅嗅，耳朵转转，左顾右盼一番，意识到这讨厌的小方块盒子又在玩假惺惺的把戏，里外都找不到它熟悉的人，便再不搭理，转头专心去看它的大飞机了。

　　聊着天，撸着猫，转眼就到了登机时间。

　　我与他们再一次互道了再见，挂断视频电话。

　　我背起王米米，走到登机口前，微信收到了老妈发来的一张图。

　　是刚才视频通话的截图。

　　画面上几个人类的大头挤在一起，笑容夸张得有些变形，每个

人的嘴角都咧得大大的，还有一个黑不溜秋的大狗头，时不时努力挤入画面，强调自己的存在感。被我们热热闹闹围绕在画面正中间的王米米，像个见惯大场面的大人物，四平八稳地端坐着，不急不躁，不畏不惊。前路未知，一切种种都是那双琥珀色眼睛里的风景。

它静静地坐在庞大世界里小小的一隅，安稳地把自己交给了身后这个人类，选定离手。从此往后，我有怎样的人生，它就有怎样的"猫生"。说好了，这辈子就这样绑定了。

它在我的怀抱里，心平气和地眯了眯眼，看一眼镜头里又说又笑的人类，伸了个懒腰，转头将注意力重新投向远处的天空。

高远蓝天的深处，云层隐现，不知有什么令它看得如此专注。

老妈截下了这个画面。

五张人脸、一个猫头和一个狗头把画面挤得满满当当的。

她心心念念的大合照终于拍到了。

"我的任务完成了是吗？

"是的，你完成得很好。"

"我的人类朋友实现她的心愿了吗？"

"是的。"

"那到底是个什么心愿？"

"你自己问她。"

"可是，任务完成了，猫是不是也要离开她了……"

"这个就看你了。"

"啊？"

"你的任务完成得不错，获得了一个奖励，你可以选择留在这个人类朋友身边好好度过你作为小猫的一生，也可以……"

"就这个，就这个，不要别的了！"

"想好了？"

"嗯，嗯，嗯！"

"好吧，以后你就在她身边做一只乖小猫吧。"

"不乖也可以，她说的！"

"不乖可以，至少有素质一点嘛。你看你说话说得，标点符号飞了我一脸……"

"要你管，我就是没素质的王米米！"

没素质，但霸气

王米米的人间观察记

他们把我围在中间，每个人都摸了又摸我的脑门，争着留下他们的气味。

这不太对劲。

猫的直觉从来不会出错，他们到底要干什么？是不是又像上次那个人类一样，短暂给了我几天有家的日子，然后把我带出来，丢在一个陌生的地方，转身离开，再也不回应我的呼喊。

我努力昂起头，透过猫包的网纱寻找那个身影，拼命抽动鼻子寻找她的气味。她从来不会离开我的视线，可此刻，周围好多好多陌生人和奇奇怪怪的身影，掩盖住了她的身影、气味和声音。我不知道她在哪里，她的气味好像正在远离我。

我开始撕咬猫包，我要出去找她。

"我在这里！"

她的声音穿过人群传来。

原来她没有走远，世界突然又明亮了。

我静静看着她跑过来打开猫包，像第一次遇到时那样，用她的双手捧住我的脸，掌心盖住我的脑门。

"我是去办登机手续，没有丢下你，"她摸着我的头说，"不怕，我在这儿呢。"

我才没有怕。我可是靠自己的牙齿和爪子打出过一大片地盘的猫，老家小区里最大的垃圾桶就是我王米米的江山。我这种"狠小猫"，可没有怕过什么。

那只是偶尔像被冷风吹透全身的糟糕感觉而已，是冷风的错。

但只要她一摸我脑袋，就有一种很温暖的东西从她掌心里钻进我身体，把讨厌的冷风都赶走。

有她在的地方，就没有冷风。

就算全世界的人都想丢掉我，她也不会。

我是她的猫，她是我的人类朋友，说好了的。

当我们猫说"人类"的时候，就像人类在说一个"神"。

人类可能不知道，猫并不会把所有形状看起来像人的东西都称为"人"。大部分长这样的，我们叫它们"两脚怪"，只有很少一部分，就算猫不太喜欢，也会尊敬地称呼他们为——人。

比如王大爷。

现在我和王大爷的关系处得其实还不错，我不讨厌他了，他好像也有那么一点喜欢我。谁知道呢，反正我也不在乎。猫无所谓被喜欢还是被讨厌。

今天王大爷反常地用他的汗手摸了我好几把。作为一只有素质的猫，我忍住了当着他的面舔毛梳洗的冲动。也没时间舔毛，我就被她背了起来，继续往前走。可是透过猫包的网纱，我看见其他人都没有跟上来，他们站在原地，微笑挥手，望着我们走远，渐渐离我们越来越远。

谁都没有跟上来，只有我和她一起走进了那个叫安检的通道。

她站住，再一次回头，笑着朝他们挥手。

他们也挥手，也笑着，但我好像看见她的妈妈和王大爷的眼睛有点红彤彤的。

傻狗吐着舌头站在他们脚边，也在笑。

你笑个屁，黑咕隆咚的憨冬瓜。

从重庆到三亚，三亚到海口，傻狗跟了我一路，吃我珍贵的食物，喝我新鲜的水，怎么吼都吼不走，一路屁颠屁颠跟着。我不懂狗为什么可以活得这么没有自尊心。但现在它突然不跟了，我有点不爽。

来不及去想傻狗的事了，眼前的通道尽头，突然出现了一个可怕的怪盒子。

几个陌生人，站在那个巨大的怪盒子后面。

怪盒子里面黑洞洞的，发出一种古怪的"嗡嗡"声，听着让猫脑壳发昏。

她抱着我，问他们，"猫也必须过 X 光吗，辐射会不会对它有伤害？"

"不会的，是微量辐射，按规定是必须过的。"

陌生人很温和，看起来不像坏人。

她犹豫了下，很心疼的样子，还是把我递了过去。

我还没反应过来，就被塞进了怪盒子。

里面乌漆麻黑，一阵一阵的"嗡嗡"怪声，吵得我耳朵疼。

又没等我反应过来，眼前一亮，怪盒子已经把我吐了出来。

这很不尊重猫。要不是被困在猫包里，我早就冲出去撕烂这个讨厌的怪盒子了。

陌生人提起我的猫包走进旁边一个小隔间，把我放在桌上。

她紧张地守在旁边，隔着网纱把手放在我头上。

我打量了一下这个陌生人，是个瘦高的男人，战斗力评估为极低，我有把握在三个回合内抓烂他的脸。

"喵喵喵……"

我小声把我的评估告诉她，让她不用这么紧张害怕。

她抓住猫包的拉链，像是想阻止这个男人打开猫包对我做什么。

"它以前是流浪猫，很怕人，猫包如果打开了，它跑出来会很难抓……"

"那好吧，不要打开了。"

陌生人隔着网纱和我大眼瞪小眼，伸手想摸一下我，被我"哈"了一声，立马缩了回去。

我把对他的战斗力评估又降低两个点。

她递上几页纸，说是猫的登机文件，好像那几页纸就能证明我是一只健康干净的猫，对人类没有任何危险。

我收好爪子，闭紧嘴巴，不露出尖牙，让那几张纸片看起来可信一点。

陌生人仔细看了每页文件，对我笑笑："可以了，你们现在可以去登机了，祝小猫咪旅途愉快。"

恭喜你，小伙子，今天摆脱了被抓花脸的命运。

她马上背起我，生怕对方改变主意，或是生怕谁来抢走我一样，大步流星地离开了安检区，走得飞快，一路小心遮挡着猫包里的我，好像包里不是一只软软的猫而是什么危险的重武器。

直到找到一个远离吵闹人群的角落，紧挨着玻璃幕墙，她才舒了口气，把我放在椅子上，小心翼翼让我伸头出来透气。

我不知道要怎么才能让她放心，虽然我很能打，但我又不捕猎人类，不会吃掉旁边跑过去的小孩，没有必要这么小心翼翼地把我关起来。

至少今天，我保证不欺负任何人或狗。

反正也没有狗给我欺负了。

那个憨冬瓜没有跟上来，王大爷也没有跟上来，除了她以外对我最好的那个人——她的妈妈——也没有跟上来，他们好像都被丢下了……但其实，我挺想带上他们的，也带上傻狗，大家还是每天热热闹闹一起走很远的路，一起吃吃喝喝，一起笑，一起闹。

"米米，我们要登机了，"她把我背起来，指着玻璃外面一个灰不溜丢的大铁鸟说，"你这个小猫咪一会儿就要坐着它飞到云上面，飞过大半个中国，从海口飞到北京……以后和别的猫吵架，你就可以说，我王米米是上过天的猫，你有本事你也上天。"

我不喜欢吵架，没素质的猫才整天骂骂咧咧，我都是直接动手，打就完了。

等一下……她是说，我要骑在这个铁鸟背上，飞到云上面？

这也太威风了吧。我好激动。

等我搞清楚"坐飞机"不是这么一回事的时候，我隔着猫包都想钻到地缝里去。我，老家小区鸟界都知道的"活阎王"，居然被一只大铁鸟从嘴巴吞进肚子里，再从嘴巴吐出来。

这个秘密只能我和她知道，如果老家的猫们知道了这事，我的名声就算是完了。

从铁鸟嘴巴钻进它肚子这个恶心的过程，被人类称为登机。

我们是第一个登机的，她说这是因为我才得到的特殊优待。

我本来不是很相信，但站在铁鸟嘴巴上和肚子里的漂亮姐姐们，每一个都笑眯眯地对我说："小猫咪，欢迎登机！"

"猫猫好可爱！"

"啊，有小猫！它好乖！"

我们坐到了最后一排靠舷窗的座位，在她的座椅旁边有宽敞的空间，铺好了一张红色的绒毯，刚好能放下猫包，很安静、很软和。

有个姐姐和我们坐在一起，我允许她摸我的头，因为她长得好看。

铁鸟上天了，叫声很吵，吵得我耳朵很疼。但这点疼不算什么，大小疼痛、冷热渴饿，我都可以忍的，反正早就忍习惯了。正咬牙忍着，她把手伸进猫包，帮我捂住了耳朵，一边捂着一边轻轻给我按摩耳朵根，低下头来和我说悄悄话，让我别害怕。

耳朵真的不疼了。我就知道人类果然是有"法力"的。

我闭上眼睛，打起呼噜，享受起了云端上的按摩。她的按摩一停下，我就继续假装害怕。

旁边座位的姐姐望着我说："小猫咪，你的妈妈好爱你。"

又来了。真的，我不理解，为什么总有人类把她认成我妈妈。她明明没有尾巴，怎么看都不是一只猫。

人类似乎很聪明，但有时又像傻瓜一样，人和猫都分不清，连那些兽医都叫她"米米妈妈""米米的家长"……可能人类的眼睛真的很没用吧，黑夜里看不见老鼠，白天能把人认成猫。

她是我的人，我是她的猫，这是很明显的事，干吗要"妈来妈去"的。

我知道她不是猫，她知道我不是人。她知道我不是人类小孩，我知道她不是猫妈妈。

但这有什么关系？

带我回家的那天晚上，我躺在她怀里，半梦半醒地用爪子抓着她的衣服，时不时惊醒，很怕一睁眼发现原来是在做梦，她不见了，我又回到了草丛里，回到了垃圾箱下面。

她的手臂一直搂着我，哪怕在睡梦中。

她不是猫，不是妈妈，但躺在妈妈怀里就是这种感觉。

虽然我已经不太记得妈妈的样子了，但我记得"有妈妈"是一种什么样的感觉。

像我这种钢铁一样的小猫是不会想妈妈的，更不会哭的。

她是不是妈妈，一点也不重要，谁喜欢说是就是吧，反正我知道，在我又饿又害怕的时候，她抱起了我，帮我挡住坏狗，被我的牙齿弄伤了也没有怪我，一直不放弃直到重新找到我……除了妈妈，有一个人类也可以这样对待一只猫。我决定要做一辈子她的猫，她一个人的猫，她在哪里，我去哪里，就这样决定了。

大笨铁鸟飞了好久，我睡了又醒，醒了又睡，突然闻到一阵食物的香味。

漂亮姐姐们给每个座位上的人类送上了一大盘闻着很好吃的东西。

我充满期待地坐起来，在猫包里很有礼貌地，等待属于我的那一盘。或许是隔壁座位那个人在吃的鸡肉，但我更希望是金枪鱼。

等了又等，什么都没有，漂亮姐姐经过我们，只问了一句"小猫咪还好吗？"

不好，一点都不好。尊贵的小猫乘客竟然没有饭吃，这怎么能好？

出门旅行以来，我第一次发出了愤怒的咆哮。

她的手伸进猫包，一把捂住我的嘴，塞进一根猫条。

漂亮姐姐跑过来问："小猫咪有什么需要吗？"

她笑着说："没事，没事，它很好。"

我舔着金枪鱼猫条，翻了个白眼。

她把猫包凑到那个小窗口，让我看外面的云，说飞机一会儿就要下降了，我们马上到达北京了。我看了两眼，兴趣不大，云有什

么好看的，又不能吃。

大铁鸟下降时，我又享受了一次耳朵按摩服务。

旁边的姐姐穿上了很厚的羽绒服，说北京很冷很冷。

我们从海南飞来，她没有带很厚的衣服，说出机场就上车，不会多冷的。

好心的漂亮姐姐们硬塞了她一条红色绒毯子，让她裹一裹，挡挡风，说我们要坐摆渡车，停机坪上风那么大，很冷很冷的……我想，冷有什么可怕的，哪个流浪猫没有挨过冻，蜷起来忍一忍就好了嘛。

等到从大铁鸟热乎乎的肚子里钻出来，我才知道我错了。

外面的风一下子把我这个钢铁般的小猫吹蒙了。

风里有刺，它扎骨头。

北京到底是个什么地方？这里的破风，怎么这么冷？

在老家从来没有吹过这么冷的风，我躲在猫包里蜷成一个毛球，还是忍不住发抖。她只穿了一件薄羽绒服，一定也很冷，幸好还有那条红毯子……正想着，她突然把裹在身上的红毯子取下来，塞进了猫包，把我裹在了里面，背起我，顶着风飞快跑过停机坪，上了摆渡车。

这毯子真好，马上就不冷了。

她说过我以后再也不会挨饿受冻。

她没骗猫。

03

北京真是个奇怪的地方。

外面那么冷，风那么大，地上还有一层白白的东西，看上去就很冰脚，可是一进到屋子里就好热好热。我隔着猫包的网纱打量酒店，真大，人真多，到处金灿灿、亮晃晃的……她说这是一家专门有房间接待猫咪入住的五星级酒店。

虽然不太懂"五星级"是什么意思，但我毕竟是见过大世面的猫，

趴在窗边看风景

酒店也不是第一次住了，我猜这里应该有鱼吃，最少能有五条鱼吧。

结果房间里没有鱼，但是有猫窝、猫砂盆、猫爬架。

这个酒店可能很想讨好尊贵的猫客人，可是他们好像不太了解猫，我们猫都有洁癖，并不喜欢用上一只猫客人用过留下气味的猫砂盆和猫窝。比起这些没用的东西，如果房间里有五个金枪鱼罐头，我会更满意。

她是懂我的。她早就已经下单，买好了新的猫砂盆和猫砂，由狗姨姨亲自送到了酒店。

狗姨姨当然不是狗，她身上有一股狗味，隔老远我就知道她家里有狗。

通常我很讨厌有狗的人，王大美是第一个例外，狗姨姨是第二

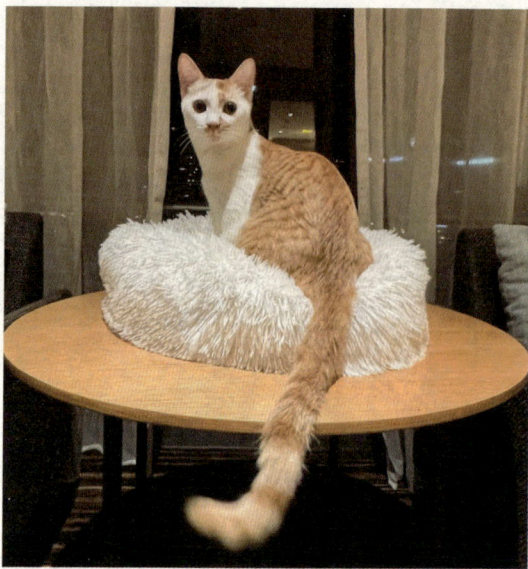

北京酒店给小猫客人准备的软窝

个例外。

　　我喜欢她，不仅因为她和我的人类朋友是好朋友，也因为……随便啦，我们猫喜欢和讨厌一个人不需要理由。反正我就是喜欢她，一见面就想和她玩，想跳到她身上踩几脚。

　　狗姨姨说，我也是她喜欢上的第一只猫，本来她只喜欢狗。

　　真是个品位差的人类，居然喜欢狗超过猫。

　　除了狗姨姨，还有个漂亮姐姐来看我，给我买了新玩具，陪我玩了一整天。还有姨姨给我闪送来好吃的罐头和治水土不服的药……突然感觉，好像全世界的人类都对我很好，有数不清的人类喜欢着我，哪怕我从来没有见过他们。

　　这感觉不错，人类好像比我以前想象的可爱得多。

　　在北京待了两天，大部分时间，我都坐在落地窗前，看北京的夜和雪，听着她和她的朋友们聊天。她们一起吃好吃的，我独享金

枪鱼；她们喝咖啡和酒，我喝羊奶；她们笑得很大声，有说不完的话，我躲起来睡觉。

外面的风很大，听说北京的一月是最冷的。

可我一点没觉得冷。从我遇到她以后，这个世界就变好了，变暖和了，变出了很多金枪鱼和对我好的人。

我睡得迷迷糊糊，希望每只小猫都能遇到一个更好的世界。

04

离开北京的那天早上，我生气了。

她和狗姨姨缠着我玩了一个通宵，玩得我忘记了睡觉，天亮时终于累了、困了，想躺下睡觉时，她把我放进猫包里，说我们要出发去机场，飞往阿姆斯特丹了。

我要睡觉！

人类太恶劣了，我终于明白她和狗姨姨说"我们跟它玩一个通宵，把它的电量耗光，这样上了飞机它就没有精力闹腾，应该能老老实实睡一路"是什么意思了。

去机场的路上，我隔着车窗仔细看了看这个叫北京的地方。

还行，本猫到此一游。

狗姨姨陪我们到了机场，又是在安检口就要说再见了，这我已经有经验了。

她说："王米米，以后我会去找你玩，会去看你的。"

我想，我会不会再回来这里找他们玩呢？猫好像离开一个地方就很少再回头，总是往前走，去开辟新的地盘。或许我不会再回来，但我会记得这里的一切。

狗姨姨摸着我说再见的时候，我抽动鼻子，记住了她的气味，也记住了这片土地和空气的气味。

再见了，北京。

安检还是老一套，怪盒子又吃了我一次，吐了我一次。

怪盒子，你给我等着，总有一天我要拆了你，把你踩扁。

这一次的大铁鸟比之前那只要大很多。

我们坐在了窗边，她问那些穿蓝色制服的漂亮姐姐可不可以不要把我连猫包一起塞到前排座位下面，听说很多小猫乘客是要被塞在那个又小又窄的地方飞一路的。

我朝她们挤出了这辈子最乖巧可怜的表情。

漂亮姐姐们笑着看了看我，说："它好像很乖，如果一路上不吵，你可以把它抱在腿上。"

于是我舒舒服服躺在她腿上，从白天飞到天黑，飞了好久好久。

大铁鸟总是飞着飞着就一阵乱抖，她以为我害怕，轻轻摸着我，我舔舔她的手，也跟她说不要怕。她靠着窗睡着了，手还托着我的脑袋，怕我躺得不舒服。

坐在前后左右的阿姨和姐姐们都对我很友好，我也允许她们摸了我的头。

就这样睡一会儿醒一会儿，陪她看看电影，看看窗外的云，时不时来两口猫条，喝点甜甜的矿泉水。猫包很软和，铺着我心爱的小毯子，脑袋下面枕着我喜欢的毛绒玩具，躺在她腿上，晃晃悠悠，一觉醒来，大铁鸟不知不觉就落了地。

出发时是阳光灿烂的早晨，此时窗外是下着雨的夜晚，有很多灯光一闪一闪。

她抱着我说："米米，我们到阿姆斯特丹了，离家很近了，你再辛苦坚持一下。"

我一点都不辛苦，跟她在一起，去哪里都好。

05

转机真讨厌。

排了好久的队，队伍里总是有人大惊小怪想摸我。

已经是有坐飞机经验的猫了

    然后又要过那种巨大的怪盒子了。

    可这一次工作人员没有把我放进怪盒子里，说动物最好不要过机器。于是我们被领进了一个小房间，工作人员关起门来，把我抱出了猫包。

    我以为他们要检查我，结果只是把猫包拿出去过一遍机器，好像怕我在包里藏了什么了不得的东西，当然我确实藏了几根猫条，希望不会被发现抢走。

    等在小屋子里的时候，有一个穿着工作人员衣服的老太太陪着我们，说来检查我们的文件。可我怀疑她是个假的工作人员，因为她根本没有认真看文件，进来就对我又抱又摸，一双手把我脑门都

盘冒油了还不消停，又把她手机上的自己家猫的照片打开给我们看，问我喜不喜欢她家的猫。我看了看那只猫，是只"蓝胖子"，又胖又憨，武力值一看就不行，能被我一拳干出去五米远。

终于被放出小屋子，又跑来一个穿工作人员衣服的老太太，又把我摸摸抱抱了一遍。

我不懂，她们的工作就是摸摸抱抱经过的乘客吗？这是什么怪工作？为什么她们不去摸那个又高又壮、满脸胡子的"两脚怪"？

我以为被她们摸完就完事了。

到了海关窗口，她跟窗口后面的警察小哥说："我带了一只猫。"

金色头发的小哥精神一振，蓝眼睛里冒出了饥饿的绿光。

看他那副样子，口水都要滴下来了。我以为他要吃猫，爪子都亮出来了，做好了一巴掌抽飞他的准备，结果他隔着猫包对我就是一顿摸，用粗声粗气的"夹子音"叽里咕噜地对我说了一堆话，大概是在说我可爱吧。

旁边窗口的警察姐姐也凑过来摸我。

好吧，我可以配合表演一下可爱的猫，只要顺利放我们通行。

她把文件袋递了进去，等着查问。

文件袋里都是我的入关文件、检疫证明什么的，办下来可不容易了。别的麻烦不说，光是打狂犬疫苗和芯片就挺疼的。结果警察小哥根本没有打开看一眼，直接盖章放行。

这很合理，猫是世界上最好的生物，和猫在一起的人类当然不会是坏人。

放行前，三个荷兰海关警察围在一起，又狠狠摸了我一顿。

我看着她的眼色，没敢拒绝。

走出海关，她背着我，长长松了一口气，说："王米米，原来你刷脸就可以通关，要是早知道你有这能耐，我就不操那么多心了。"

让我又叉腰笑会儿。

我觉得此时可以先给个猫条安慰一下被摸得包浆的我，但她二话不说，背起我就开始狂奔，在阿姆斯特丹机场长长的通道里全速

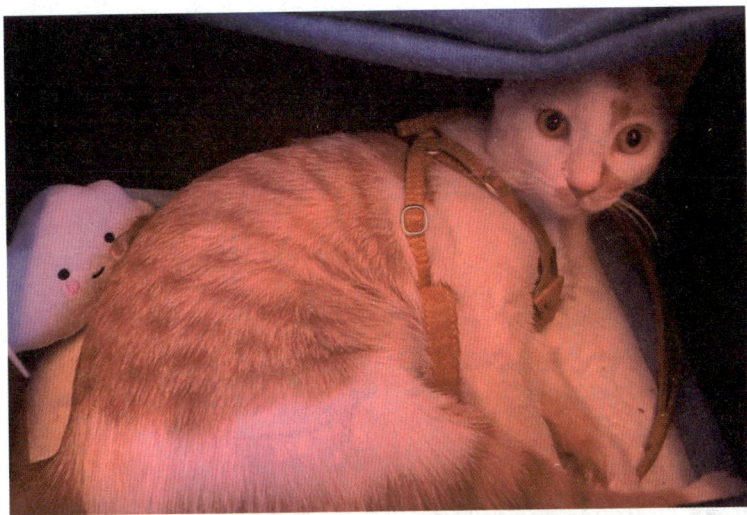

抵达欧洲，精神抖擞，准备下飞机

冲刺起来。

差点忘了，我们还要转下一班飞机，飞去意大利的威尼斯。

海关的警察小哥沉迷于摸我，舍不得放行的时候，我们要坐的那个大铁鸟已经开始登机了……她背着我全速奔跑，我在猫包里被颠得晕头转向也不敢吭声，就这样，一路上还几次被人拦住，都想伸手过来摸我。

她一边跑得满头大汗，一边气急败坏地数落我："王米米，今天要是我们赶不上飞机，只能留在机场过夜，那就全怪你！"

好吧，怪我。

她跑得真快，不愧是我的人类朋友，赶在登机口关闭前的最后一分钟到了。

新家露台，吃饱饱的王米米，吹着海风晾肚皮

这一次大铁鸟飞得又快又稳。

我刚打了个盹儿，它就慢悠悠降落了。

她说："这里是威尼斯，我们终于要到家了。"

窗外还是夜，看下去是一大片黑漆漆的，中间有一块地方在闪闪发亮。

她说下面是海，海中间闪闪发亮、浮起来的是威尼斯城的灯光。

大铁鸟终于稳稳停下，地面有熟悉的雾气飘浮，很像我老家重庆冬天夜里的样子，也是有水有雾。明明飞了这么远，却感觉很熟悉，好像还在家里。

此刻我很累、很困了，但比起这一切，最迫切的愿望是——猫砂在哪里？我要"嘘嘘"！

终于取到了行李，我小声叫着催她快点走。

不出意外又被意大利的海关阿姨摸了头，虽然我很急，但还是忍住了。

出了闸，她推着我往前走，一个陌生人类迎面朝我们走来，和她拥抱，然后弯下腰看我，又大又深的眼睛里满是温柔笑意。他太高了，腿太长了，不弯腰看不到我。

她说："米米，这是你以后的铲屎副官，也是之前让我无论如何哪怕坐船也要你带回来的那个人。"

我想起来了，当初不知道怎么才能带我走的时候，似乎有人给她出过主意，如果坐飞机带不了，就坐邮轮吧，给猫弄个房间，从上海慢慢漂到威尼斯。

听着像新时代的马可·波罗，这主意我喜欢。

铲屎副官是个人才。上了车，她让铲屎副官开快点，说我有"十万火急"的需要。

铲屎副官立刻一脚将油门踩到底，把车开得像要起飞。

本来就憋得很辛苦了，这一起飞，我想哭。

面子不面子的，顾不上了，我开始扯着嗓子嚎叫，在猫包里又刨又抓。

她鼓励地说："米米，没事，你就在包里解决吧，我铺了尿垫的，没有关系。"

开什么玩笑，我是那么没有素质的猫吗？开快点，我还能憋！

这一段路真的是我猫生最煎熬的一段路。

终于到家门口时，我已经憋到尖叫，但还是坚决不在车里解决，这关乎猫的尊严。

车停稳，她拎起猫包里，冲进家门，打开猫包——我已经闻到了猫砂那最美妙的气味，以最短路线，精准地冲进了一个豪华木屋猫厕所，迎来了岁月静好的高光时刻。

办完大事，天下太平。

我实在是太累太困了，什么也顾不上，埋头大吃了几口金枪鱼罐头，就一头扎到床上，昏睡过去。过了一会儿，她也躺下来，关了灯，陪我睡在静谧温暖的房间里，搂着我度过了来到新家的第一夜。

这床真软和，羽绒的枕头和被子像躺在云里一样。

房间也好温暖，外面明明是冬天，吹着大风，地板却好像有丝丝热气冒上来。

夜里醒来几次，又安心继续睡。

我在家里了，这感觉真好。

醒来时，阳光在脸上轻轻地晃着。

房间两面都是落地玻璃门，阳光透过外面的树影和薄薄的白纱窗帘照在床上，暖融融的。这被窝太舒服了，我不舍得动，不舍得惊醒还在熟睡的她。

玻璃门外有很多花花草草，还有一棵我从没见过的奇怪的树，看着很好爬。

我依偎在被窝里，睁大眼睛，好奇张望窗帘外的全新世界。

玻璃门一角，探出来一张猫脸。

又一张猫脸。

第三张猫脸。

三张猫脸都是乌漆墨黑的，一双绿眼睛，两双黄眼睛。

从它们背后鬼鬼祟祟探出又一张灰狸白浅绿眼睛的猫脸，好家伙，我见过很多猫，还从没见过长得这么漂亮神气的一张脸，它居然有粉红鼻头，长长的黑色眼线一直弯到耳朵下面，眼珠子像湖水一样绿，妖里妖气的。

四只？都是来抢我新地盘的？刚睡醒就要一打四，这么刺激吗？

我一个打挺跳起来，亮出爪子，准备动手。

她按住了我："这是你的哥哥姐姐们。"

我缓缓回头看她。

所以……

你是我唯一的人类，我并不是你唯一的猫？

你家里早就有猫了，还有整整四只。

之前你可一声都没吭过。

人类呀，人类！

鸣谢友情出场：

公主 CICI，"女"，12 岁

二娃 ALIEN，"男"，9 岁

金刚 KINGKONG，"男"，7 岁

大傻 ULISSE，"男"，2 岁

老妈日记里的王米米

猫生黑照：老妈给王米米拍的第一张照片

2023 年 10 月 18 日

　　一个很普通平常的日子，我肩膀做了手术后，在家休养。
　　怎么也没想到这一天会是一个值得记住的日子。
　　清晨六点多，一阵门铃声把我们唤醒。
　　老伴去开门后，传来的声音让我一愣，竟然是女儿的声音！
　　女儿回来确实让我们惊喜，但是接下来的另一个"惊喜"可就让我哭笑不得了。
　　她大老远回来，话还没顾上和我们说几句，一只猫在阳台下大喊大叫，把她叫了出去，又跟着她进了家门！我还没搞清楚是怎么回事，天上掉下个花脸猫，就在我们家花园住下了。
　　老伴气得干瞪眼。
　　女儿心地善良，我也不好说什么。
　　但这猫真是个烫手的山芋，留也不是，丢也不是。

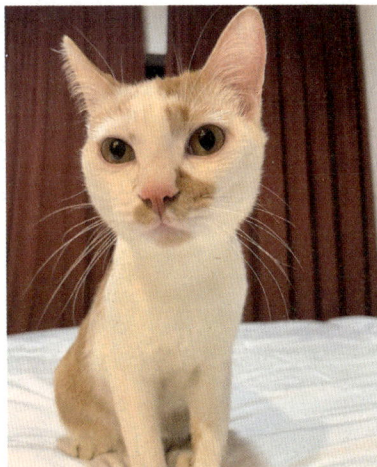

被吵醒，有起床气的王米米

2023 年 10 月 20 日

猫跑了。

女儿说是因为我们不让它进屋，它怄气走了。

我不晓得猫会不会怄气，女儿是真的怄气。看她怄气着急，整晚跑出去找小猫，我也又气又急。

本来觉得猫跑了就算了，可能它喜欢自由，可能和我们没缘分。但女儿说现在有一种专门虐猫的坏人，以用残忍手段伤害小动物为乐，还会拍成照片、视频发在网上……我希望不是真的，不敢相信世界上会有这么扭曲、丑恶的人存在。

她不说不要紧，这么一说，我也满脑子都是小猫遇到坏人被虐待的想象，越想越揪心。

女儿和老伴为了找猫产生矛盾，吵了一架。

老伴一晚上没睡好，虽然嘴硬，但我看他也有点后悔。

早知道把猫收进屋就没有这么多麻烦了。

女儿开始发动一切方式寻找小猫。我也觉得这猫必须找到，不然心里踏实不了。

功夫不负有心人，大动干戈地寻找了半天，真的找到了。

保安抱着小猫送到了我们家门口。

说来真是怪事，物业没有女儿的电话，没有通知她，只通知了我，她却像提前感应到了一样，不早不晚，就在猫被送回来的时刻，跑出去等在门口。

难道世界上真的有心灵感应这种事？人和猫之间也会有感应？

女儿接过小猫，小猫也紧紧依偎在女儿的怀里。

两个小家伙这一抱，再也撒不开手了。

女儿执意要把小猫养在家里了。她担心小猫流浪在外，生存艰难，更担心小猫遭遇可怕的事。

我想到小猫万一遭遇不测，也是心惊胆战。但还在犹豫，实在不知道我们能不能再养一只猫。

老伴本来强烈反对，但还是不忍心看女儿难过，也被女儿的善良打动。

他说："我们就爱屋及乌吧。"

冬日，大上午还赖床不起的王米米

2023 年 10 月 22 日

女儿给它取名王米米。

家里亲戚朋友都说这只野猫儿一夜暴富，成了"猫生赢家"。

从这天开始，我们叫它"米米"，老伴叫它"小米子"。

女儿对米米的照料精细得胜过带小孩。

她说米米身体不好，缺乏营养，给它买的猫粮、猫罐头、猫营养品堆成了小山，还给它买了舒适的猫窝、漂亮的小屋、十多种玩具……米米的东西很快满了楼上女儿的房间，楼下客厅也开始出现它的玩具。一开始我觉得没有什么必要，但看到米米确实很喜欢那些玩具，快乐玩耍的样子真像个小孩子，我也被它和女儿的快乐感染了。

女儿说要把米米养得壮壮的，漂漂亮亮的，再送给领养人。

我相信米米会很快胖起来，但漂亮嘛，它那张小花脸就有点难说了。

这小家伙和我们一天天熟悉起来。

活泼的时候，它在楼梯上上蹿下跳，跑到我身边四仰八叉地打滚，要不就跑来扯我的裤腿，从瓜兮兮①的小可怜变得活泼好动。

安静的时候，它乖乖地坐在我们在沙发上给它铺的毛巾垫上陪我看电视，有时居然像小孩一样，背靠垫子，坐得端端正正，那坐姿把我笑出眼泪。

它还喜欢坐在阳台上瞪圆眼睛看鸟儿飞翔，看得出它没有要捕猎的意愿，因为它已经吃得饱饱的，不再饿肚子。

晚上它总是钻进女儿的被窝，挨着她睡觉，早上如果女儿赖床，它也不起床。

只要女儿在家，米米就是她的小尾巴，总跟在她身边。

女儿出门，米米就赖上了我，饿了会跑到我脚边打滚，吃饱了就躺在我身边睡觉。

我出门，米米无奈也会去找老伴要吃的，但吃完就跑，让老伴哭笑不得，说小米子就是个小精怪。

在这个家里，米米过得自在惬意。

---

① 重庆方言，意为傻乎乎。

2023 年 10 月 30 日

为了给米米找个家，我们把能想到的亲朋好友都联系询问了一遍。

终于有人有意要领养它了。

没料到平日里温驯的小家伙见到客人竟然很不友好，冷不丁伸出爪子挠了客人的脚跟。客人走后，发来短信说米米太彪悍，不适合她。

"彪悍"这词是形容米米的吗？它一直是温顺听话、瓜兮兮的小可怜哪。

但刚才它确实恶狠狠、凶巴巴地对待客人了。

这小家伙会表演吗？它是不愿意跟别人走吗？是不愿意离开这个家吗？

回想自从它来到我家后，有些表现确实令人感觉它很聪明、很懂事。

知道女儿惯它，有女儿在场它就格外得意，见到老伴就做出害怕的样子躲到桌子底下。女儿不在场，它就乖乖地趴在它的位置上，安静得像个假猫，

它好像知道我们不喜欢它太顽皮，从不抓家里的任何东西，要磨爪子只挠猫抓板。也很爱干净，从不乱拉。

如果非要说米米有什么缺点，那就是，它放屁很臭。

它见我们对它放臭屁反应强烈，偏要跑到我们中间，放了就跑，还专门趁女儿睡觉跑到她床头放屁。不知道它是怎么想的，是不是自己感觉放屁舒服，就把舒服也送给铲屎官们。

2023 年 12 月 18 日

不知不觉中，米米来我家已两个月。

入冬以后，天气越来越冷，我们也将开始例行的"候鸟生活"，到海南三亚过冬。

还是没有给米米找到领养人。

其实女儿似乎也没有很积极找领养人，我们看得出来，她已经放不下米米了。

我和老伴暗中商量，实在不行就把米米留下自己养。

动物不能乘飞机，大不了以后每年冬天就自驾带上米米去三亚。

但女儿不同意，担心我们自驾受累，养猫麻烦，她想把猫带回她国外的家。

我和老伴都觉得她在异想天开，带一只猫坐飞机，飞去欧洲，这难度太大了。我们不相信她做得到，最后可能还是要把米米留在我们身边。

寒潮已经到来，冷起来老伴的支气管炎又要发作了。

女儿当机立断，决定推迟回程时间，带上米米和我们一起开车去三亚，再看下一步。

能够和女儿一起去三亚，我们当然很高兴，虽然嘴上催她早点回去别耽误正事，但心里喜滋滋的。

2023 年 12 月 27 日

　　我们一家三口带上米米和妹妹两口子，加上他们的小狗，集结出发，开始了一千七百多公里翻山越岭、跋涉过海的长途旅行。

　　米米的行李比我们的还多。

　　看到女儿忙前忙后准备，我才知道带猫出门真不是想象中那么简单的事。

　　一直担心它在车里会害怕、会吵闹、会和狗狗闹矛盾，最担心的还是它拉屎撒尿的问题。但出发后，米米的表现大大出乎我们的意料。

　　一路上，它安安静静地趴在航空箱里睡觉，或者坐在女儿的腿上趴在窗边看风景。白天在车上吃很少的食物，喝很少的水；晚上住进酒店，它才大口吃喝，自己去猫砂盆上厕所，乖巧懂事得让人心疼。

　　不过，这一路女儿却是操碎了心，一会听听米米的呼吸是不是均匀，一会摸摸米米的鼻子温度正不正常。她担心米米长途跋涉，紧张、压力大会应激生病，担心在服务区休息时人多车多让米米惊恐逃跑……处处都要操心，精神高度紧张，比带小孩子出门还费劲。

　　猫听不懂人话，没法让它像小孩子一样听话，也不能像狗狗一样拴着，一个疏忽就会失控，一跑就再也抓不到它。猫这种动物，实在是可爱又教人头疼的小精怪。

烈日炎炎，睡午觉的王米米

2023 年 12 月 30 日

一路平安顺利，终于来到三亚温暖的家。

米米完全是熟门熟路的样子，一点也不怯生，更加活泼好动。

它每天早上的第一件事就是找我给它开罐头，吃金枪鱼，吃完又回到女儿床上，和她一起睡懒觉。

女儿全力准备带米米出国的相关手续。

这一路旅行下来，我明白了女儿的顾虑——以我们老两口的精力，每年带着米米南来北往，确实是不现实的。

女儿决定把它带去国外，再困难也要带走。

既然女儿铁了心，我们不得全力支持，看来米米命中注定要跟着她。

老妈亲手给米米拍的出国"证件照"

2024 年 1 月 15 日

　　米米的文件终于办妥，我亲手给它拍了神气十足的"证件照"，陪它去打了芯片。

　　打芯片时的米米很让我心疼。

　　芯片要用一个很粗的针头才能打进猫背上的皮肤里，医生说猫会很疼，很多猫都承受不了。看到针头时，我的心都揪紧了。女儿表面镇定，但我看得出来她比我还紧张。

　　医生做好注射准备后，轻轻摸着米米和它说话，在米米一点也没有防备的时候，一下子把针扎进米米后背。米米发出一声嚎叫，吓得医生手都抖了，我也被这声惨叫吓坏了，女儿赶紧抱住它。转瞬间，它就再也没吭声，默默忍住了疼痛，吃起了零食。

　　医生表扬米米很勇敢。

　　我却想它的勇敢是流浪时吃了多少苦才练出来的啊。

冬日暖阳里打盹儿

2024 年 1 月 23 日

定了行程后的时间过得更快，一晃就到了出发的日子。

我们从三亚开车送女儿和米米去海口。收拾好行李准备出发的时候，米米自己钻进了它的猫包，乖乖地趴下，让女儿背着它上车。这小东西也知道了这是要带它远行吗？不知道它的小脑袋里想了些什么，也许它能明白我们对它的爱吧。

送他们进入海口美兰机场，办理好登机手续，分别的时候到了。

和女儿的分别不舍，和米米的分别也不舍。

我摸着米米的小脑瓜，不禁有些泪目。

三个多月前一只脏兮兮、可怜巴巴的"小流浪汉"，从二斤多长成八斤多的"胖小子"，变成活泼粘人的小可爱。这一别，就不容易再见了。

小米米，去了新家要乖，要听话。

还要记得你是一只中国猫，你有家在中国。

2024 年 1 月 26 日

女儿和米米已经平安顺利到达了他们在意大利的家。

我开始收拾米米留在三亚家里的玩具和猫窝，一边收拾一边回想有它在眼前蹦蹦跳跳的时光。

很多年没有再养小动物的我们，无意中遇到了米米，和它朝夕相处。为了它，和女儿走了一段从冲突到齐心协力的一路。短短三个月时间，这只普普通通的小橘猫，带给我很多预料之外的感触和收获。

有一天，有个邻居问："你们为什么这么喜欢宠物？"

女儿说："它不是宠物，是我们家的一个成员。"

是呀，看着女儿和米米的相处，我也发现她是把米米当成一个和我们一样的生命去爱护和尊重。虽然猫咪比人类弱小，但我们的情感和心灵是平等的。

城市里流浪的小动物的生存环境艰难，但它们也在顽强地活着。

每个顽强生存着的生命都值得受到尊重。

回想女儿小时候，看到受伤的小动物总会难受落泪，看《动物世界》的弱肉强食总会大哭，那时候我也不知道怎么向只有三四岁的她解释大自然的残酷。

后来我把小时候我的祖母教给我的最朴素的话，说给她听——

作为一个人，永远不要害怕比我们更强大的，也不要去欺负比我们更弱小的。

比王米米更弱小的兔子

比王米米更强大的猫

王米米的异国征服记

第一回合 王米米 VS 铲屎副官

踏进这扇陌生大门的那一刻，我就知道这地方不简单。

这里有猫味儿，很冲的猫味儿，隐约又有一丝奇怪的熟悉感。

但当时我没心情琢磨这些——20个小时没上厕所、没睡觉、没吃上一口饱饭，还关心什么别的猫别的人别的事？拉倒吧，就算天要塌了、地球要炸了，我也要先上个厕所、吃饱肚子、睡个大觉。

被照在脸上的阳光唤醒的感觉真不错，这样醒来的心情也很不错，所以看到玻璃门外探出四张猫脸的时候，我扭头看了看身边的这个人类，阳光明媚的日子不适合生气，就大度地原谅她吧。

至于那四位，小意思。

我磨了磨爪子，摸了摸尖牙……等一下，脑子里好像有些模糊的印象一点点冒了出来。

三个月前，捡到这个人类的那个早晨，我一点都没犹豫，直挺挺就倒在她怀里——那当然是有原因的，我可不是一个随便的、"人尽可抱"的猫。

我在她身上闻到了猫的印记。

要跟人类解释明白这么高技术含量的事，真有点为难猫。

进化得不咋样的人类，嗅觉迟钝，无法理解用气味传递信息的技能。不是我自信心膨胀，实话实说，我们猫啊，很多地方比人类进化得好。反正那天早上，我远远就用鼻子解析出了好几只猫在这个人类身上留下的"五星好评"，那些猫的信息素都在传达着对这个人类的信任、喜欢、依赖。

有时候猫也会给人留差评，这样其他猫就能避雷绕道了。但背着差评的人类，有时也不一定是坏人，比如王大爷，我给过他"负分差评"，最后还是撤回了。最危险的那种"两脚怪"，很会骗猫，拿猫粮骗到了好评就把接近他们的无知小猫抓进麻袋，这种事可不

少见。生为流浪猫啊，要在遍地是人的世界活下来，只有颜值和演技可是不够的。信不信随便你。

人类的科学家已经知道，猫在人身上留下的信息素可以保留几个月，即使洗了澡、换了衣服也会保留。能发现这个秘密，人类的科学家们倒也没白吃干饭。但是发现了又怎么样呢，还不是学不会，笨笨的人类。

我停下磨爪备战的工作，抽动鼻子，一番细品——没错，那天早上，就是这个味儿。

原来抢在我前头标记了她的，就是你们这四个家伙。

本以为是入侵者来了，没想到，入侵者是我。

这就稍微有点尴尬了。

贴在玻璃门上的四张脸八只眼，好像也在尴尬。

我站起来，伸个懒腰，决定用猫界最传统的方式结束这种尴尬局面——猫的世界不讲先来后到，只分拳头大小，谁有意见谁就上，别废话，打就完了。

"米米，这是你的哥哥姐姐们。"

她指着那几只猫，看向它们的目光，竟和看我的目光一样温柔。

怒气值蓄积的速度突然就加快了，野性之力开始在我全身游走。

她把铲屎副官召唤过来，让他把那几只猫挡住，不让它们进入我的房间。

"米米不怕，它们不会进这个房间，我去给你拿罐头，一会儿吃完早饭再让你和姐姐哥哥们慢慢认识。"她摸摸我的头，将玻璃门推开一道窄缝，小心闪身出去。

铲屎副官用大长腿挡住那几只猫，好声好气哄着。

它们还怪老实的，探头探脑，真不进来了。

但它们不进来，我还不会出去吗？

两个人类脑子加起来反倒不好使了呢。

在她反手要将门关上之际，我如电光石火，笔直冲了出去。

接下来的局面就是人类肉眼无法看清的了。

我竟然不是那个臭人类的唯一

一切都发生得太快。

两个人类在此起彼伏的嘶吼惨叫和满天飞舞的猫毛中反应过来时，我已经收手，昂首挺胸站在客厅中央，背毛像尖刺一样直指天空，四爪稳稳踏在这片全新的领土上。

现在，以及，往后——这片领地是我王米米的了。

事后两个人类打开监控，用慢速回放，才算勉强看清了我的完美闪击。

铲屎副官瞳孔一缩，两只本来就很大的眼珠子瞪得快掉出来，嘴里叽里咕噜说着我听不懂的怪话。我把他的发音都记在脑子里了，等我学会了，看看他骂了些什么，再跟他算账。

"米米别生气，他没骂你，他是在说，这到底是一只猫还是一

只小老虎，怎么能强悍成这样……你可以把这话当成是他对你的崇拜。"她笑着说。

她的解释听上去不是很有说服力，我还是怀疑他在骂我，尽管我没有证据。

反正猫揍人也不需要证据。

铲屎副官一再回看我的攻击视频，嘴里嘀咕着什么Bruce Lee[1]，伸手指着我。她见势不妙，一把按下他的手，急得飙了重庆话："指啥子指！"

铲屎副官没听懂。

就算听懂也晚了，我已经冒火了，甩头就赏了他的手指头两个红点点。

一个点算一个积分，今天你赚了。

人类，记住，永远不要对猫指指点点，除非你手指头不想要了，或者你确定打得过我——伸手指猫，这可是相当嚣张的挑衅动作。

铲屎副官呲牙甩手，我以为他要动武，立马弓背，拉开决斗架势。

来吧，谁怕谁！

她顺手抄起沙发靠垫当盾牌，挡在我和铲屎副官之间，飞快对铲屎副官叽里咕噜说了一串我听不懂的话。铲屎副官看看我，看看她，挤出一副可怜相，吹吹手指头，抹了抹眼角。

就这破演技还想骗我？

你正站在全小区公认的一代"影帝"王米米面前。

但我算是看出来了，她在包庇铲屎副官，怕我打他，教他装可怜骗我的谅解。

我爪子都扬起来了，铲屎副官眨巴眨巴大眼睛，突然开口对我说起了中文。

"米米，我喜欢你，我喜欢你的眼睛、你的头发。"

什么情况？

我整只猫呆住。

————————————

① 李小龙。

她笑得好大声。

等一下，在机场接到我们的时候，铲屎副官好像也对我说了一句中文。

"他为了你专门学了几句，提前几天就为你准备了房间，买了新的厕所和猫窝，一直盼着见到传说中的王米米……所以米米啊，你看，要不然咱先不揍他，口头教育，留着他继续铲屎效忠？"

既然她有商有量地问我，那行吧。

笨蛋人类，其实不管你们说什么语言，我都闻得出你们的信息素，早就知道这个铲屎副官喜欢我啦，不过听他这么说出来，还怪好听的，比那个嘴犟的王大爷强。

不过，他喜欢我的头发？

我有头发？

人类真是莫名其妙。

第二回合 王米米 VS 二娃

那四只猫早已东逃西窜，除了沙发底下躲着一只没来得及跑掉的老太婆猫，另外三只都逃到了另一个房间，要不是她飞快关上走廊门，我还要继续追杀。

别看那三只猫，有一只瘸子，有一只胖子，跑得还真快。

要说逃命最利索的，还是那个膀大腰圆、又高又壮又漂亮的，可逃命的样子比没牙老太婆还怂，一边跑一边哭天喊地。不就是屁股被抓了一道，扯掉两撮毛，多大点事？我小时候腿被丧彪咬个大洞都没哭呢。

胖子肉厚，硬挨了我两拳；瘸子身法够快，只被我扯掉一点毛；老太婆猫虽然也挨了一脚，但我没真踢，看她一把岁数，算了。

说实话，我有点失望，它们太不经打了，这么草率就结束了战斗，我空有一身"武功"无处施展，一时竟有点怀念老家的狸花丧彪、

你盯啥子盯，再盯到我看，打你哈

黄毛阿飞、挖煤仔……真想让他们看看我王米米现在的威风。特别是那个丧彪，还欠我好几口，这辈子怕是没机会咬回来了。

我抖抖毛，四下巡视起这片新领地，看起来比之前的领地大了不少。

花园里阳光灿烂，有一棵样子奇奇怪怪的树。

我冲上去，坐在最高的树杈上，看见了远处那一片蓝汪汪的海，看着就有很多鱼的样子。这片新领地真不错，明天就派人类出去打猎，希望她记得我只吃金枪鱼。

我的人类朋友正在忙着和她爸妈视频通话，还把视频发给了他们。

我走到她身边，乖巧坐下舔爪子，装作一切与我无关的样子。

视频里的王大爷和老太太对于我一对四殴打了四只猫的事迹表现得有点大惊小怪，好像他们原以为挨打吃亏的会是我一样。开什么玩笑，相处了几个月还这么不了解？我不屑地扭过头，专心舔爪子、打磨武器，懒得搭理王大爷。

他正在视频里得意扬扬地把荣耀归于自己。

"不愧是我养出来的猫。"

看吧，人类全身上下的皮都薄，就脸皮厚。

还是老太太心疼我，紧张地问："米米打那么凶的架，有没有受伤？你好好检查检查，有伤要上药！那几个呢，伤到谁没有？米

米呀，你怎么不乖乖了，一到新家就打架架，这样不好，不利于团结，会被哥哥姐姐们孤立的……"

老太太啥都好，就是啰唆，我扭头趴下，尾巴把脸一盖，假装不在。

我的人类朋友说："放心吧，都没受伤，米米只是想震慑它们，让那几位知道它不是好欺负的，属于礼节性扬威，没下狠手，不然就不会只是扯扯毛了。它这样的江湖猫，要真为抢地盘打架，不见血是不收手的。"

我抬头朝她眯了眯眼。不愧是我的人，她懂我。

老太太还是叹气："这刚一来就结下了梁子，我们米米肯定要遭孤立了，遭孤立的滋味不好受，米米会难过吧。"

我的人类朋友说："米米从小流浪，独来独往惯了，被孤立几天不算什么，它不会在乎的。二娃心地善良、度量大，适应两天，慢慢就会接纳米米了。有它这个大当家的带头，那几个小的都会接纳的。"

二娃？大当家？她是说那个看起来普普通通的瘸子？

我竖起耳朵，脑子里飞快回想，的确，那个黑不溜秋的瘸子看起来不高也不壮，但地位好像很高，从铲屎副官到那几只猫都很尊敬这个叫二娃的家伙。这可奇了怪了，在我老家那地界的流浪猫群里，一旦瘸腿就意味着战斗力不行了，就会跟老猫一样变成地位最低下的猫。可这里的江湖规矩好像不一样。

我倒要看看这个二娃有什么本事。

不过我的人类朋友说得对，我才不在乎被孤立，"老弱病猫"才要抱团，我这样的强者根本不需要兄弟姐妹，也不需要朋友。

我有我的人类朋友，孤立就孤立呗，谁稀罕它们。

反正我继续独占着我的人类朋友，白天和她形影不离，晚上也要她留在我的房间陪我睡觉，不准她去别的房间。一旦发现她背着我和别的猫腻在一起，我不舍得骂她，但我会破口大骂那些坏猫，叫它们滚远点，不然我一口一口把它们撕烂——我一边嘶吼一边用

牙齿撕咬门框、玩具、抓板等身边一切东西，直到它们恐惧颤抖，拖着尾巴撤退。等她一回到我身边，我就躺在地上打滚哼哼，用最委屈可怜的奶音哭泣，精准攻击她的心脏。

这是一场真正的战斗，我会出尽全部策略与武力。

那四个大家伙被气得不行，但也只能隔着门嘶吼，无奈地咆哮一阵。

第二天一大早，它们吃饱了就开始隔着玻璃门监视我，八只眼睛盯着我的一举一动。

我大吃大喝，理都懒得理。

它们监视了一阵，很快就觉得无聊了，一个个打着呵欠，开始各自玩起来。黑胖子和大漂亮时不时在我面前晃一圈，隔着玻璃门耀武扬威，我一开骂，它们就低头耷脑逃走，真是好笑。

那个叫二娃的大当家，倒是一直趴在不远不近的地方，安静审视着我。

胖子和大漂亮每次经过它面前，都会低下头，把脑门送过去，一动不动，等着它有所表示。那是猫们在对老大表示致敬，是很庄重的礼仪。二娃会低头在它俩头顶各舔一下，面无表情，神色庄严。倒是每次那个老太婆猫慢吞吞走过来，二娃居然都会友善地和它蹭头，并没有因为它又老又没牙，战斗力为负，把它当最底层的猫欺负——像当初丧彪它们几个闲着无聊欺负我来逗乐那样。

这院子里花草真多，天空真蓝，阳光真好。

居然还有两只小兔子在四只猫身边跑来跑去，和它们玩在一起。

兔子们一点也不怕那四个家伙，其中一只黑白相间、圆滚滚的兔子还跑到我门口，隔着玻璃和我大眼瞪小眼，小爪子扒拉着，好像想叫我出去玩……我舔着嘴巴想，它是不是不知道兔子自古以来就在我们猫的食物清单上？

隔着碍事的玻璃门，我坐得笔直，保持着一只真正的猫的威严冷峻，不屑地看着它们在阳光里追追跑跑、打打闹闹、搂搂抱抱。它们把头凑到同一个碗里喝水，一起吃东西，玩累了挤在一起打盹

我有玩具，才不需要朋友

儿，你舔我，我舔你，像狗一样腻歪。

这些"妈宝猫"啥也不懂，我看它们怕是从一生下来就过着这样的日子，根本不知道食物和领地要拼死拼活才能抢到，一块肉渣、一口干净的水、一个垃圾桶都是活命的东西，怎么能和别的猫分享？我想起了小时候，有一次淋着雨到处找吃的，路过一户人家的窗口，看见一只短腿扁脸的猫在骂骂咧咧地从猫粮里挑冻干吃，边吃边骂人类小气，老往冻干里掺猫粮。看着被它扒拉一地的猫粮，我默默转身离开。

当时肚子里那一股酸酸苦苦的味道好像又冒出来了。

我甩甩头，默默转身，把头埋在被窝里，只露出屁股来晒太阳，不想再看那几只烦人的傻猫。

她推门走进来，摸着我的头和脊背，轻轻放下一个软乎乎的东西在我身边。

我睁眼看去，是个毛绒熊猫玩具。

真幼稚，她以为我还是那只牙都没换完的"小屁孩猫"吗，我现在可是一只走南闯北上过天的大猫了，谁要挨着毛绒玩具睡觉，

拿开拿开！

她当没看见我的冷脸，硬把熊猫塞到我背后："这是二娃哥哥小时候最喜欢的玩具，是他的宝贝，让小熊猫陪着你，熟悉一下哥哥的味道好不好？"

我闭上眼睛装睡。

等她离开房间后，我翻身看了看小熊猫，还怪软和的，就拿它垫个屁股吧。

别说还真挺舒服，小熊猫身上有一股陌生的猫味，闻起来干干净净，味道似乎有点安心……我把鼻子埋在小熊猫的绒毛里，闻着闻着就慢慢睡着了。

原来那个叫二娃的家伙，是这样的味道。

那奇怪的家伙神不知鬼不觉摸进我的房间，是在第三天的早晨。

天才刚刚透亮，我的人类朋友起了床，我还在被窝里四仰八叉睡着。

二娃趁她睡眼惺忪开门的一瞬间溜进来，大模大样跳上了我的床。

当时我一个激灵，觉得完蛋了，被偷袭了！

可它只是大脸凑近，盯着我看。

我邦邦两拳打过去，它躲开了，也不还手，绕到她背后，朝我眯眼，轻声打招呼："喂，小孩儿，你好。"

我恶声恶气吼回去："好个屁，你谁啊，滚出我房间！"

它还是不生气，朝我走近两步："小孩儿，你见过日出没有？"

我一愣："啥玩意？"

它走到我房间通往阳光花房的落地窗前，扭头朝我的人类朋友"喵"了一声，扒拉了两下帘子。她笑着拉开了遮光帘，打开了落地窗，好像和这个二娃很有默契。帘子拉开的一刹那，一片金色的光晃了进来，我眯起眼，不太适应。

二娃脚步轻盈地穿过门，跑进阳光房，扭头喊我："小孩儿，过来啊。"

她抱起我，把我放到门口，摸摸我的头："去吧，米米不怕，二娃哥哥很好的。"

我迟疑着走进阳光房，看清了二娃是左后腿略微有点跛，也并不年轻了，比我大好几岁，但毛色闪亮，眼睛清澈，跑跳起来依然灵活。它两步越过浴缸，踩上窗边的猫爬架，那是用一棵树的树干做的，有几层小平台。二娃站在最高的一层，回头叫我："小孩儿，敢上来吗？"

这有什么不敢的，我一个箭步，显露身手，飞快冲上爬架。

"你看，太阳出来了。"二娃看向窗外。

蓝蓝的海面上慢慢爬出来的红色小圆球，真的是太阳，它原来是这样钻出来的。

整片天空都是好看的红色，云朵变换着形状，像大鱼又像胖鸟。

一群一群的鸟，远远近近飞过，有些我认识，有些我不认识。

"那是海鸥，讨厌的贼鸟，爱欺负鸽子，爱在人类头顶上拉屎，但谁也不敢来我们家撒野。"二娃慢悠悠说。

"为啥？"我斜眼瞟着它。

"上次来我们家偷面包的贼海鸥，被我拽着脚拖下来，按在地上打了一顿……后来这一片的海鸥就不朝我们家这方向飞了。"二娃摸着胡子，低调中带点炫耀的意思。

"那么大一只海鸥，你一只猫能打下来？"我不信。

"小胖和老姐有帮忙围堵，但没出手，小胖要是减点肥就能帮上忙了。"

"那个大漂亮呢？它为什么不帮忙？"

"你说大傻啊，它最胆小，我动手的时候，它早躲到床底下，怕被血溅到了。"

"真丢猫脸，猫界能不能开除这丛货？"

"也不怪它，它小时候被困在车引擎盖下一天一夜，差点不行了，幸好遇到她，被救出来，从那之后大傻就觉得外面的世界很可怕，到处都是要杀它的大坏蛋，咳……"二娃说着看了我一眼。

"那个海鸥，你杀了没，吃了吗，好吃吗？"我岔开话题。

"她不让我杀，这家里连一只蝴蝶都不让杀，她只要看到就会抢过去放走，鸽子小鸟就更不让杀了。"

"她就是这样，也不让我抓蜻蜓，上回好不容易抓到一只送她，居然给我放走了！"我叹气。

"那是为你好，别抓那些东西，我啊，就是小时候不懂事，爬到高处抓鸟才摔坏了腿。"二娃让我看它那条不太灵便的瘸腿。

我凑近看了看，小声问："还疼吗？"

它摇头，看着我，慢慢低下头，在我脑门上嗅着："你闻起来，嗯，是个'好小孩'。"

"好小孩"？我？

丧彪它们都是骂我野崽子、丑玩意、小垃圾……除了人类，第一次有猫说我是"好小孩"。

它用湿漉漉的鼻尖蹭了蹭我的脑门。

你闻起来，是个"好小孩"

我想躲开但身体突然被定住了，这种感觉，好怪……又……又有点好……软软暖暖的舌头，舔在脑门上，心里怎么会软乎乎的，脑子也迷迷瞪瞪的，我不知道该躲还是不躲，只好一动不动。

我好像有一点明白了为什么这家伙是大当家。

她站在门口，一声不响看着我们俩，笑容满面。

那个铲屎副官躲在窗帘后面，居然拿手机偷拍了我这么丢脸的一刻！

Postscript

后记

起初只想写一篇笔记，记录这件发生在 2023 年里最特别的事。一不小心，两个月后，写了十二万字，诞生了这本意料之外的小书。

一只平平无奇的流浪猫和一家人的烟火日常，值得写成一本书吗？

有人说值得，有人说无聊。

王米米无所谓，猫无所谓被喜欢还是被讨厌，反正它都会去做自己想做的事，走自己选定的路。它想跟一个人走就走，想扭头离开就离开。

如果那天它没有转身离开，一切又会怎样？

如果它接受了我们最初的安排，得到一片顶棚遮雨，得到一碗猫粮果腹，在温暖尚存的日子里，得到些许来自人类的关爱，然后呢？然后人类就去忙自己的大事小事了，人类在寒冷的冬天去了温暖的海岛，人类回到了自己另一个家，而它独自留在了这里……某一天，一只无足轻重的小猫，从这世间悄无声息地消失了，像一个泡泡破碎在空气里。

那不是它想要的，于是，它头也不回地离开。

当它走向我，当一只猫对一个人类给出彻底的信任，它就会要求一份完整的爱、一个真正的家。这不过分，毕竟它毫无保留地将自己交给了一个人类。

可人类不要。

不要就算了。

"算了，再见。"

多少人类没有勇气转身离开那些轻视自己真心的人。

但这只小猫，即便在一些人类眼中，它不好看、不乖巧、不重要，只是无数流浪猫中微不足道的一只，甚至不够可怜。但它不这么想，它不认为自己不配被珍爱，它坚持它的要求，绝不将就，偏要那一份真心。没有就不要了。

它转身离开，改变了往后的一切。

当我下定决心要把它找回来，一只猫和一个人，站在彼此面前的姿态，从此不同。

它再也不是一个卑微的只能等待着被拯救的存在。

或许正是它这一转身，它为自己争得这一口气，赢得了命运的掌声。

从前它曾是一只倒霉小猫，那么大的小区，偏偏是它总被狗追，连换个牙都换不顺利，长了一嘴七颠八倒的牙。命运好像很喜欢欺负它。可当它硬气地扛住了种种欺负，这个世界突然就变脸一笑，对它好了起来。

从此它遇到的人是好人，遇到的猫是好猫，连遇到的狗都是好狗。

命运待猫如此，待人也不会差吧。

当我在书房的电脑上敲下这篇后记时，王米米躺在窗前的沙发上，晒着太阳睡了一下午。它现在是只十二斤的大猫了，四肢强壮，肌肉分明，腰身滚圆，脾气与体重一样大涨特涨。

去年的这个时间，遇到王米米不久，我俩还在重庆的寒潮里一起忐忑于未知前路。

一年后的现在，王米米迎来了"猫生"的第二个冬天。

我俩每天早晨一起在阳光里醒来，一起伸着懒腰，迎来毫无悬念的一天。

王米米不再急匆匆跑上跑下了，现在它总是不紧不慢，懒洋洋的，因为它知道金枪鱼罐头总会在起床后自动出现在小盘子里，口味每天有所变化，不会吃腻；早饭后它例行要去庭院里巡视领地，要上树侦察，顺便跟大猫们追打玩闹一番；午后是零食时间，有小鱼干和小虾米不限量供应，吃好了就钻进它的专属摇椅，晒着太阳，抱头大睡，直到天黑。晚饭后它会霸占半个沙发，有时看看动画片，《狮子王》和《爱宠大机密》是它的最爱，总也看不厌；有时人类看的剧集太无聊，它就四仰八叉地打起盹儿来，把爪子蹬在人类腿上，把另一个人类的腿当枕头垫脑袋。午夜睡醒，再来一场"跑酷"，

把精力耗完了正好吃宵夜。吃完舔着爪子跳上床，用大屁股把人类挤开，占据最舒适的位置，舒展身体，打个呵欠，又度过了"猫生"中安宁的一天。

此刻读着这些文字的你，远方的某个读者，你的这一天过得怎么样？是否也已经钻进温暖的被窝，有软软的小猫陪伴身旁？

读完王米米这只小猫的故事，无论是否喜欢，反正现在你知道了，有这样一只普通又独特的小猫，如同普通又独特的你我，正行走在这世间，如千千万万这样的生命行走在世间。我把王米米的故事说给你听，也把住在我心里那个小女孩的话说给住在你心里的那个小孩听。或许一个小孩能懂另一个小孩，我们能懂彼此。

无论此刻该对你说晚安还是早安，无论你在这星球的哪个角落，王米米和我都很开心隔着文字与你相遇。愿你从今往后，晴雨寒暑，身心皆安。

阿寐

2024 年 11 月 8 日

深藏功与名——本书真正的第一"作者"

已经睡着了

图书在版编目（CIP）数据

一只猫的人间观察 / 寐语者著 . 北京 : 北京时代华文书局，

2025. 4. --ISBN 978-7-5699-5931-4

Ⅰ . I267.1

中国国家版本馆 CIP 数据核字第 2025DB4018 号

Yi Zhi Mao de Renjian Guancha

出 版 人：陈　涛
选题策划：赵　颖
责任编辑：徐小凤
装帧设计：唐小迪
责任印制：刘　银

出版发行：北京时代华文书局 http://www.bjsdsj.com.cn

　　　　　北京市东城区安定门外大街 138 号皇城国际大厦 A 座 8 层

　　　　　邮编：100011　电话：010-64263661 64261528

印　　刷：北京美图印务有限公司

开　　本：880 mm×1230 mm　1/32　　成品尺寸：145 mm×210 mm

印　　张：9　　　　　　　　　　　　字　　数：235 千字

版　　次：2025 年 4 月第 1 版　　　　印　　次：2025 年 4 月第 1 次印刷

定　　价：59.80 元